Kristina Roy

GLÜCK

Kristina Roy

Glück

FRANCKE
Verlag der Francke-Buchhandlung GmbH

Über die Autorin:
Kristina Roy wurde 1860 in Stará Turá (Slowakei) geboren, wo sie 1937 auch starb. Sie blieb unverheiratet und hat sich zeitlebens in der Blaukreuzarbeit und im Aufbau lebendiger Bekenntnisgemeinden engagiert. Durch ihre heimatverbundenen Bücher, die eine klare christliche Botschaft auszeichnet, ist sie eine beliebte Volksschriftstellerin geworden.

Das Buch erschien früher in unserer Reihe „Heimatlicht" als Band Nr. H 77

Bibliografische Information Der Deutschen Bibliothek
Die Deutsche Bibliothek verzeichnet diese Publikation in der Deutschen Nationalbibliografie; detaillierte bibliografische Daten sind im Internet über http://dnb.ddb.de abrufbar.

ISBN 3-86122-770-3

35037 Marburg an der Lahn
Umschlaggestaltung: Henri Oetjen, Design Studio Lemgo
Satz: Verlag der Francke-Buchhandlung GmbH
Druck: Koninklijke Wöhrmann, Niederlande

www.francke-buch.de

Inhaltsverzeichnis

1. Unter dem Murtin

„Man könnte durch die ganze Welt gehen", so sagten die Leute, „und man würde keine zwei solchen Brüder wie Pavel und Andrej Murtin finden, die so einträchtig miteinander lebten und sich so lieb hätten wie diese beiden!"

Ihr Vater war gestorben, als sie noch nicht 14 Jahre alt waren, und seitdem hatten sie der Mutter geholfen, die kleine Wirtschaft zu besorgen, die er ihnen hinterlassen hatte; als auch die Mutter starb, wirtschafteten sie allein, so gut sie es eben verstanden.

Sie wohnten in den entlegensten Kopanitzen, die zum Städtchen Z. gehörten, am Fuße des Berges. Ihr Stück Land, eine Wiese und ein hübscher Obstgarten umgaben das Häuschen. Weil auch der Feldrain der Gemeinde, von üppigem Grün bewachsen, in der Nähe war, konnten sie ihn für geringes Geld pachten und leicht zwei gute Kühe und manches Stück Jungvieh halten; jedes Jahr pflegten sie etwas davon zu verkaufen. Zur Mühle hatten sie es nicht weit, sie liefen nur den Hügel hinab ins Tal zum Müller Lehotsky.

Es machte keine große Mühe, Wasser für das Vieh zu holen, denn in der Nähe ihres Hauses floss ein kristallklarer Bach vorbei, dort tränkten sie ihr Vieh. Sie hielten auch einige Schafe, besonders der Wolle wegen; was sie den Winter über spannen, das ließen sie alle zwei Jahre weben und entweder Mäntel oder Hosen und Jacken daraus arbeiten.

Als sie bereits zu jungen Männern herangewachsen waren, gingen sie stets sehr gut gekleidet. So wie die Bäume im Wald der Sonne entgegenstreben und von keiner Hand gestützt, an keinen Pfahl gebunden, gerade emporwachsen, so wuchsen auch sie gerade auf, ohne Turnunterricht, denn in der kleinen Dorfschule, welche sie fleißig besuchten, wurde dieses Fach noch nicht gelehrt. Ja, sie wuchsen gerade und stark auf, mit breiten Schultern und schön gewölbter Brust. Jeder der beiden hätte mit Leichtigkeit einen schwachen Städter auf den Gipfel des Murtins – so hieß der Berg, unter dem ihre Hütte lag –, getragen und wäre dabei selbst nicht außer Atem gekommen.

Andrej Murtin liebte sehr ihr Hüttchen, er kannte nichts Schöneres auf der Welt. Nicht, als ob er noch keine großen, hohen Häuser gesehen hätte – er ging ja mitunter auf Viehmärkte –, aber er hätte für keines seine Hütte tauschen mögen. In den Städten standen die Häuser dicht nebeneinander, Stein auf Stein, und die Leute sahen aus ihren Fenstern nichts anderes als den Schmutz der Straße. Stets schien es dem Jungen und später dem Mann, als müsse er dort ersticken und als hätten die Leute keine Freiheit. Es ist wahr, sie hatten in ihrer Hütte kleine Fenster, aber wenn er hinausblickte, dann jubelte das Herz über die schöne Gotteswelt, die er sah, sei es im Frühling, wo der Obstgarten einem Paradies glich, oder im Sommer, wo das Obst an den Bäumen reifte, oder im Herbst, wo die Apfel- und Pflaumenbäume unter der Last ihrer Früchte zu brechen drohten.

In der Stadt musste man alles kaufen und sie hatten hier alles in Hülle und Fülle. Vom Frühling bis zum Winter lebten sie größtenteils nur von Obst, Milch und Pilzen, die sie nicht weit zu suchen brauchten. Fleisch aßen sie nur, wenn sie einen Hammel oder ein Kaninchen schlachteten. Solange die Mutter lebte, hatten sie wirklich genug Geflügel gehabt, aber das hatten sie dann in die Stadt verkauft und dafür allerlei Notwendiges für das Haus angeschafft.

Pavel Murtin war nicht immer mit allem zufrieden, er meinte, dass es nötig sei, die Hütte zu vergrößern. Häufig machte er Pläne und besah sich andere Gebäude. Gerade als sie sich ans Werk machen wollten, traf es sie wie ein Schlag aus heiterem Himmel. Sie mussten beide zur Musterung, denn sie waren Zwillinge, und was niemand gedacht hätte: Pavel musste zu den Soldaten!

Hätte man wenigstens alle beide genommen – aber sie so zu trennen! Manches Mal hatten sie sich gesagt: „Wenn wir zu den Soldaten müssen, dann werden wir auch dort beisammen sein und es gemeinsam ertragen.“ Aber sie hatten sich dennoch der Hoffnung hingegeben, dass das Los sie verschonen würde, aber dass der eine gehen und der andere zurückbleiben müsste, das war ihnen nie in den Sinn gekommen. Was wussten die Herren von der Kommission – die Andrej auslachten, als er sie zu bitten begann, ihn doch nun auch als Soldat zu nehmen, da Pavel Soldat sein musste –, was wussten jene Herren davon, wie es den beiden Jünglingen zumute war, Pavel, weil er ohne Andrej gehen musste, und Andrej, weil er allein bleiben sollte!

Beiden wurde es dunkel vor den Augen; hätte nicht das übermütige junge Volk um sie her getobt, sie hätten am liebsten geweint.

„Warum bin ich nur als Kind gefallen und habe mir einen Schaden geholt; ich könnte heute Soldat sein", jammerte Andrej. „Oder warum ist nicht auch Pavel gefallen, dann müssten sie uns in Frieden lassen!"

Sehr betrübt kehrten sie heim.

„Fürchte dich nicht", sprach Pavel, als der erste Schmerz ein wenig nachgelassen hatte, „es kann sich noch alles zum Guten wenden; hätten sie uns beide genommen, dann wäre uns die Hütte ganz verwildert; und wenn wir sie vermietet hätten, wäre sie uns nicht so instand gehalten worden, wie du es nun tun wirst. Und was ich dort lernen werde, das wird so sein, als ob du es auch wüsstest. Bis Gott gibt, dass ich wiederkomme, werden wir wieder so leben, ja noch besser als zuvor."

„Ja", sprach Andrej, etwas getröstet, „ich will in den drei Jahren alles so besorgen, was wir zusammen ausführen wollten."

„So viel wirst du nicht fertig bringen, das wäre zu viel für dich", erwog Pavel, „und allein kannst du auch nicht bleiben. Ich denke, du könntest Tante Zvara zu dir nehmen, die Arme hat nichts zum Leben, weil der unglückliche Onkel alles durchgebracht hat, und nun ist auch ihr zweiter Mann gestorben.“

„Da hast du Recht, sie ist eine gute Frau, sie hat nur ein Kind von dem Onkel. Nun, wie Gott will, wenn es nicht anders ist, müssen wir uns damit abfinden, du dort, ich hier, so gut es eben geht.“

So trösteten sich die Brüder. Und weil Pavel nicht sofort gehen musste, erschien es ihnen endlich wie ein böser Traum.

* * *

Aber Woche um Woche verging und der Traum wurde Wirklichkeit.

Als Andrej den Bruder ausgerüstet hatte und als sie nun wortlos miteinander vor dem Haus standen und er ihm in das blasse Gesicht blickte, da war es Andrej, als habe er ihn lebend für das Grab ausgerüstet. Es schien ihm, als stürbe in diesen Augenblicken ihr schönes brüderliches Glück. Er nahm den Bruder um den Hals und weinte, und Pavel schmiegte sich an ihn und weinte gleichfalls, auch ihm war es, als würde er nie mehr wiederkehren. – Wer weiß, wie lange sie noch geweint hätten, wenn nicht einige Freunde, die gekommen waren, um sich von Pavel zu verabschieden, sie gestört hätten.

Andrej begleitete den Bruder bis zur Bahn, weiter

konnte er nicht mit ihm gehen, aber eines tröstete ihn: „Es gehen so viele junge Männer, die ebenso dran sind wie Pavel, die werden ihn wohl aufheitern." An sich dachte er nicht.

Er begab sich gleich zur Tante Zvara und half ihr, die wenigen Sachen umzuräumen, das Übrige wollte er mit dem Wagen holen. Es war ihm lieb, dass er nicht allein heimkehren musste. Frau Zvara segnete den Neffen in ihrem Herzen, dass er sie zu sich nahm. Sie hatte als Witwe einen Witwer geheiratet, der Mann war gestorben und seine Kinder aus der ersten Ehe hatten die Stiefmutter, und besonders deren Tochter, sehr schlecht behandelt. Die kleine Ilenka Zvara – die für ihre 14 Jahre sehr zurückgeblieben war, atmete beim Verlassen des Hauses auf wie ein in die Freiheit versetzter Vogel.

Sie war ein blasses, zartes Kind, aus dessen magerem, eingefallenem Gesicht zwei große blaue Augen traurig und scheu in die Welt blickten. Man sah es dem Kind an, dass es schon viel Böses erlebt hatte. Der Mutter gab es, sooft sie es anblickte, einen Stich ins Herz, denn sie musste sich sagen, dass sie durch ihre unbesonnene zweite Heirat ihr Kind ins Unglück gebracht hatte. Doch nun waren sie beide glücklich.

Als sie im Haus unter dem Murtin heimisch geworden waren, lief das Mädchen hinter dem guten Vetter – der sie weder schlug noch schalt –, her wie ein Hund, der in seiner Verlassenheit einen gütigen Herrn gefunden hatte. Es dauerte lange genug, bevor sich die Seele des Kindes an die schöne Freiheit und an das große, unverhoffte Glück gewöhnt harte. Aber die veränderte Umgebung und Lebensweise wirkte so auf diesen zarten Menschen, wie wenn man eine im Schatten verkümmerte Pflanze ins volle Sonnenlicht versetzte – o, wie rasch holte sie das Versäumte nach!

Auch begann das Mädchen zu wachsen und kräftiger zu werden; die Wangen wurden rosig und rund. Da es nichts zu fürchten gab, verloren die Augen ihren scheuen Ausdruck; ein Lächeln umspielte den kleinen Mund, der inmitten des Gesanges der Vögel gleichfalls zu singen begann. Sie ging der Mutter und dem Vetter emsig zur Hand und ihre Dankbarkeit erfüllte die Hütte mit hellem Glanz.

„Ach, Tantchen", meinte Andrej, „ich habe gar nicht gewusst, wie ich es überleben würde, ohne Pavel zu bleiben, es schien mir, als würde mir ein Tag wie ein Jahr werden, und sieh, nun ist bald ein Jahr um, so hat Gott uns geholfen."

„Das kommt daher, mein Sohn, weil du uns so wohl getan hast", seufzte die dankbare Frau.

Große Freude bereiteten in der Hütte immer Pavels Briefe. Anfangs waren es nur Grüße, und er schrieb, wie bange ihm sei, aber dann schrieb Pavel je länger je mehr, und Andrej bewunderte ihn nicht wenig, dass er die Sätze zusammenstellen konnte, als läse man sie aus einem Buch. Unwillkürlich schrieb auch er ausführlich, wie sie lebten und was sie machten.

„Ihr werdet sehen, Tante", sprach er, „unser Pavel wird

dort viel lernen, und es wird noch gut sein, dass er gehen musste." Er selbst hatte gleich im ersten Winter begonnen, Ilenka im Lesen und Schreiben zu unterrichten; sie war auch darin sehr zurück, während die Brüder Murtin in der Schule stets die Ersten gewesen waren. Indem er mit ihr durchnahm, was er selbst einst in der Schule gelernt hatte, prägte es sich ihm aufs Neue und besser in sein Gedächtnis ein. Frau Zvara holte eine Bibel von ihrem Vater her, daraus lasen sie sich nun vor und wunderten sich über so manches. Es waren schöne, aber auch ernste Geschichten darin.

Sie gingen gern zur Kirche, und obwohl sie gute zwei Stunden Weg dahin hatten, gingen sie im Sommer ziemlich häufig, und sie freuten sich, wenn der Herr Pfarrer irgendeinen Text vorlas, den sie schon daheim in dem heiligen Buch gefunden hatten. Zwar verstanden sie von der Predigt ebenso wenig wie von dem Gelesenen, aber es verstand sicherlich keiner von den übrigen Zuhörern mehr davon, und es ging ja den Menschen auch so gut auf der Welt, und was nach dem Tod mit ihnen werden würde – das wusste Gott allein.

Sie waren unter dem Murtin anständige und rechtschaffene Leute, kein Mensch konnte ihnen etwas Böses nachsagen. Sie beteten ihre auswendig gelernten Gebete und sangen ihre Gesangbuchlieder. Drei- bis viermal im Jahr gingen sie zur Beichte. An diesen Tagen fühlten sie sich stets sehr bedrückt, und sie waren froh, wenn sie diese christliche Pflicht wieder erfüllt hatten.

Dabei dachten sie so wie ihre übrigen Nachbarn, etwas sehr Gutes, Gott Wohlgefälliges getan zu haben, wofür sie vielleicht einmal in den Himmel kommen würden.

* * *

Und was tat Pavel? Nun, er trug eben alle die Beschwerden, wie sie der Soldatenstand mit sich bringt. Oft kam er sich vor wie ein Gefangener; oft beneidete er die Reitpferde, wie wurden sie gepflegt! Und während die Offiziere die hübschen Tiere streichelten und ihnen schöne Namen gaben, waren den Soldaten gegenüber die gemeinsten Schimpfworte nicht zu schlecht, sie mochten schuldig sein oder nicht. – Der in der freien Bergeinsamkeit aufgewachsene junge Mann litt unter dem gemeinsamen Wohnen in den Kasernen, unter der harten, strengen Zucht, unter der fremden Sprache, die er lernen musste, unter der oft rohen, aller menschlichen Würde widersprechenden Behandlung, wie sie ihm zuteil wurde – vor allem aber darunter, dass sie ihn aus seinem Heimatboden gerissen und hierher verpflanzt hatten, wo er nie Wurzeln schlagen konnte. Ja, er litt sehr, mehr als er sagen, mehr als er ermessen konnte, er litt an Seele und Leib, Gemüt und Geist.

Er hörte hier Worte und Redensarten, über die er am Anfang errötete. Manchmal überstiegen die Pflichten seine Kräfte und dann wieder hatte er sehr viel Zeit zum Müßiggang. Die ungewohnte, hauptsächlich aus Fleisch bestehende Nahrung bekam ihm nicht, und in seinen müßigen Stunden kamen ihm Gedanken in diesen dumpfen Zellen, wo im Sommer die Hitze drückte, Gedanken und Vorstellungen, von denen er unter dem Murtin bei seiner freien, harten Arbeit keine Ahnung gehabt hatte.

Später dachte er, dass er sich eingewöhnt, dass er sich abgefunden habe, und er wusste nicht, dass er sich gewöhnte, weil er – starb. Sein ganzes urwüchsiges, unverdorbenes Wesen starb und es wurde ein ganz gewöhnlicher, roher Soldat aus ihm.

Und doch war etwas in ihm, was sich gegen jenes Ersterben sträubte, und dieses Etwas trieb ihn zu lernen, so viel er nur konnte, hatte er es doch Andrej versprochen. Jahr für Jahr verging, und er hatte immer nur den einen heißen Wunsch, zurück, zurück zu Andrej. Es schien ihm mitunter, als würde er dann wieder jener Pavel sein, der er war, ehe er die Heimat verließ, als würde er mit dem Soldatenrock auch jenes fremde Wesen ablegen, das von ihm Besitz ergriffen hatte.

Sie hatten ihn zur Militärkapelle gegeben; es zeigte sich, dass er von Gott große Gaben erhalten hatte. Er lernte leicht, so dass manche ihn beneideten; seine Lehrer lobten ihn. Dabei rückte er auf, bis er alle Dienstgrade erlangt hatte, die ein Soldat erreichen kann.

Im zweiten Jahr war er eine Zeit lang an der Grenze, dann in Bosnien, und im dritten Jahr hielt er sich in der Großstadt auf, wo er die Möglichkeit hatte, mit den anderen alle öffentlichen, dem Militär zugänglichen Lokale zu besuchen.

Er erfuhr, dass er sich für wenig Geld Bücher leihen könne, Zeit hatte er genug, auch an Mitteln fehlte es ihm nicht, so lieh er sich und las. Die Welt begann sich vor ihm aufzutun und sich ihm in einem neuen Licht zu zeigen. Und weil er nun wusste, wie man mit den Rekruten und Reservisten aus dem Bauernstand umging und wie man am allerwenigsten einen slowakischen achtete, kam er zu der Überzeugung, dass es gut sein würde, Rock und Lebensweise zu ändern. „Auch ich will ein Herr sein", sagte er sich, und „Andrej soll auch einer werden, warum sollten wir uns vor jemandem bücken? Wir werden uns unsere Wirtschaft in der Weise vergrößern, wie ich es an anderen Orten gesehen habe. Wir werden uns Bücher und Zeitschriften halten, ja, wir werden Herren sein wie alle anderen, es soll nicht jeder mit uns umspringen dürfen wie mit gewöhnlichen Bauern."

Und Pavel begann auf einen Herrenanzug zu sparen, was ihm umso leichter fiel, als er in den Dienst eines hohen Offiziers getreten war, bei dem er einige Monate über die vorgeschriebene Dienstzeit blieb.

Wenn ich erst Herrenkleider habe, dann muss ich es lernen, so zu gehen und so zu sprechen wie ein Herr, grübelte er weiter und bemühte sich, seinen Offizier nachzuahmen. Sie waren etwa gleich groß, gleich schlank; in kurzer Zeit hatte Pavel gelernt, sich zu verneigen, sich zu setzen, sich die Zigarre anzuzünden, mit denselben Worten zu sprechen wie sein Herr, und sehr mit sich selbst zufrieden, sah er seiner Heimkehr unter dem Murtin entgegen.

Wie sie alle auf mich sehen werden, dachte er voll Stolz. *Ich will nicht, dass mich je wieder einer ‚Palo Murtinov' nenne!*

2. Die Heimkehr

Unter dem Murtin war indessen Andrej geschäftig, wie er versprochen hatte, alles für den Bruder vorzubereiten. Sie hatten im Herbst noch eine Stube angebaut, so wie Pavel es sich vorgestellt hatte, und die ganze Hütte samt dem Hof von oben bis unten neu hergerichtet, die Obstbäume gereinigt und Holz geführt. Anstelle der alten Kühe hatte Andrej andere, bessere gekauft.

Alle Tage sprachen sie nur von Pavels Heimkehr und freuten sich sehr darauf.

Wie froh war Andrej, dass ihm in Ilenka solch eine Stütze herangewachsen war! Wer hätte ihm das vor drei Jahren gesagt, dass sie zu einem Mädchen heranwachsen würde, das es sogar der Mutter zuvortat! Wie sie ihm damals zur Hand ging und ihm diente, wie sie nur konnte, so arbeiteten sie auch heute zusammen. Ja, ihm wollte die Arbeit gar nicht recht von der Hand gehen, wenn sie nicht dabei war. Mit ihr konnte er nach Herzenslust von Pavel schwatzen. Sie schlug stets aufs Neue etwas vor, was sie noch besorgen könnten, um ihn zu erfreuen.

„Wenn Pavel zurückkommt“, sagte er zu ihr, „dann gehen wir beide ihm entgegen, und Tante bereitet uns unterdessen ein Festmahl, wie es in unserem Haus noch keins gegeben hat.“

So kam Pavels letzter Brief, aber nach diesem konnten sie den Bruder nicht an der Bahn abholen, denn er wollte über die Berge kommen. Sie beschlossen daher, ihn wenigstens am Feldrain zu erwarten. Andrej nahm sein neues schneeweißes Gewand und warf sich die Halienka über, das Mädchen zog gleichfalls seinen Sonntagsstaat an, und so gingen sie. Im Garten pflückte Andrej einige Kirschen, welche sie extra für Pavel übrig gelassen hatten; sie würden ihn nach dem Weg sicherlich erfrischen.

Sie gingen am Bach entlang, ein hübsches, gleiches Paar, dass es eine Freude war, sie anzusehen. Der junge Mann glich der kräftigen Kiefer in den Bergen, das Mädchen der lieblichen Heckenrose, mit seinem zarten, seidenweichen, leicht geröteten Gesicht, den glückstrahlenden blauen Augen und dem unschuldigen Lächeln um die roten Lippen. Die weißen Ärmel, rosa Mieder und Schürze, das rosaweiße Kopftuch, das alles passte wie angegossen zu seiner Erscheinung. Wäre man dem Mädchen irgendwo begegnet, man hätte sich nicht satt sehen können an ihm.

Hatte der junge Mann noch nie gesehen, wie hübsch sie war? Sah er es auch heute nicht? Nein, sie hatte sich ja unter seinen Augen entfaltet wie eine duftige Rose im Garten. Er fühlte den Zauber ihrer Schönheit, aber noch nie hatte er sich gesagt, dass sie hübsch sei. Aber wie sie jetzt so an seiner Seite und da, wo das Gras hoch war, in seinen Fußstapfen dahinschritt und er die Sträucher zur Seite hielt, damit sie ihr Gesicht nicht streiften, wurde es ihm so seltsam, so wohl ums Herz, aber er dachte: *Das ist deshalb, weil wir Pavel entgegengehen!*

Plötzlich kamen sie zu einer großen Schlucht, in die sich von oben ein wilder Wasserfall hinabstürzte. Am Ufer des Baches wuchsen Farnkräuter und Vergissmeinnicht; sie waren den Berg am Ufer entlang hinaufgestiegen und mussten jetzt oberhalb der Schlucht ausruhen. – In den Bergen war es so still, dass man das Summen der Käfer und Schmetterlinge vernahm; auch das Wasser brauste nicht, denn es stürzte über moosige Polster hinab.

Plötzlich erhob das Mädchen die großen blauen Augen und blickte in das Gesicht des sie nachdenklich betrachtenden Vetters. „Andrej, denkst du, dass Pavel mich auch so gerne haben wird wie du? Werde ich ihm nicht im Wege sein?“, fragte sie.

„Ob er dich gerne haben wird?“ Der junge Mann umschloss die Hände des Mädchens mit den seinen und sah sie an, und dann blickte er auf die Berge rings umher, als wollte er sie fragen: „Was meint ihr, könnte sie jemand nicht gerne haben?“

„Mutter sagte“, fuhr das Mädchen beinahe traurig fort, „wenn Pavel kommt, dann werdet ihr wohl ohne uns fertig. “Andrej wurde es heiß und kalt.

„Und was sollen wir ohne euch anfangen?“, erwiderte er und schlug bestürzt die Hände zusammen. „Ich wundere mich wirklich, wie die Tante so etwas sagen kann. Wie könnten wir nur ohne euch sein, wer würde für uns sorgen?“

„Ihr seid doch zuvor auch ohne uns ausgekommen."

„Ach, das war etwas anderes! Ich kann es mir gar nicht vorstellen, dass du nicht mehr in unserem Haus wärest." Das Mädchen lächelte getröstet, und von einer schönen Blume gelockt, trat es an den Rand des Abgrundes; es beugte sich vor, um sie zu pflücken – und beinahe hätten die Fluten des Wasserfalls sie den Blicken des entsetzten Andrej entrissen.

„Ilenka!", schrie Andrej auf; mit seinen kräftigen Armen erfasste er noch rechtzeitig das fallende Mädchen, unter dessen Füßen der Boden nachgab, und sprang mit ihr auf einen niedrigen Felsblock.

Der Felsen war nicht groß, nur sie beide konnten darauf stehen. Um sie her rauschte das Wasser, zu ihren Füßen gähnte der Abgrund, über ihnen lag das blumige Ufer.

Andrej hielt sich an einem Baum, der aus dem Felsen hervorgewachsen war, und schloss das Mädchen fest an sein Herz, das zwar vor Schrecken beinahe stillgestanden wäre und nun so stürmisch klopfte, als wollte es die junge Brust zersprengen.

„Sieh, wohin du gefallen wärst", sprach plötzlich der junge Mann.

„Ich sehe es, es hätte mich sicher erschlagen." Sie zitterte. „Ich danke dir recht schön, Andrejko!" Tränen stürzten aus den blauen Augen. „Nun weine nicht", beruhigte er sie. „Wir müssen sehen, wie wir hinaufkommen. Komm, wir wollen von hier aus den Felsen umgehen, ich springe hinauf, dort ist das

Ufer nicht abschüssig, komm und reiche mir beide Hände!"

In wenigen Sekunden standen sie auf festem Boden; aber sie gingen nicht weiter, denn dem Mädchen zitterten vor Schreck die Beine.

„Bleib hier, zum Grenzstein ist es nicht mehr weit, ich gehe allein, du kannst hier auf uns warten, aber zum Ufer gehst du nicht mehr, damit du nicht abstürzt!"

Das Mädchen setzte sich auf den Rasen und blickte Andrej nach, bis ihn das Gesträuch ihren Blicken entzog; und es kam ihr beinahe seltsam vor, dass er sich nicht ein einziges Mal umwandte. Wenn sie sonst miteinander arbeiteten, blickte er sich, so oft er wegging, öfter nach ihr um.

Ilenka wusste nicht, dass Andrej gewaltsam sein Verlangen bezwang, schien es ihm doch, als müsse er, sobald er sich umwandte, umkehren – und was dann? Nun, das Mädchen in seine Arme schließen, ihren Kopf an seine Brust ziehen und in ihr schönes Antlitz blicken.

Dass er es noch nie gesehen hatte, wie hübsch sie war! Und sie sollte aus seinem Haus fortgehen? Nein, nur das nicht! *Ich habe es überlebt, als Pavel fortging, aber das würde ich wohl nicht überleben.* – Aber warum wohl? – Die Berge gaben keine Antwort, und das Herz verlangte nach keiner, denn es war von einem neuen, wunderschönen Glück erfüllt.

In tiefe Gedanken versunken schritt er dahin; er sah

von weitem, dass sich ihm irgendein Herr näherte. Sonst hätte er wohl gestutzt, aber heute beachtete er den Fremden nicht. Aber plötzlich blieb der Herr stehen, er war schon ziemlich nahe, legte seinen Handkoffer zu Boden und streckte beide Hände aus:

„Andrej!"

Und Andrej blieb wie erstarrt stehen. Er hörte die wohlbekannte, treue Stimme – aber er konnte seinen Augen nicht trauen, dieser schöne junge Herr, das sollte Pavel sein? Und doch war dem so; denn der Herr lief auf ihn zu und umarmte ihn.

„Andrej, Andrejko, kennst du mich denn nicht?"

Ein verlegenes Rot stieg in Pavels Gesicht.

„In der Stadt trägt man anderes als hier bei uns", entschuldigte er sich unwillkürlich. „In der Uniform durfte ich nicht kommen, und meine Kleider habe ich, wie du weißt, nach Hause geschickt." – *Er muss sich erst an meinen Anzug gewöhnen*, dachte er dabei.

„Es ist wahr", atmete Andrej auf, „du kamst mir in diesem Gewand so fremd vor, dass ich dich gar nicht erkannt habe", gestand er freimütig und besah sich den Bruder von allen Seiten.

„Gefalle ich dir etwa nicht? Geh, das steht mir?", scherzte dieser.

„Es sind schöne Kleider und gut für Herren, aber für uns ist das nichts. Da wird dir das neue Hemd besser passen, das ich für dich bereit habe!"

Pavel dachte zwar bei sich, dass er keine Halena mehr tragen würde, aber er wollte nicht gleich bei seiner

Ankunft Andrejs Freude trüben, war er doch froh, dass er ihn wieder hatte; ja, er konnte sich gar nicht satt sehen an ihm. Was für ein hübscher Bursche war er geworden!

Er hörte zu, was Andrej ihm erzählte, wer ihm gleichfalls entgegenkommen wollte und warum Ilenka nicht bis hierher mitgekommen war. So kamen sie bis an den Saum des Waldes und blieben dort stehen.

„Schau", zeigte Andrej voll Freude auf das ihnen entgegenschreitende Mädchen, „sieh sie dir an!"

Pavel stutzte; er hatte gedacht, Ilenka als ein Kind wieder zu finden, und hatte vergessen, dass seitdem Jahre vergangen waren. Er hatte sie noch so in Erinnerung, wie sie gewesen war, als er, bevor er zum Militär ging, von ihr und von der Tante Abschied genommen hatte.

„Da wundere ich mich nicht mehr, dass sie dir so gut geholfen hat, wenn sie so herangewachsen ist", bemerkte Pavel. Dann bemerkte das Mädchen die beiden und errötete. Überraschung, beinahe Erschrecken, überflog ihr Antlitz – mit wem kam denn Andrej daher? – Sie waren schon ganz nahe, und noch immer stand sie ganz steif da.

„Ilenka, willst du mich nicht willkommen heißen?", redete Pavel sie an. „Oder habe ich mich so verändert, dass du mich nicht erkennst?"

„Ich erkenne dich schon", stotterte sie schüchtern, und beinahe furchtsam legte sie ihre Hand in die ausgestreckte Rechte des jungen Mannes.

„Mache dir nichts daraus“, sprach Andrej verständnisvoll, „dass Pavel Herrenkleider trägt, das ist nur, weil er seine eigenen nicht mehr dort hatte und die Uniform nicht mitnehmen durfte.“

„Wer hätte das gedacht“, lachte Pavel, „dass ihr vor diesem schwarzen Anzug solch eine Angst haben würdet? Habt ihr denn noch niemanden in städtischer Kleidung gesehen?“

„Ach ja, aber das ist etwas anderes; doch du bist uns so fremd. Mir selbst ist es, als müsste ich vor dir davonlaufen.“

„Das wäre noch schöner – unterstehe dich!“

Um die beiden zu erheitern, fing Pavel an zu erzählen, wie es ihm auf der Reise ergangen war; dabei aß er nach Herzenslust von den Kirschen, die sie ihm mitgebracht hatten, dann fragte er nach den Bekannten. So kamen sie nach Hause; und ehe die Tante das Abendessen auftrug, konnte Andrej seinen Herzenswunsch erfüllen und dem Bruder alles zeigen, was er während seiner Abwesenheit bereitet hatte. Pavel lobte alles, obwohl ihm in der kleinen, niedrigen Hütte, in deren Tür er sich bücken musste, zumute war wie einem Adler, den man aus seinem Horst genommen und in einen Käfig versetzt hat.

Als sie schon beim Abendbrot saßen, erwähnte Frau Zvara: „Der Müller aus dem Tal ist vorbeigegangen und hat gefragt, ob du schon daheim seist.“

„Welcher, Tante, der Alte oder Jura?“

„Der Alte.“

„Lebt der noch?"

„Ach freilich, diesen alten Drachen würde selbst das Feuer nicht verbrennen."

„Und wie geht es den Übrigen?"

„Die Alte ist gestorben – das haben wir dir wohl geschrieben; Juros Frau ist jetzt die Wirtin. Nun, sie hat sich lange genug danach gesehnt. Aber Danischs Frau soll es bei ihr schlecht haben."

„Hat denn Danisch schon geheiratet?"

„Schon vor drei Jahren, etwa acht Wochen nach deiner Abreise. Sie haben solch einen hübschen Jungen; er ist kaum zwei Jahre alt und läuft und spricht schon so nett – solch ein kleines schwarzäugiges Eichkätzchen."

„Und wen hat Danisch sich genommen?"

„Eine gewisse Trnovsky."

„Erinnerst du dich nicht", fiel Andrej ein, „als wir auf dem letzten Jahrmarkt in M. waren, kauften wir eine Kuh von ihrem Onkel."

„Aha, ich weiß schon! Es war auch ein junger Bursche in unserem Alter bei ihnen."

„Das ist ihr Bruder; sie sind Waisen. Der ist jetzt hierher gezogen, er hat sich Malkovs Haus gekauft. Er ist Tischler und soll sehr gute Arbeit liefern. Hätte ich früher von ihm gewusst, so hätte ich die Fenster und Türen von ihm machen lassen."

„Und übt Danisch sein Handwerk aus?"

„Freilich, es geht ihm nicht schlecht dabei. Seitdem auch Imrich daheim ist, arbeiten sie zusammen. Der

Alte hat Danisch eine Werkstatt und Imrich eine Schmiede gebaut. Ich habe mir den Wagen dort reparieren lassen; sie haben mich dabei übers Ohr gehauen, es ist wahr. Nun – kein Wunder; der Apfel fällt nicht weit vom Stamm –, dafür sind sie Lehotskys Söhne."

„Und wann ist Imrich zurückgekehrt?"

„Mit Anfang des Frühlings."

„Juros Frau hat geklagt", bemerkte die Tante, indem sie den Tisch abräumte, „dass ihm der Alte sehr die Stange halte und dass er recht ausgefallen sei. Er möchte ihn wirklich sehr gerne verheiraten, denn er hat Angst, dass er ihm eines Tages davonläuft."

So plauderte die kleine Familie, bis der Abend kam und die beiden Brüder sich zum ersten Mal in der neuen Stube zur Ruhe legten.

„Höre, Pavel", sprach Andrej plötzlich, „dieser Herr Trnovsky soll doch wirklich einen anderen Glauben haben als wir."

„Ist er katholisch oder helvetisch?"

„Weder noch."

„Was ist er denn?"

„Das weiß ich nicht, die Leute reden viel über ihn, aber sie geben ihm gerne Arbeit, denn er darf weder betrügen noch fluchen. Aber was geht uns das an? Für uns ist es so gut, wie wir sind. Doch – schlafen wir lieber."

Na, den möchte ich zum Militär schicken!, dachte Pavel beim Einschlafen. *Möchte gerne sehen, ob er dort sein könnte, ohne zu betrügen und zu fluchen.*

3. Bei Lehotskys

An jenem Abend, da Pavel Murtin heimkehrte, stand der alte Müller Lehotsky auf einer hohen Brücke, die sein vom Bach umflossenes Haus mit den Wiesen verband, und besah den Schaden am Wehr. Er kümmerte sich zwar nicht mehr viel um die Mühle und lebte nur für seine Wirtschaft; aber es machte ihm Vergnügen, wenn er etwas entdecken konnte, was nicht in Ordnung war, um etwas zu fluchen zu haben; denn er konnte nicht leben, ohne zu fluchen. Der Müller war ein stattlicher Mann mit eisernen Muskeln. Sein rotes Gesicht strotzte vor Gesundheit, nur Haar und Bart waren schon gebleicht. Er war ein hoher Sechziger. Von zwölf Kindern waren ihm nur drei Söhne geblieben, der Älteste und die beiden Jüngsten.

Der Älteste hatte schon große Kinder und dessen ältester Sohn besuchte das Gymnasium. Der Großvater wollte dereinst einen Advokaten aus ihm machen, denn er beneidete diese Herren, dass es ihnen auf der Welt so gut ging. Die Tochter arbeitete in der Stadt als Dienstmädchen, damit sie dort die Sprache lerne; sie hatte dort bereits die heimatliche Tracht abgelegt. Der jüngere Sohn war bei einem Schneider in der Lehre, und das kleinste Mädchen saß am Ufer und hütete die Gänse, die soeben unterhalb des Wehres mit großem Geschnatter ins Wasser sprangen, um ihre Flügel zu baden. Auch das Kind steckte seine schmutzigen, sonnenverbrannten Füße in den Mühlgraben und ließ das reine, kühle Wasser darüberfließen.

„Was treibst du da, du Frosch? Gehe zu den Gänsen!“, rief der Müller der Enkelin zu und zog die dichten grauen Augenbrauen zusammen.

Das Kind raffte sich auf, aber man merkte ihm an, wie schwer ihm das Aufstehen fiel. Es streckte erst eine Hand aus, dann die andere, gähnte hörbar und zog lässig die Füße aus dem Wasser; Schritt für Schritt trollte es hinter den Gänsen her. Der Großvater beachtete es nicht mehr; er blickte auf die alte, mit Schindeln gedeckte Mühle, deren windschiefes Dach sich schwerfällig gegen ein hübsches, neues Haus lehnte.

Der Müller ging auf die Brücke, von wo aus er seinen ganzen Besitz überschauen konnte.

Ja, dachte er voll Stolz, *das alles habe ich mir erwirtschaftet. Als ich mit meiner Frau anfing, hatten wir nur diese alte Bude – und jetzt, siehe da: ein neues Haus, gefüllte Ställe; alles, was ich ringsum sehe: Wiesen, Gärten, Felder, alles mein. Meine Söhne habe ich ordentlich erzogen; jeder hat sein Handwerk und kann sich ernähren; ich bin ein anständiger und ordentlicher Mensch*, und dabei runzelte er die Stirn, als wollte jemand seine Ordentlichkeit anzweifeln.

Da brach im Hofe ein Geschrei los; eine scharfe Frauenzunge regte sich in einem Munde, der zuvor sicherlich nicht ausgewaschen war, da ihm solch ein Strom schmutziger, giftiger Worte entquoll.

„Was keift die wieder?“, brummte der Müller, riss rasch das Pförtchen auf und trat in den Hof.

„Na, was treibt ihr denn?“

Inmitten des Hofes, ein totes Entchen in der Hand, die andere drohend geschwungen, stand die Bäuerin, eine Frau, die für ihre Jahre ziemlich gealtert war; ihre grauen Augen funkelten nur so.

„Aber, Katscha, warum bist du so zornig?“

„Ach, wer wollte da nicht zornig sein? Seht her, schon das dritte ist verendet, und da ist nur sie schuld daran, sie hat ihnen sicher etwas Heißes zu fressen gegeben; sie will es mir geben ...“ – und wieder folgte ein Strom schmutziger Schimpfworte.

„Schrei nicht so!“, brüllte der Müller, so dass der bis dahin friedlich schlafende Kettenhund ganz erschrocken aufsprang; das Kalb kam aus dem Stall gelaufen und sprang unter das Federvieh, welches entsetzt auseinander stob. Die Hähne suchten eilig auf dem hoch aufgetürmten Düngerhaufen Schutz.

Der Müller Lehotsky verstand zu zeigen, wer der Herr im Hause sei. Er allein war imstande, die Frau seines Sohnes zum Schweigen zu bringen; denn wenn er zu fluchen anfing, dann zitterte alles.

Jetzt fluchte er nicht; er ging mit großen Schritten zu der Seitentür des neuen Hauses und trat in die saubere kleine Küche, wo am Herd, vom Feuer beleuchtet, eine junge Frau mit blassem Gesicht stand. Sie hatte die Hände wie zum Gebet gefaltet und an die Brust gedrückt. An ihren feuchten Augen merkte man, dass sie geweint hatte und auch jetzt noch nicht mit ihrer Seele bei der Arbeit weilte, die ihre Hände verrichteten. Ein reizender Junge in weißem Hemdchen versteckte seinen Lockenkopf in den Falten ihres Gewandes. Bei dem heftigen Zuschlagen der Tür erbebte die junge Frau, das erschrockene Kind ließ seine Stütze los, und hätte die Frau es nicht rasch aufgehoben, so wäre es zu Boden gefallen.

„Was gibst du nur immer für Ärgernis?“, schrie der Müller. „Was hast du wieder Katscha getan?“

„Nichts habe ich ihr getan, Vater, ich war gar nicht daheim“, entgegnete das junge Weib ruhig. „Ihr wisst, dass wir erst vor kurzem von der Wiese gekommen sind, und seitdem koche ich das Abendessen.“

„Na, sie würde das nicht ohne Grund sagen, du hast doch wohl den Enten etwas antun müssen; weil die deinen missraten sind, darum willst du auch die ihren vernichten.“

„Aber wie sollte ich nur solche Sünde tun? Ich bitte Euch, Vater, glaubt mir, ich wünsche niemandem etwas Böses; ich kann nichts dafür, dass Katscha mich hasst und stets das Schlechteste von mir denkt.“

Zwei große Tränen fielen aus den Augen der Frau auf die goldenen Locken des Kindes.

„Ich bin nicht gekommen, um dein Weinen und deine Klagen anzuhören; eins ist sicher“, sprach der Müller finster, „dass du uns herausfordern willst; seitdem dein sauberer Bruder zurück ist, der Glauben und Seele verkauft hat, bist du nicht mehr die Alte. Ja, du bist uns so zuwider, dass wir dich gar nicht anschauen können; ich wundere mich wirklich, dass Danisch das duldet, dass du immer dorthin läufst und bis um Mitternacht dort sitzt." – „Vater, Danisch weiß, dass wir beide dort nichts Böses tun. Wir lesen das Wort Gottes, singen zur Ehre Gottes und beten auch für Euch."

„Ach was, was braucht ihr für mich zu beten? Ich bete für mich selbst und damit basta. Wenn sich meine Frau in einer anderen Hütte herumgedrückt hätte, da hätte ich ihr den Herrn gezeigt; und Danisch will ich es sagen, dass er Ordnung schafft."

Die junge Frau fuhr plötzlich zusammen, drückte ihr Kind fest an sich und faltete dann bittend die Hände.

„Reizt Danisch nicht gegen mich, Vater, ich bitte Euch recht herzlich; ich will ja alles tun, alles ertragen, nur verbietet mir nicht, zu Jan zu gehen. Ich kann es Euch nicht sagen, und Ihr würdet mich auch nicht anhören – aber wenn ich dorthin komme, dann ist es mir, als wäre ich schon im Himmel, von dem er erzählt, solch eine Wonne fühle ich in meinem Herzen. Danisch sagt zwar, ich könne auch daheim lesen und beten; ich lese und bete ja auch, aber bei uns ist nie Ruhe vom frühen Morgen bis in die Nacht hinein, so dass ich nichts davon habe. Ach, und ich sehne mich so sehr danach, dass der Herr Jesus auch mir meine Sünden vergibt und mich in Gnaden annimmt und mir den Frieden und die Freude schenke, die er Jan gegeben hat."

„Nun schweige; und was hast du immer mit deinen Sünden? Und dass du keine Ruhe hast? – Sieh mal einer die junge Frau an! – Sie möchte, dass wir alle nicht arbeiten, sondern nur über dem Buch säßen. Bete oder bete nicht, aus einer leeren Schüssel wirst du nicht satt. Wenn dir das Arbeiten schwer fällt, hättest du einen Priester heiraten sollen." Erzürnt wandte sich der Müller zur Tür.

„Ihr wisst gut, Vater, dass mir das Arbeiten nie schwer gefallen ist", verteidigte sich die junge Frau; „ich arbeite gerne und will arbeiten; ich will Euch den ganzen Tag über treu dienen, nur die Abende lasst mir für meine Seele, Ihr werdet ja keinen Schaden davon haben."

„Nun, ich will mit dir keinen Streit anfangen! Aber eins sage ich dir: Wenn Danisch sich angewöhnt, alle Tage ins Wirtshaus zu laufen und mein und dein Geld durchzubringen, weil du ihm davonläufst, dann – wenn er dich nicht zum Haus hinauswirft, dann tue ich es; mache, was du willst!" Der Müller ging schwer verärgert davon.

Eine Weile später stand er in der Schmiede des jüngsten Sohnes. Imrich beschlug den Wagen, den Danisch soeben fertig gestellt hatte. Der Mann blickte auf seine schmucken Söhne; es gefiel ihm, dass sie so fleißig arbeiteten. Er vergaß dabei ein wenig die Schwiegertochter, besonders, als die beiden ihn bemerkten, und Imrich – wie es so seine Gewohnheit war – seine Späße trieb und dabei so dröhnend lachte und fluchte, dass er dem Alten darin nicht nachstand.

Da öffnete Jura Lehotsky das Tor, denn man hatte ihm Getreide gebracht; er rief die Brüder, dass sie ihm abladen hülfen. So gingen sie alle drei mit dem Vater, und im Innern der Mühle herrschte bald reges Treiben.

Unterdessen hatte die junge Frau das Abendessen bereitet und auf den Tisch gestellt. Sie nahmen ihre Mahlzeiten getrennt ein, der Müller aß mit Imrich und Jura zusammen. Der Müller selbst hatte das noch voriges Jahr so angeordnet, damit es nicht immer so viel Verdruss gebe, weil Katscha sich mit Danisch gestritten hatte. Wie war ihm die junge Frau dankbar dafür, hatte sie sich doch zuvor kaum satt essen können. Sie versorgte und wiegte ihr Kind, und als es auf ihrem Schoß eingeschlafen war, legte sie es in das kleine Bett, welches Danisch für seinen Erstgeborenen angefertigt hatte. Kaum war sie fertig, da trat ihr Mann ein. Er beugte sich zuerst über sein schlafendes Kind und küsste das reizende Knäblein, dann aß er mit gutem Appetit das Abendbrot, das seine Frau ihm vorlegte. Er hatte Hunger und das Essen war gut; es verschwand im Nu.

Die Gatten sprachen freundlich und herzlich miteinander; man sah ihnen an, dass sie sich lieb hatten, dass sich bei ihnen nicht nur die Äcker verbunden hatten.

„Wenn ich fertig bin, gehe ich zu Jan; er soll mir einen kleinen Kasten für das Wägelchen des Richters machen."

„Warte, bis ich fertig bin, ich möchte mit dir gehen", bat das junge Weib.

„Nun, meinetwegen, aber eile dich. Und was wird mit dem Jungen?"

„Du weißt, dass er bis zum Morgen nicht erwacht."

„Ich will inzwischen den Kühen aufschütten."

Die junge Frau sputete sich, und bald schritt sie mit ihrem Mann durch die Wiesen dahin. Vom Gemüsegarten aus sah ihnen die Schwägerin nach. *Wie sie miteinander laufen, wie ein Liebespaar vor der Hochzeit.* Der Neid regte sich in ihr. *Sicherlich hat sie ihn auch verleitet, mit ihr zu Jan zu gehen. Solch eine Rabenmutter, schließt das Kind einfach ein und läuft davon! Nein, dass Danisch nur so blind ist; da war ich in meiner Jugend noch ein ganz anderes Frauenzimmer und Jura war nicht wenig vernarrt in mich, aber so dumm war er denn doch nicht. Na, werden ja sehen, was daraus wird; und dem Danisch will ich mal ein Licht aufstecken.* An der Grenze des Grundstücks blieben die beiden Gatten stehen; sie mussten den Hund abwehren, der die junge Frau vor lauter Freude beinahe umgerissen hätte.

„Aber Duntschko, lass gut sein!", sie streichelte seinen zottigen Kopf.

„Welch ein Kamerad!", lachte Danisch.

„Weißt du, er erinnert sich an mich noch von daheim; wir haben oft die Schafe gehütet."

„Jetzt ist er in Pension. Na, Alter, ist dein Herr daheim?" Als verstünde er die Worte, erhob der Hund den buschigen Schweif und eilte dem kleinen, aber überaus hübsch gelegenen Gebäude zu. Soeben öffnete sich seine Tür und ihnen entgegen trat ein junger Mann, den man gerne ansehen mochte. Er war nicht so hübsch wie seine Schwester, aber er hatte etwas so Anziehendes, das sich die Leute seiner Umgebung nicht erklären konnten; hätte er unter Gebildeten gelebt, so würde man von ihm gesagt haben, dass sich in seinem Gesicht und in seiner ganzen Erscheinung eine schöne Seele widerspiegelte.

Die Familie begrüßte sich; der junge Mann rief sie hinein.

„Wir können auch hier unter dem Nussbaum bleiben“, sprach der junge Wagner, Platz nehmend.

„Ja, bleibt nur und plaudert miteinander, ich will inzwischen drinnen ein wenig nach dem Rechten sehen; es ist doch eben schlecht ohne Hausfrau.“

„Das ist lieb von dir, Judka; bitte mache mir dann Ordnung bei der Milch“, bat er und blickte der Schwester nach, wie sie im abendlichen Dunkel verschwand.

„Nein, wie kannst du nur so leben, Jan?“, fragte der junge Wagner verwundert. „Mich würden diese Mauern erdrücken.“

„Ich bin nicht allein, Danisch.“

„Du wirst in der Einsamkeit wohnen, aber nicht allein.“

„Fürchte dich nicht, ich bin mit dir – spricht der Herr“, entgegnete der Jüngling mit ruhiger Überzeugung.

„Denkst du wirklich, dass Gott hier mit dir wohnt?“

Ein ungläubiges Lächeln zuckte über das Gesicht des jungen Mannes.

„Ich habe weder einen Grund noch ein Recht, an seinen Worten und Verheißungen zu zweifeln."

„Aber bist du sicher, dass sie auch für dich gelten?"

„Die ganze Bibel ist unser, also sind alle Verheißungen Gottes auch für mich, und ich glaube ihnen."

„Nun, das ist gut, wenn einer das so kann; aber glaube mir, ich möchte gar nicht, dass das, was in der Bibel steht und was die Geistlichen sagen, wahr ist, ich möchte nicht, dass Gott immer mit mir ist. Es passiert doch oft, dass der Mensch allerlei sagt oder tut, was nicht gerade recht ist, und wenn ich glauben müsste, dass er mich stets sieht und hört, das würde mir nicht gefallen."

„Warum sagt ihr dann, so oft ihr einander begegnet: ‚Pan Bob poma hai?' Wenn Gott nicht mit euch ist, wie kann er euch dann helfen?"

„Ja nun, das ist solch eine Gewohnheit, bei der sich keiner was denkt."

Unter dem Nussbaum wurde es still.

„Warum missbraucht ihr also den Namen Gottes, wenn ihr euch nichts dabei denkt?"

„Aber, dass ich nicht vergesse, weshalb ich gekommen bin: wirst du mir den Kasten machen? Ich brauche ihn bis zum Sonnabend", lenkte der junge Mann ab.

„Er ist beinahe fertig; wenn Imrich morgen vorbeigeht, kann er ihn mitnehmen und beschlagen."

„Das muss ich sagen, ein tüchtiger Handwerker bist du und der Mensch kann sich auf dich verlassen; was du sagst, das hältst du auch", lobte Danisch aufrichtig den Schwager.

„Wenn ich verspräche, was ich nicht halten kann, dann würde ich betrügen, und das ist Sünde."

„Sünde! – Bei dir ist alles Sünde", der junge Mann runzelte die Stirn; „auch unters junge Volk zur Musik zu gehen oder eins zu trinken, hältst du für Sünde. Was bist du für ein junger Bursche! Du lässt dich schelten und allerlei Schabernack mit dir treiben, ohne zu antworten, denn selbst das ist Sünde für dich. Unter die Leute gehst du nur, wenn du musst; du lebst hier wie ein Einsiedler; zum Schluss wirst du noch sagen, dass auch das Heiraten Sünde sei."

„Das sage ich nicht; nur diejenigen, welche dem Antichrist anhängen, werden verbieten, ehelich zu werden."

„Also warum heiratest du nicht?"

„Ich fühle nicht die Notwendigkeit." Eine leichte Röte färbte sein Gesicht.

„Oder du denkst wohl, dass du kein Mädchen findest, welches mit solch einem Leben einverstanden wäre, wie du es führst. Na, ich wüsste eine. Oben bei Murtinovs haben sie ein Mädchen wie eine Blume, freilich, arm ist sie wie eine Kirchenmaus, aber das Geld ist ja für dich nur sündiger Mammon, danach fragst du nicht. Ich werde mit ihr reden, willst du?"

„Und weißt du sicher, dass Gott sie für mich geschaffen hat?" Die Hand des jungen Mannes ruhte auf dem Arm des Schwagers.

„Das weiß ich nicht; aber, wenn sie dir bestimmt ist, dann entgeht sie dir nicht."

„Nun also, dann können wir diese Sache in Frieden lassen", lachte der andere. „Was kommen soll, kommt schon."

Weitere Worte unterbrach Judkas Erscheinen.

„Wir sollten nun heimgehen", sprach Danisch, „aber ihr beide habt noch gar nicht miteinander geredet; so gehe ich allein, und du, Schwager, kannst dann Judka begleiten."

„Bleibe doch ein wenig bei uns", baten beide, jedoch vergeblich.

Ich weiß, was sie vorhaben, dachte Danisch, indem er allein dahinschritt. *Sie wollen lesen und beten, und das kann ich nicht hören.*

Aber er blieb dennoch stehen und sah, wie der Schwager dort drinnen die Lampe anzündete und wie er sich mit seiner Schwester an den Tisch setzte, dann öffnete er das große heilige Buch, und nachdem sie kurz gebetet hatten, las er. Sie stützte den Ellbogen auf den Tisch, lehnte die Wange an die gefalteten Hände und hörte zu. Es war, als sähe man einen Durstigen, der sich am frischen Wasser erquickt.

„Ich möchte doch gerne wissen, was er da liest", sprach der junge Wagner bei sich selbst, „und was sie so anhört." Und es war, als riefe es ringsumher: „Komm, komm!", und auch in seinem Innersten rief eine Stimme: „Komm!“ Schon schien es, als könne er nicht widerstehen, da warf er den Kopf zurück. – „Wenn es ihr Freude macht, wohlan, aber mir ist mein Glaube gut genug; so leben wie Jan lebt, das kann ich nicht und will ich auch nicht.“ Er eilte heim. Aber es war ihm zumute, als wäre dort in den Bergen – oder aber in seinem Herzen – etwas wach geworden.

Und durch die geöffneten Fenster tönte, von einer sanften Stimme gelesen, in die stille Sommernacht hinaus das Wort der ewigen Wahrheit, ein Wort voll lieblicher, süßer Einladung: *Alle, die ihr durstig seid, kommt her zum Wasser! Und die ihr nicht Geld habt, kommt her, kauft und esst; kommt her und kauft ohne Geld und umsonst beides, Wein und Milch! Warum zählt ihr Geld dar, wo kein Brot ist, und tut Arbeit, da ihr nicht satt davon werden könnt? Hört mir doch zu und esst das Gute, so wird eure Seele am Fetten ihre Lust haben. Neigt eure Ohren her und kommt her zu mir; höret, so wird eure Seele leben*“ (Jesaja 55,1-3).

Dann, als das ganze Kapitel gelesen war, blickte der Bruder die gespannt zuhörende Schwester an und sprach:

„Komm auch du, Judka, diese Einladung gilt auch dir; dich ruft der Herr Jesus, dass du zu ihm kommst. Er, den Gott selbst uns zum Zeugen und zum Gebieter gemacht hat, streckt dir die Hände entgegen und ruft: Komm!“

„Ich möchte ja so gerne gehen, Jan. Glaube mir, seitdem ich die Wahrheiten Gottes höre, habe ich solch eine große Sehnsucht im Herzen, am liebsten möchte ich davonlaufen und nur zu ihm gehen, aber ich habe so sehr gesündigt. Kann er mich denn so nehmen, wie ich bin?“ Ein Tränenstrom ergoss sich über die bleichen Wangen der jungen Frau.

„Ach, Judka, der Herr Jesus selbst hat gesagt, er sei gekommen, die Sünder zur Buße zu rufen und nicht die Gerechten. Und hier haben wir die Buße beschrieben: *Der Gottlose lasse von seinem Weg und der Übeltäter von seinen Gedanken und bekehre sich zum Herrn, so wird er sich seiner erbarmen, und zu unserem Gott, denn bei ihm ist viel Vergebung*“ (Jesaja 55,7).

„Steht das wirklich dort?“

„Ja, höre nur!“ Der Jüngling las noch einmal, auch das, was geschrieben steht von den Gedanken Gottes, die so viel höher sind als unsere Gedanken. Auch davon, dass das Wort, das aus seinem Munde geht, nicht leer zurückkommen soll, sondern dass es, wenn der Mensch es in sein Herz fallen lässt, fähig machen soll, diesen Samen Gottes, den Herrn Jesus, aufzunehmen.

Die junge Frau verstand und gehorchte dem Rufen: *Denn ihr sollt in Frieden ausziehen und in Frieden geleitet werden.* Sie ging zu Jesus, sie brachte ihm ihr sündiges Herz, sie übergab sich ihm ganz und empfing aus seinen Händen, frei und umsonst, wie es verheißen ist: Gnade und Vergebung, das ewige Leben, den Heiligen Geist, ja, ihn selbst. Anstatt der Hecken wuchsen in dem mit einem Male getrösteten und gesättigten Herzen Tannen, statt der Dornen wuchs die

Liebe auf und das, was der Heilige Geist weiterhin an ihr und in ihr vollführen würde, sollte dem Herrn ein Name und ewiges Zeichen sein, das nicht ausgerottet werden würde.

4. Im Toplovatal

Etwa zu der Zeit, da Danisch mit seiner Frau zu Jan Trnovsky ging, trat auch Imrich Lehotsky aus dem Hof. Kaum hätte man ihn wieder erkannt; nachdem er den Ruß der Schmiede abgewaschen und frische Wäsche und Kleider angelegt hatte, sah man erst, was für ein schmucker Bursche er war. Im Tor begegnete er dem Vater.

„Na, wohin gehst du schon wieder?“, brummte der Alte. „Was geht das Euch an!“, runzelte der Sohn die Stirn. „Ihr seid ja auch gegangen und niemand hat Euch gefragt.“

„Gib nur Acht, dass sie dich nicht wieder geführt bringen und dass du mit ganzem Kopf nach Hause kommst.“

Der Sohn schlug das Tor zu, dass es beinahe aus den Angeln fiel, und eilte pfeifend dem Städtchen zu, aber nur eine kurze Strecke, dann betrat er den Fußpfad unterhalb der Murtins und bog seitwärts ins Toplovatal ein. Warum dies Tal so hieß, hätte niemand sagen können, denn es gab hier nirgends Pappeln zu sehen. Aber das Blatt bewegt sich nicht ohne Wind, es musste wohl einst hier irgendwelche gegeben haben. Hier gab es große Gehöfte und in ihnen wohnten lauter reiche, stolze Bauern; unter ihnen gab es etliche bibelfeste Leute, mit denen es selbst der Pfarrer nicht so leicht aufnehmen konnte; und wenn es zum Diskutieren gekommen wäre, dann hätten sie sicher den Sieg davongetragen. Ja, die Toplover diskutierten sehr gerne, und wenn sie in der Schenke zusammenkamen, erfüllten sie oft genug die wehmütige Klage des Sohnes Gottes: *Die im Tore sitzen, schwatzen von mir, und in den Zechen singt man von mir.*

Der Müller wusste, dass der Sohn dort zu einem Mädchen ging, und es gefiel ihm, dass er eine reiche Braut heimführen würde.

Aber die, zu der er ging, war nicht reich, obwohl ihr Vater einst ein angesehener Bauer gewesen war. Sie wohnte mit ihrer Mutter zur Miete und ernährte sie beide durch Sticken und Nähen.

Sie war wirklich ein Prachtmädchen, im Tanz wie ein Reh, heiter, und konnte erzählen wie einst ihr Vater. Das junge Volk kam gerne zu ihr. Ja, sie hatten Imrich Lehotsky schon mal durchgeprügelt, weil er sich hier die ersten Rechte angeeignet hatte, aber er hatte über sie gesiegt, und schließlich überließen sie selbst ihm den ersten Platz neben dem Mädchen.

Die alte Hrubik beherrschte längst nicht mehr ihre Tochter. Sie war eine früh gealterte Frau, hustete und kränkelte viel. Mit ihrem Mann hatte sie viel Schweres erlebt, ihre Kinder waren, bis auf dies eine, alle gestorben. Sie war aus dem Wohlstand in Armut geraten; sie beweinte das, was nicht mehr war. Ihre einzige Hoffnung und Sehnsucht war es nun, die Tochter gut zu verheiraten, und darum verwandte sie alles für sie.

So hatte Susanka Hrubik die hübschesten Kleider in ganz Toplova, und weil sie stets nur mit der Nadel arbeitete, waren ihre Hände und ihr Gesicht sehr gepflegt.

Unter solchen Verhältnissen konnte das junge Volk bei Hrubiks ordentlich lustig und ausgelassen sein. Kaum erblickte Imrich von weitem die kleine Hütte, glühten seine Augen wie die Kohlen in seiner Schmiede, wenn er mit voller Kraft hineinblies.

Imrich freute sich, dass er heute früher kam als die anderen. In der Hütte brannte Licht, das Fenster war geöffnet, in der Stube sah man nur die alte Frau Hrubik, sie betete aus dem Gebetbuch. Vor dem Fenster breitete ein Apfelbaum seine Zweige aus, unter ihm stand eine Bank und darauf saß, den Kopf in die Hand gestützt, Susanka Hrubik. Mit wenigen Schritten war Imrich bei ihr.

„Guten Abend!"

Sie erschrak. Dann erhob sie ihr liebliches Gesicht, ihre feurigen Augen zu ihm.

„Du bist es, Imrich?"

„Wer denn, meintest du, dass es sein könnte?", fragte er finster.

„Ach, wer kann wissen, welcher von euch zuerst kommt?", lachte sie. Es war, als höre man eine Lachtaube, so hübsch klang es.

„Ist es dir wirklich so ganz einerlei, wer von uns zuerst kommt?", fragte der Bursche halb ärgerlich, halb bange, und setzte sich an ihre Seite. Wie lange schon hatte er sich nach solch einem Augenblick des Alleinseins mit ihr gesehnt! Sie verstand gut, was er damit meinte, aber sie wollte nicht verstehen.

„Du bist ja heute in sehr übler Laune gekommen", lachte sie, „da hättest du wirklich daheim bleiben können. Sicher hat es bei Euch wieder Spektakel gegeben; das soll häufig vorkommen – und dann fliegt alles nur so."

„Wer hat dir so was erzählt?", erschrak er. „Nun, es ist wahr, der Vater ist brummig und Juras Weib ist ein richtiger Drache, aber ich habe nichts mit ihnen; ich arbeite in meiner Schmiede und möchte mal sehen, wer mir etwas gebieten oder verbieten dürfte."

„Wie hübsch es dir steht, wenn du dich so ärgerst", lachte sie ihn aus. „Na, ich würde für euer ganzes Königreich nicht unser Hüttchen hier eintauschen mögen. Weißt du, dass wir es schon gekauft haben?"

„Was du nicht sagst! Wann denn?"

„Gestern war Mutter in der Stadt, nun werden sie es auf meinen Namen überschreiben. Und das habe ich fast alles durch Nähen verdient, denn das bisschen Geld, was der Vater mir hinterlassen hat, ist noch bei der Obervormundschaft."

„Aber Susanka, was willst du mit dieser Hütte? Du –", er sprach nicht weiter.

„Nun?" Sie blickte auf ihre weißen Hände und spielte mit den Ringen, die sie schmückten.

„Warum verstellst du dich so? Du weißt doch, was ich sagen will."

„Ich muss nicht wissen, was du sagen willst, ebenso wenig wie du erraten kannst, was ich vorhabe. Nun, ich habe mir die Hütte gekauft und werde so allein darin wohnen, wie Jan Trnovsky in der seinen. Keiner von euch wird mehr zu mir kommen dürfen; zur Musik gehe ich auch nicht mehr, habe schon genug getanzt. Es werden nicht nur die Jünglinge einen Heiligen haben, es können auch die Mädchen eine Heilige brauchen. Denke nur, wird das nicht hübsch sein: dort bei euch im Zapotockytale der heilige Johannes und hier im Toplovatale die heilige Susanna?" Das Lachen des Mädchens klang so übermütig und ansteckend, dass es auch den Ernstesten mit fortgerissen hätte.

„Meinetwegen", rief der Bursche, „aber zu Jan geht unsere Judka, und zu dir werde ich gehen!" Das Weitere flüsterte der Bursche dem Mädchen nunmehr ins Ohr. Gerade wollte er ihre schlanke Gestalt umfassen – da hörte man Schritte und Stimmen; sie riss sich los und eilte davon, bevor er sie mit seinen starken Armen festhalten konnte.

Bald war die Stube voll. Imrich ging als Letzter hinein. Er trat ein mit dem festen Vorsatz: „Sie muss sobald wie möglich mein sein und nur mein; ich werde mit ihr reden und niemand hat hier mehr etwas zu suchen, keiner!"

In der Hütte ertönten bis lange in die Nacht Gesang, Gelächter und Scherze. Die Jugend unterhielt sich auf Kosten Jan Trnovskys.

„Wisst ihr was?", sprach Jura Surovy, „wir wollen ihm einen Streich spielen, dass er ordentlich in Zorn gerät; er sagt ja, dass der Mensch weder zürnen noch sich rächen dürfe."

„Schlagen wir ihm die Fenster ein", meinten die einen. „Nein, ich will ihm die Tür ausheben und in den Bach tragen.

„Nein, treiben wir ihm die Kuh auf die Wiese; sie mag sich weiden."

„Aber Jungens", meldete sich Frau Hrubik mit weinerlicher Stimme, „was habt ihr denn davon? Lasst doch einen Menschen in Ruhe, der euch nichts zu Leide getan hat."

„Ach, wir wollen uns ja nur überzeugen, ob er sich ärgern und ob er nachforschen wird, wer ihm das getan hat."

„Wisst ihr was", sagte Imrich, „heute lassen wir ihn in Ruhe, denn heute könnte uns sein Hund verraten; aber der kommt fast alle Tage zu Judka; wenn er wieder kommt, sperre ich ihn ein, und dann wollen wir Jan auf den Zahn fühlen."

„Ich will euch etwas sagen: stellt ihm einen Maibaum auf!", lachte Susanka. „Ich gebe euch Bänder."

„Sehr gut, Bänder! Das wird famos; ja, einen Maibaum bekommt er, mit zerrissenen Hosen und einem Kranz von Stroh oben darauf. Ihr könnt zufrieden sein, Tantchen; damit beschädigen wir sein Hab und Gut nicht und das wird ihn sicherlich mehr ärgern als jeder Schaden. Die Fenster würde er sicher wieder einsetzen lassen, die Tür würde er holen, die Kuh könnte verenden und es wäre schade um das schöne Vieh. Diesen Spott nimmt ihm keiner wieder ab."

„Und gleich morgen machen wir es."

Die Jugend war ganz glücklich, dass sie einen Spaß haben würde. Imrich führte das große Wort. Spät in der Nacht ging das junge Volk unter Gesang und Gejohle auseinander.

Unter dem Apfelbaum stand das Mädchen mit gesenktem Kopf; seine feurigen Augen blickten nachdenklich vor sich hin. „Warum habe ich ihnen das nur gesagt? Was hat er mir getan? Mutter hat Recht: er tut uns nichts zuleide. Und ich kenne ihn ja gar nicht, nur was ich so von ihm gehört habe. Morgen will ich dort vorbeigehen, wenn ich Mikovs die Ärmel hinbringe; dann trete ich bei ihm ein und bestelle mir eine Truhe; wenn er so ist, wie sie sagen, wird er mich nicht verraten, dass ich mir vor der Verlobung eine Truhe machen lasse. Das Geld habe ich schon bereit und ich werde sie bald brauchen können. Aber soll ich mir Imrich nehmen, wenn seine Familie so unordentlich ist; der alte Geizhals würde es mir am Ende noch ins Gesicht schleudern, dass ich nichts mitgebracht habe; er würde etwa verlangen, dass ich mich so plage wie sie – und das tue ich nicht. Imrich würde mir ja gefallen, wenn er allein wäre oder wenn er hierher ziehen wollte, aber er hat seine Schmiede dort. Nun, ich kann es ja bei ihnen probieren; und wenn es nicht geht – ich lasse mich nicht quälen wie Danischs Frau – dann ziehe ich Imrich zu uns herüber und damit basta. Wenn er Sonnabend kommt, verspreche ich ihm –“

5. Ein Besuch

Am anderen Morgen arbeitete der junge Tischler soeben an einem angefangenen Fensterrahmen; neben ihm lag Duntschko, bequem auf den Hobelspänen hingestreckt, als plötzlich von der Tür her ein Schatten in die Werkstatt fiel und den jungen Meister bewog, den gesenkten Kopf zu heben. Er hob ihn – und Duntschko knurrte, aber als dächte er: *Das ist nicht der Mühe wert aufzustehen,* warf er sich aufs Neue auf sein bequemes Lager.

Im Licht der Sonnenstrahlen, die durch die geöffnete Tür hereinströmten, stand das Mädchen, das so mancher junge Mann begehrte, von der so mancher träumte. Träume, die, wie er wohl wusste, sich niemals erfüllen würden. Zwei feurige Augen hafteten mit forschendem Ausdruck an dem Gebäude und endlich an dem Gesicht des ihr entgegenschreitenden jungen Mannes.

„Guten Tag!", grüßte die liebliche Stimme.

„Gott gebe es!", dankte der Tischler, und unwillkürliche Verwirrung bedeckte sein Gesicht. „Kann ich dir mit etwas dienen?", fragte er, diese überwindend, mit jener Freundlichkeit, um deretwillen ihn selbst die gerne hatten, die ihm sonst nicht wohlgesonnen waren.

„Ich möchte mir gerne eine Truhe für meine Kleider

machen lassen." Ein flüchtiges Rot stieg in die Wangen des Mädchens.

Er nötigte sie einzutreten und führte sie aus der Werkstatt in die Stube. Diese war ziemlich groß und sehr sauber und hübsch. Auch hier warf das Mädchen einen Blick ringsumher. Durch die geöffneten Fenster strömten die Sonne und die frische, reine Bergluft herein; es war hier so still wie in einer Kirche.

„Nun setze dich und sage mir bitte, was für eine Truhe du haben willst, mit Schubläden oder nur einfach", fragte er.

„Lieber mit Schubläden, da werden die Kleider nicht so zerdrückt. Und was wird sie kosten?", entgegnete sie.

„Je nachdem, wie du sie haben willst, es gibt Truhen zu sechs und auch zu sechzehn Gulden. Die letzte habe ich für die Surovy gemacht, du kannst sie dir dort ansehen und mir bestellen lassen, ob du eine solche willst."

„Ich habe niemanden, durch den ich es bestellen lassen könnte, ich müsste schon selbst kommen; aber es ist ja nicht so eilig. Nächste Woche komme ich wieder vorbei und sage dir Bescheid, auch jetzt bin ich nur gekommen, weil mich mein Weg hier vorbeiführte", entgegnete sie entschuldigend.

„Nun musst du mir aber sagen, wie du heißt, für wen ich die Truhe machen soll", lächelte er.

„Daran merkt man, dass du nicht zur Musik gehst, wenn du mich nicht kennst. Ich bin Susanka Hrubik", scherzte sie.

„Du gehst also oft zur Musik?“ Er lehnte sich an den Stuhl und kreuzte die Arme über der Brust.

„Freilich – ich bin immer die Erste im Kreis. Was siehst du mich so an?“, errötete sie unmutig.

„Weil du mir Leid tust.“

Sie öffnete verwundert die Augen.

„Leid? Warum denn? Weil ich mich tüchtig austanze? Wenn du wüsstest, wie das ist! – Oder weißt du es vielleicht? Hast du früher auch getanzt?“

„Ich bin mit vierzehn Jahren als Lehrling nach Wien gekommen und mit siebzehn hat mich der Herr Jesus gefunden und ich habe mich ihm übergeben.“

„Schon mit siebzehn Jahren hast du zu diesem Glauben gehört?“ Man sah dem Mädchen an, dass es viele Fragen hatte, die es gerne beantwortet haben wollte.

„Ihr dürft also nicht tanzen? Wie könnt ihr nur so leben!“

„Es ist uns nicht verboten“, schüttelte der Tischler den Kopf; „aber es fällt uns gar nicht ein zu tanzen, wir haben dazu ebenso wenig Lust wie ihr zum Lesen des Wortes Gottes.“

„Denkst du etwa, dass wir nicht die Heilige Schrift lesen?“, fuhr sie beleidigt auf.

„Liest du sie?“ Er sah ihr mit einem ernsten, forschenden Blick in die Augen; es war ihr, als sähe er ihr bis auf den Grund ihres Herzens.

„Nun, ich habe freilich noch nicht viel darin gelesen“, bekannte sie aufrichtig, „aber ich gehe ja in die Kirche.“

„Wenn du das Wort Gottes so liebst wie das Tanzen, dann würdest du es jeden Tag lesen. Ich habe gehört, dass du für die Leute nähst, bei diesem Nähen könntest du noch eher ein halbes Stündchen erübrigen als ich bei meinem Handwerk."

„Ich bitte dich, was hast du denn von diesem Lesen? Wozu wird es dir je nützen? Pfarrer wirst du doch nicht, also was willst du damit?", forschte sie mit einem Lächeln.

„Und was soll dir alle Tage das Mittagessen und das Abendbrot?", entgegnete der Jüngling gleichfalls lächelnd.

„Hm, das ist etwas anderes – der Mensch muss essen, wenn er leben will."

„Nun, siehst du, das Wort Gottes ist Brot und Wasser für die Seele. Ohne das kann man nicht leben, auch die Seele muss täglich ihre Nahrung bekommen."

„Siehe, ich brauche das nicht und lebe glücklich und es geht mir gut."

„Verzeihe, wenn ich dir sage, dass ich nicht mit dir tauschen möchte."

„Warum? Was fehlt mir? Ich bin jung, gesund, ich habe zu wohnen, habe zu leben. Die Leute haben mich gerne, und ich könnte, wenn ich wollte, unter zehn – einen Mann aussuchen; nun sage mir, warum du nicht mit mir tauschen möchtest?" Sie stand vor ihm in ihrer ganzen jungen, reizvollen Schönheit; ihre feurigen Augen strahlten, während sie ihm ihr irdisches Glück beschrieb und ihre Schätze aufzählte. – Er sah, dass sie die Wahrheit sprach; unwillkürlich musste er sie ansehen. Auch die Sonne, welche sie bestrahlte, schien ihn zu fragen: „Sage, was fehlt ihr noch?"

„Ich glaube dir", sprach der Jüngling nach einer Weile seltsamen Schweigens, „ich glaube dir, dass du auf Erden alles hast – aber diese Dinge vergehen wie ein Traum. Deine Gesundheit kann eine Krankheit vernichten. Die Jugend vergeht mit den Jahren, deine Schönheit, die Gott selbst dir gegeben und um derentwillen du unter zehn Männern wählen darfst, kannst du verlieren; und wenn du unter zehn Männern wählst, wählst du am Ende den schlechtesten darunter, der dich um dein ganzes Glück betrügen kann. Und wenn du bis zum Tod in einem schönen Haus wohnen würdest, dann musst du heraus; ja, im Tod wirst du von allen diesen Dingen keinen Gewinn haben. Siehst du, deshalb möchte ich nicht mit dir tauschen."

Sie hatte die Augen abgewandt, während er sprach, jetzt blickte sie ihn wieder an.

„Und was hast du, dass du dich so über mich erhebst?" Ihre frischen Lippen zitterten.

„Ich erhebe mich nicht über dich", sprach der Jüngling rasch, „denn das, was ich habe, kannst auch du haben, wenn du nur willst."

„Du denkst, deinen neuen Glauben?" Sie schüttelte heftig den Kopf. „Ich bleibe bei unserem alten."

„Nicht den Glauben, aber den Herrn Jesus."

„Das verstehe ich nicht", gestand sie, „aber du hast sicher Arbeit, ich will dich nicht aufhalten, obwohl ich wirklich gerne wüsste, wessen du dich rühmen kannst, wenn dir alles, was ich genannt habe, noch nicht genug ist."

„Ich habe zwar Arbeit, aber ich kann mich nachher ein wenig beeilen, gerne will ich dir mein großes Glück und meine Schätze erklären, wenn du es willst. Aber setze dich bitte noch ein wenig", bat der Tischler freundlich. Sie schüttelte widerstrebend den Kopf, sie wollte stehen. „Nun siehe: auch ich bin jung, und, dem Herrn sei Dank, gesund; ich habe ein gutes Handwerk, das mir unter Gottes Segen gelingt. Von meinen lieben Eltern habe ich so viel geerbt, dass ich mir diese Hütte kaufen konnte und mir noch manches fürs Handwerk geblieben ist. Alle diese Dinge weiß ich als Gaben Gottes zu schätzen, für die ich ihm täglich danke. Aber im Vergleich zu jenen Dingen, welche ich noch außerdem von dem heiligen Gott empfangen habe, ist das alles nichts. Gott hat uns beide – dich und mich – so geliebt, dass er uns seinen Sohn Jesus Christus gegeben hat; nun, ich habe diesen Sohn angenommen und habe ihn in meinem Herzen und in meinem Haus. Er wohnt hier mit mir. Er hat mir Vergebung der Sünden und Frieden und Freude geschenkt. Er hat mir das ewige Leben geschenkt. Selbst wenn ich hier auf Erden alles verlieren würde, ich würde deshalb nicht ärmer werden, denn das Ewige, das Himmlische, das mein ist, bleibt mir in Ewigkeit."

Im Stübchen wurde es still. Das starr aus dem Fenster blickende Mädchen wandte sich plötzlich um.

„Weißt du das so sicher, dass er hier mit dir wohnt?"

„Ich fühle seine Nähe. Ich weiß, dass er mich hört, wenn ich bete; ich weiß, dass er mir bei der Arbeit zusieht. Wenn ich je vergesse, mich mit ihm zu beraten, bevor ich meine Arbeit anfange, dann kann ich sicher sein, dass sie mir misslingt."

„Und wenn du etwas Böses tust und er sieht es?"

„Ich muss nichts Böses tun. Er bewahrt mich; und wenn ich dennoch ungehorsam war und gestrauchelt bin und es bereue, so vergibt er mir wieder und reinigt mein Herz von allem."

„Ich muss jetzt gehen", raffte sich das Mädchen auf. „Die Truhe kannst du mir also machen; ich will dir sagen lassen, wie die von Katscha mir gefallen hat, und ich danke dir auch schön, dass du dich so lange mit mir aufgehalten hast."

„Nicht doch, ich danke dir für deinen Besuch."

Der Tischler geleitete das Mädchen vor das Haus, dort gab es ihm nochmals die Hand und verschwand bald in dem Eichenwald. Er blickte ihr nach wie in einem Traum. In tiefe Gedanken versunken kehrte er dann zu seiner Arbeit zurück. Sie hingegen beschleunigte ihren Schritt, um so bald wie möglich aus dem Bereich jener Hütte zu kommen, wo sie so seltsame, unbegreifliche Worte gehört hatte, wo ihr zumute war, als müssten die Mauern auf sie stürzen, wo – ja, es war wunderlich, aber wahr – es heiliger war als in der Kirche.

Jener Mann dort glaubte, dass Gott, dass der Sohn

Gottes mit ihm wohnte, und das war wohl wahr. Wenn er auch mit ihr wohnen wollte, wie ganz anders müsste es dann wohl in ihrer Hütte aussehen! Sie hatte Imrich gesagt, wenn die Männer einen heiligen Johannes hätten, dann könnten die Mädchen eine heilige Susanna haben – und nun bemächtigte sich ihrer beinahe eine Sehnsucht, dass dem so wäre, dass auch sie so sein könnte wie Jan Trnovsky. Aber – dann dürfte sie weder zur Musik gehen noch tanzen, und das junge Volk dürfte nicht bei ihnen zusammenkommen, um allerlei Albernheiten zu treiben; und die Welt würde sie verspotten, so wie ihn. Sie schüttelte den Kopf, sie wollte an etwas anderes denken; aber so sehr sie sich auch bemühte, jene Augenblicke in der Hütte des jungen Tischlers und die Worte, die sie dort gehört hatte, konnte sie nicht vergessen.

6. Unverstanden

Drei Wochen waren seit Pavel Murtins Heimkehr vergangen. In allen Höfen der Umgebung, auch im Städtchen Z., hatte man erfahren, dass er heimgekehrt und dass er als Herr nach Hause gekommen sei. Die einen lachten ihn aus, andere beneideten ihn, noch andere wussten bald allerlei über ihn, was ihm niemals in den Sinn gekommen war.

Im Hause gewöhnten sie sich langsam an seine städtische Kleidung, denn er trug sie nur am Sonntag und wenn er in die Stadt ging. Sie gewöhnten sich auch an seine veränderten Manieren, und es schien, als ob auch er sich wieder daheim eingewöhne. Er begann gleich manches zu ändern, so wie er es draußen in der Welt gesehen hatte: er entfernte den Dünger aus dem Hof, schüttete die Grube zu, führte Walderde herbei und legte ein hübsch umzäuntes Blumengärtchen für Ilenka an. Er selbst brachte ihr Setzlinge aus der Stadt mit und zeigte ihr, wie sie damit umgehen müsse.

Frau Zvara rühmte der Kusine gegenüber, dass Pavel sehr gut zu ihnen sei und dass sie beide und Andrej ihm gerne den Gefallen täten, wenn er manches nach städtischer Art wünschte.

Pavel hatte ein paar Gulden mitgebracht, dafür kaufte er in der Stadt Geräte ein, wie sie noch niemand hier in den Bergen hatte. Es sah in der neuen Stube aus wie bei wohlhabenden Leuten.

Es trauten sich nur wenige, ihn mit „Palo Murtinov" anzureden; die einen sagten „Sie" zu ihm, andere wichen ihm aus. Vordem hatte die Welt die beiden Brüder verlacht und sie „die Püppchen von Murtinov" genannt, weil sie nicht unter das junge Volk gingen – jetzt hätten es sich die Burschen gar nicht gewünscht, dass Pavel unter sie ginge; sie wussten nichts mit ihm anzufangen. Während Andrej jeder zurief: „Was machst du, Andreiko? Wohin gehst du?", und jeder mit ihm plauderte, grüßte man Pavel nur von weitem, und obwohl er nun schon drei Wochen wieder daheim war, blieb er seiner Umgebung so fremd, als wäre er nie unter dem Murtin geboren worden. Er war besorgt gewesen, man würde ihn als gewöhnlichen Bauern ansehen; nun blieb er in den Bergen – allein.

Und es war schlimmer als damals, da er zum Militär gekommen war; wohl war er dort unter vielen einsam gewesen, aber er hatte sich gefreut, dass er daheim die Seinen hatte. Nun war er daheim und – fremd. Er bemühte sich, vor Andrej zu verbergen, wie sehr ihm das Herz weh tat, dass auch sie beide sich nicht mehr das sein konnten, was sie sich einst gewesen waren; denn Andrej verstand ihn nicht, wenn er ihm seine Gedanken vortrug über die Ungerechtigkeit, die unter den Menschen herrschte.

„Warum sollte ich nicht in dem Stand zufrieden sein, in dem ich geboren bin?", pflegte er ihm zu entgegnen. „Mir fehlt doch nichts. Brot habe ich, Gott sei Dank, genug, so wie alles, was ich brauche; gesund bin ich auch, was brauche ich jemanden zu beneiden?"

„Ich beneide sie ja auch nicht", verteidigte sich Pavel, „ich will nur, dass die Herren sich nicht über die Bauern überheben, dass die Menschen alle gleich seien."

„Das gäbe keine Ordnung", erwiderte Andrej, „wenn wir einander alle gleich wären. Ich ein Herr, du ein Herr, wer soll die Säue hüten? Jemand muss doch auch die Arbeit tun, die die Herren verrichten, ich möchte nicht an ihrer Stelle sein, wie sie so in ihren Büros sitzen wie in einem Kamin – kein Freitag, kein Feiertag. Und diejenigen, die nichts arbeiten, sondern wie du sagst, sich nur von unserem Schweiß nähren, sind – respektvoll gesagt – wie Schweine oder Mastochsen, die man in den Ställen auffüttert, nicht um die Welt möchte ich ihnen gleichen. Und wenn wir alle Bauern wären, wo würden wir die Felder hernehmen, um uns zu ernähren, und wo das Übrige, was uns der Acker nicht gibt? Und wiederum, wenn jeder von uns ein Herr oder ein Handwerker wäre, wer würde die Felder bebauen, wo würde man das Brot hernehmen? Ich denke, es ist gut so eingeteilt, wie es ist, seien wir nur zufrieden."

Ja, das war es: Andrej war zufrieden und glücklich und Pavel hatte weder Frieden noch Glück. Wenn er Andrej anhörte, musste er ihm Recht geben, aber wenn er an all das Unrecht dachte, an die Unterdrückung, die er in der Welt erlebt hatte, in der ein Mensch den anderen drückte und mit Füßen trat, dann musste er denken, dass es doch anders sein sollte und dass es auf der Welt nicht so war, wie es eigentlich sein sollte. Vielleicht, wenn er einen Menschen gehabt hätte, der ihn verstand, mit dem er sich hätte aussprechen können, der ihm sagen würde, was man tun müsse, damit es auf der Welt anders würde – aber solch einen Menschen hatte er nicht. Er war in der Stadt mit mehreren Herren zusammengetroffen, er hatte auch die Lehrer, den Pfarrer und den Notar besucht – sie alle sahen ihn an als einen, der seinen Stand verlassen und sich eingedrängt hatte, wo er nicht hingehörte. Keiner sprach ein aufrichtiges, herzliches Wort mit ihm; aber eins taten sie doch, sie boten ihm die Stelle eines Waldhegers an. „Da er Soldat ist, wird er auch mit der Flinte umgehen können, und er wohnt am Fuße des Berges." Er nahm die angebotene Stelle an. Als er heimkam, sagte er zu dem Bruder: „Ihr seid ohne mich fertig geworden, es wird auch jetzt gehen, ich brauche meinen Lohn nicht, wir können uns dafür jedes Jahr ein Stück Feld dazukaufen, und mir wird es gefallen, in den Bergen umherzustreifen."

Das gefiel Andrej, und so wurde Pavel Förster. Andrej kaufte ihm von der Försterwitwe den Anzug ihres Mannes. Es passte ihm alles, als sei es für ihn gemacht; er kaufte auch die Flinte. Dass er dafür die hübsche Halena verkaufen musste, die er für Pavel angefertigt hatte, schmerzte ihn wohl, aber er vergaß es gern, als er dann die Freude des Bruders sah.

„Nun, was hilft es, dass er nicht mehr unsere Tracht tragen will?“, sagte er zu seiner Tante.

„Ach, quäl dich nicht darum“, tröstete ihn die Frau, „es passt ihm gut, und als Förster kommt er mit verschiedenen Herren zusammen und wird ihnen wenigstens gleich; auch unsere Leute werden ihn mehr schätzen, du wirst es sehen.“

Nun war Pavel schon seit einer Woche Förster. Und wenn er so in den Bergen umherging, hatte er in dieser Stille und Einsamkeit noch mehr Gelegenheit darüber nachzudenken, wie die Menschen sein müssten, damit es in der Welt besser würde. Er nahm Bücher und Zeitungen mit, die ihm der Lehrer in der Stadt besorgt hatte, aber was er darin fand, war auch nur lauter Frevel und Ungerechtigkeit.

Heute war ein Sonntagvormittag. Er war soeben aus den Bergen zurückgekehrt. Dort hatte er einige Frauen bestraft, die beim Erdbeerensammeln die frisch gesetzten Nadelbäumchen beschädigt hatten. Im Haus fand er alles wie ausgestorben.

Sie sind in die Kirche gegangen, dachte er und schlenderte in den Garten unter den schattigen Nussbaum.

Als er dort lag, ermüdet vom raschen Gang, überfiel ihn ein Schlummer, er schlief ein. Plötzlich war es ihm, als würde er geweckt. Er öffnete die Augen, und das über ihn gebeugte Mädchen erschien ihm wie eine Märchengestalt.

„Ilenka, du bist es?“ Er ergriff ihre Hand. „Kommst du schon aus der Kirche? Und wo sind die anderen?“

„Ich musste umkehren", entgegnete das Mädchen und setzte sich neben Pavel, der sich rasch aufgerichtet hatte.

„Mutter hat die Kammer zugeschlossen, und es fiel ihr erst bei Toplov ein, dass du hungrig heimkommen würdest, weil du ohne Frühstück fortgegangen bist."

„Also mir zuliebe bist du umgekehrt?" Er blickte das Mädchen an.

„Die Mutter wollte es; ich war ja auch letzten Sonntag in der Kirche und ich habe jüngere Füße", entgegnete sie ehrlich. „Also komm essen, oder wenn du willst, bringe ich Milch und Brot her."

„Bringe es, bitte."

„Wie sie für mich sorgen", dachte Pavel, den Kopf in die Hand stützend.

So fand ihn Ilenka, als sie mit dem geblümten Milchkrug in der einen, dem frischen Laib Brot in der anderen Hand wieder herauskam. Es freute sie, dass es ihm schmeckte. Wie hungrig er war! Wenn die Mutter nicht daran gedacht und sie heimgeschickt hätte, dann hätte er bis um zwei aufs Mittagessen warten müssen.

„Jetzt danke ich dir schön; ich habe gar nicht gewusst, was für einen Hunger ich hatte", sprach er, den Krug beiseite stellend. Er warf den Vögeln, die um ihn her flogen, ein paar Krümel hin.

Sie wollte den Krug nehmen und forttragen, aber er ließ es nicht zu. „Du hast jetzt keine Arbeit im Haus, bleib bei mir; mit Andrej würdest du auch ein wenig sitzen bleiben, und ich bin ebenso gut dein Vetter wie er."

Pavel fühlte eine große Sehnsucht, jemanden in seiner Nähe zu haben. Die liebe Stimme des Mädchens wirkte stets wie lindernde Arznei für seine schmerzende Seele. Liebliches Rot färbte die Wangen des Mädchens; sie wollte ihre Hand der seinen entziehen, aber er gab sie nicht frei; so ließ sie sie ihm.

„Du fürchtest dich wohl vor mir, Ilenka, und ich habe dir doch noch nichts getan – oder doch?"

Sie schüttelte den Kopf; und dennoch wünschte sie sich fort. Es war ihr so seltsam, so wohl und weh zumute in seiner Nähe.

„Warum bist du immer so traurig?" Sie sprach plötzlich das aus, woran sie seit Wochen gedacht hatte.

Er heftete einen verwunderten Blick auf ihr Gesicht und unwillkürlich erwärmte sich sein Herz unter dem Einfluss dieser unschuldigen, teilnahmsvollen Augen. Wie sie fühlte und sah, dass er bekümmert war! Das hätte er nicht gedacht.

„Wer hat dir gesagt, dass ich traurig bin?", fragte er warm.

„Das sehe ich doch; wenn du allein bist, dann lächelst du niemals, immer hast du den Kopf in die Hand gestützt, als wäre er dir schwer vor lauter Kummer und Sorgen."

Das Mädchen staunte über sich selbst; woher nahm sie diese Kühnheit, ihm das alles zu sagen! Aber er tat ihr so Leid.

„Wenn ich dir sagen würde, dass ich nicht traurig bin, so wäre das nicht wahr; und warum sollte ich dich belügen?“, gestand er, und zum ersten Mal sprach er zu ihr wie zu seinesgleichen. „Aber wie soll ich dir den Grund meines Kummers sagen? Ich kann ihn dir nicht erklären; und selbst wenn, du würdest mich nicht verstehen.“

„Vielleicht würde ich dich doch verstehen“, bemerkte sie und zerpflückte mit ihren feinen Fingern ein Nussblatt.

„Nun, ich könnte wirklich ebenso glücklich sein wie Andrej“, bekannte er, „denn mir fehlt nichts, ich habe alles – und doch bin ich es nicht, denn ich habe keinen Frieden in mir. Es scheint mir nur, als müsse es noch ein anderes Leben geben als das, das die Leute um uns her und wir selber führen. Zuerst habe ich gedacht: Wenn ich doch ein Herr wäre und alles so haben könnte wie sie – aber jetzt sehe und lese ich Tag für Tag, dass auch sie nicht glücklich sind. Und auch ich bin nicht mehr das, was ich war; wenn ich mich mit Andrej vergleiche und bedenke, was ich alles beim Militär erlebt und getan habe, dann möchte ich mich am liebsten gar nicht auf der Welt sehen. Ja, es ist mir manchmal, obwohl ich körperlich ganz gesund bin, als sei hier“ – – er presste die Hand des Mädchens fest an seine Brust – „als sei hier etwas krank, und solange das nicht gesund wird, werde ich nicht glücklich sein. Siehe, nun habe ich dir alles gesagt, und was hast du davon?“

Er blickte Ilenka an; sie hatte den Kopf ein wenig gesenkt. Die Sonne spielte mit ihrem blonden Haar, der Schatten des Grüns fiel auf das zarte Gesicht – Pavel überkam ein schönes, nie gekanntes Gefühl. Es verscheuchte für einen Augenblick die Bangigkeit und das innere Unglück. Es war nicht nur Freude über die Teilnahme, die er auf dem lieblichen Antlitz las; nein, das war etwas Neues. Eine sonderbare Wärme durchströmte sein vor Kummer mattes Herz. Ilenka lebte in ihrem Haus wie eine Schwester, aber noch nie hatte er sie an sich gezogen. Jetzt breitete er unwillkürlich die Arme aus und zog sie an sein stürmisch klopfendes Herz. Verwundert, beinahe erschrocken, blickten die blauen Augen in sein Gesicht. In der Brust des Mädchens stockte der Atem. – Wortlos versuchte sie sich zu befreien und er ließ sie los.

Ilenka nahm den Krug, um ihn hineinzutragen. Er hielt sie nicht mehr zurück, er blickte ihr nur nach, wie sie seinen Augen entschwand. Sie fühlte wohl diesen Blick, beim Zaun blieb sie stehen, sah sich um – und ihre Augen trafen sich. Es war ein langer, gegenseitiger Blick; er fiel tief in zwei junge Seelen. In dem Mädchen erweckte er das bisher schlummernde Herz und in dem Mann entzündete er einen Funken, der erst mit dem Leben erlöschen würde. Ein neues, nie geahntes Gefühl durchzog seine Brust. Es war, als wenn der Duft einer Blume ein Zimmer erfüllt; man sieht ihn nicht, und doch durchdringt er alles.

7. In den Bergen

Unterdessen ging in Z. die Predigt zu Ende. Andrej hörte zu und blickte dabei auf den leeren Platz Ilenkas. Der Gottesdienst erschien ihm entsetzlich lang. In der Kirche herrschte eine drückende Hitze, der Pfarrer auf der Kanzel konnte kaum atmen und die Zuhörer schliefen in den Bänken. Das junge Volk auf der Galerie vertrieb sich die Zeit mit Werfen von Papierkügelchen auf Susanka Hrubik und ihre Kameradinnen, diese wieder steckten ihre Gesichter in große Blumensträuße. Der Kirchendiener sah es und erhob drohend den Stock.

Als der Gottesdienst beendet war, tupfte sich der ermüdete Pfarrer den Schweiß von der Stirn und ganz erschöpft verließ er als Erster die Kirche durch eine Seitentür.

Ja, es ist keine Kleinigkeit, eine Stunde ohne Erfolg von Dingen zu reden, welche das Herz des Redners selbst nicht sonderlich beglückten.

Die Kirchgänger eilten hinaus wie eine Herde Schafe aus dem Stall, wo eines das andere zurückdrängt; ganz ermattet und verschwitzt zerstreuten sie sich nach allen Seiten. Der Lehrer mit seinen Chorbuben musste bis zum Ende aushalten und spielen und singen, aber dann, ganz abgespannt und gereizt von der Hitze, versetzte er dem Buben, der die Partitur hatte fallen lassen, eine tüchtige Ohrfeige und puffte den zweiten, weil er den Blasebalg schlecht getreten hatte; so verließ er das Gotteshaus. In der Kirche blieben nur noch die Bettlerinnen und der Küster zurück, der die Kollekte zusammennahm.

Andrej und die Tante eilten nicht wenig. Als sie heimkamen, wartete schon das Mittagessen auf dem Tisch. Ilenka wirtschaftete in der Küche herum, und Pavel saß in der Stube bei einem Buch, von dem er allerdings genauso viel verstand wie Andrej von der Predigt.

Pavel hatte mit Ilenka kein Wort gewechselt; als er ins Haus trat, hatte er sie nur einmal angeblickt und das Mädchen hatte, seine Verlegenheit verbergend, gelächelt.

„War das heute in der Kirche eine Hitze", sprach Andrej, „und wie angenehm kühl ist es hier! Und was machst du?", sprach er, sich über den Bruder neigend, und dieser tat, was er sonst nie zu tun pflegte: er umarmte ihn und zog ihn an sich.

Wie fröhlich er heute ist, dachte Andrej erleichtert, nachdem sie eine Weile geplaudert hatten. Dann rief die Tante zum Mittagessen. Dabei erzählten sie sich allerlei und alle waren guter Dinge.

„Nachmittags muss ich wieder fort", sprach Pavel, „die Weiber schaden der Schonung wegen ein paar Erdbeeren."

„Ilenka könnte mit dir gehen und für uns auch welche sammeln; es ist nahe genug bis zum Wald und wir haben dieses Jahr noch keine gegessen", schlug Andrej vor.

„Ja, sie soll nur mitkommen!“, rief Pavel entzückt. „Ich habe gestern ein prächtiges Plätzchen gesehen – wenn die es noch nicht gefunden haben, könnte sie dort wohl zwei Krüge voll sammeln.“

„Kommst du mit?“, wandte sich das Mädchen an Andrej.

„Ich möchte sehr gerne, ich komme euch entgegen“, beruhigte sie der junge Mann warm, „aber der Müller hat mich rufen lassen, ich muss zuerst zu ihm.“

„Also du kommst nach; wir kommen den Murtin hinab und warten auf dich – oder du auf uns – unter dem wilden Kirschbaum.“

So machten sie sich auf den Weg. Nachdem sie fortgegangen waren, eilte Andrej, der sie ein Stück begleitet hatte, ins Tal hinab. Es fiel ihm nicht ganz leicht, sich von ihnen zu trennen, aber er hielt sich an das Sprichwort: „Leute zu Leuten, Berge zu Bergen.“ Was die Leute von ihm begehrten, das musste er ihnen zu Gefallen tun.

In der Mühle fand er alles wie ausgestorben, nur Juras Frau saß in der vorderen Stube und las im Gebetbuch. – „Wo sind die anderen alle?“, fragte Andrej nach dem Gruß.

„Jura ist wegen Getreide ins Toplovatal gefahren, der Vater ist nur ein wenig in den Garten gegangen, und Imrich rennt wer weiß wo mit dem jungen Volk umher.“

„Und Danisch?“

„Danisch ist noch nicht aus der Kirche zurück, er ist irgendwo in der Schenke geblieben."

„Ach wirklich?", sprach Andrej verwundert. Er ging doch sonst nicht ins Wirtshaus.

„Nur hin und wieder, sehr selten; aber, was soll er machen bei solch einer Frau? Die verbittert ihm das ganze Leben."

„Was macht sie denn mit ihm?", fragte der Jüngling ungläubig. Er stellte sich das hübsche, blasse Gesicht von Danischs Frau vor, und es schien ihm nicht, als könne sie jemandem das Leben schwer machen.

„Was sie ihm tut? Na, sage selbst, wie dir das gefallen würde, wenn du eine Frau hättest, die jeden Abend vom Haus fortläuft und vor Mitternacht nicht heimkommt."

„Judka läuft so umher? Aber wohin denn?"

„Na – zu ihrem Bruder. Das geht nicht mehr mit rechten Dingen zu, der muss sie bezaubert haben. Ich sage dir, sie ist wie ein Stück Holz, man kann reden, was man will, sie lächelt nur und antwortet kein Wort; und wenn sie sich in den Kopf gesetzt hat, dass etwas Sünde sei – wir haben gewiss Ursache, wir wollen morgen backen –, sagt sie: Nein, am Sonntag dürfe man nicht arbeiten. Als Jura kommen wollte, sagte sie ihm, dass er sündige, wenn er am Sonntag mahlt. Ja, auch den Vater fing sie zu bitten an, er möge das Kalb am Sonntag nicht verkaufen, er hat es nicht verkauft, er will dich fragen, ob du es nicht gebrauchen kannst, es ist ein schönes Tier, zu schade für die Fleischbank.

Nun, so ist sie, sie ärgert uns vom Morgen bis zum Abend; selbst meine Betka verdirbt sie mir, das Kind ist ganz vernarrt in sie – was Tante Judka sagt, das ist heilig. Danisch ärgert es, dass es nun immer solche Streitigkeiten im Haus gibt. Er hält ihr zwar genug die Stange, aber heute Morgen hat auch er sie ausgescholten, als sie zu uns sagte, wozu wir ins Gotteshaus gingen, wenn wir Gott daheim nicht dienen wollten. Sind wir denn etwa Heiden? Dient denn nur sie ihm samt ihrem sauberen Bruder, der Glauben und Seele verkauft hat?"

„Zu welchem Glauben ist er denn übergetreten?", fragte Andrej nachdenklich.

„Das weiß der Teufel selbst; er sagt zwar, er sei so evangelisch wie wir, aber das mögen ihm alle Teufel glauben, wenn er so lebt wie kein anderer Mensch."

„Kommt er niemals zu euch?"

„Er war schon lange nicht mehr da, mir soll er gar nicht unter die Augen treten, der Heuchler; wenn ich ihn nur von weitem sehe, bin ich schon ärgerlich."

Weitere Worte unterbrach der Müller, der in die Stube eintrat. Er hieß den Gast willkommen, führte ihn gleich in den Stall und zeigte ihm das Kalb.

„Ich würde es nehmen", sprach Andrej, „es ist ein schönes Vieh, aber ich habe gerade kein Geld und kann jetzt auch nichts verkaufen; unsere Kühe ziehen gut, ich will sie aber nächstes Jahr beide verkaufen. Und wir haben jetzt andere Ausgaben: Pavel will eine Bretterdiele in die Stube haben. Könnt Ihr uns nicht jemanden empfehlen, der uns das gut besorgen würde?"

„Ei, der Pavel ist wirklich schon ein großer Herr", lachte der Müller verächtlich. „Wenn man das Thomas Murtin, eurem Großvater, gesagt hätte, der Sommer und Winter nur ein paar Hosen trug und nur an hohen Festtagen Schaftstiefel, dass sein Enkel würde einen Fußboden in der Stube haben müssen, damit ihn nicht friere?!"

Andrej errötete; er wäre ja schon mit ungedieltem Fußboden ausgekommen, aber er durfte nicht erlauben, dass jemand sich über seinen Bruder lustig machte – am allerwenigsten dieser alte Geizhals.

„Wisst Ihr, mein Großvater war niemals aus den Bergen fort, und hätte er weniger getrunken, so hätte er auch ordentliche Kleider und Schuhe tragen können. Und dann – Pavel wird nicht zu Euch kommen, um Euch anzuborgen; will er eine Diele in seinem Haus haben, wer hat das Recht, ihm da etwas dreinzureden? Wenn er sich so in den Nächten herumtreiben würde wie Euer Imrich, da würde freilich weder unser noch Euer Vermögen dazu reichen."

Der Müller musste niesen, und so fand er keine Zeit zum Fluchen, obwohl es ihn nicht wenig verdross, dass Andrej Murtin ihm das Lumpenleben seines Sohnes vorwarf.

„Nun, jeder nach seinem Gefallen", sprach er, seine breite Nase bearbeitend. „Du hast mich gefragt, wer euch die Diele machen könnte? Nun, ich denke an

Trnovsky, der wohnt nicht weit und hat viele Bretter aufgestapelt." – Mag er die dort auch ärgern, dachte der Müller dabei. Ohne das wird es nicht abgehen, dass er ihnen ihre Sünden vorhält. Was da der stolze Pavel wohl für ein Gesicht dazu machen wird!

Der Müller war in seiner Jugend solch ein Leichtfuß gewesen wie sein Sohn Imrich, und den verleugnete er bis ins Alter nicht.

„Weißt du was?", sprach er, als sie schon durch den Garten gingen, „ihr habt ein hübsches Mädchen bei euch im Haus, ihr könnt sie ihm anbieten; er hält sich ja sonst ordentlich, und aufs Geld sieht solch ein Heiliger ja nicht. Dann könnt ihr uns zur Hochzeit laden. – Nun, was siehst du mich so an, als wärest du vom Backofen gefallen?", lachte der Müller. „Daran hast du wohl nicht gedacht, als du das Mädchen erzogen hast, dass du sie heute oder morgen verheiraten müsstest? Halte dich nur bereit – wer A sagt, muss auch B sagen!"

„Bis dahin ist es noch weit" – Andrej warf den Kopf zurück –, „und das erlebt niemand, dass ich Ilenka jemandem anbiete. Ihr geht es gut bei uns, sie ist noch jung und hat es nicht nötig, sich wer weiß wo herumzuschlagen."

„So sagst du heute", reizte ihn der Müller, „aber bald genug werdet ihr beide heiraten, und eure Frauen werden das Mädchen nicht im Haus haben mögen, denn sie ist doch nicht eure Schwester; ja, sie werden es nicht einmal zulassen, dass ihr sie aussteuert. Darum nimm meinen guten Rat an: Gib sie dem ersten Besten, der um sie fragt, noch bevor du dich verheiratest.“

Längst schon hatte Andrej die Mühle verlassen, längst schon stieg er den Murtin hinan, und noch immer tönten ihm die Worte des alten Müllers in den Ohren. Je länger er darüber nachdachte, desto mehr musste er ihm Recht geben. Ilenka war nicht ihre Schwester. Und wenn sie beide sich verheirateten und ihre Frauen würden Ilenka schlecht behandeln? – Aber sie dachten ja noch gar nicht ans Heiraten, und auch Ilenka hatte das noch nicht nötig. Aber dieser Gedanke war wie ein Feuer. Wenn nun jemand käme, der sie begehrte, und sie würde gehen wollen, hätte er da ein Recht sie zurückzuhalten? Er stellte sich plötzlich die Hochzeit vor. Ilenka im Brautkranz, an der Seite des Bräutigams, sie geht zum Altar und vom Altar, aber sie geht nicht unter den Murtin zurück, sondern fort in ein fremdes Haus, und niemals wieder würde sie in seine Hütte zurückkehren ...

Ach, griff sich Andrej mit beiden Händen an den Kopf, *was hat mir der Alte da nur gesagt? Das würde ich gar nicht überleben. Nun, muss ich es denn überleben? Muss ich zusehen, wie ein anderer sie mir wegführt, um sich sein Leben lang an ihr zu erfreuen? Kann nicht auch ich sie nehmen und heiraten? Habe ich sie für einen Fremden behütet, erzogen, unterrichtet? Brauche ich nicht auch eine Hausfrau, da die Tante schon alt ist? Und würden da nicht mit einem Schlag alle ihre Sorgen verschwinden, was aus ihnen beiden werden soll?*

Ilenka wird mein sein und nur mein, ich werde eine Frau haben, wie es ihresgleichen keine mehr gibt und die von Pavel nichts auszustehen hat. Ilenka wird sich nicht bei Fremden herumschlagen und das Zanken einer bösen Schwiegermutter oder Schwägerin anhören müssen; wir werden leben wie Adam und Eva im Paradies. Nein, dass mir das nicht schon längst eingefallen ist, bis dieser Alte mich darauf bringen musste; es ist doch gut, dass ich hingegangen bin. Ich will ihm zeigen, dass er sich das letzte Mal um unsere Ilenka gesorgt hat; ja, wer A sagt, muss auch B sagen. Ich habe sie erzogen – es ist billig, dass ich sie bis zum Tod versorge. Am liebsten möchte ich sie auf diesen meinen Händen tragen, so liebe ich dieses Mädchen – und wie wird es erst sein, wenn sie meine Frau ist!

Andrej achtete nicht darauf, dass er den steilen Gipfel hinauflief und dass er ganz in Schweiß und atemlos war, er schritt immer weiter. Von weitem erblickte er schon den wilden Kirschbaum, aber der Platz darunter war noch leer. *Ich bin zuerst gekommen*, dachte er erfreut. Überhaupt freute ihn alles auf der Welt: die grünen Berge mit den blühenden Wiesen, der blaue, unbewölkte Himmel, das Wasser, das, als er unter dem Kirschbaum saß, ihm zu Füßen dahinfloss und eine angenehme Kühle verbreitete. Irgendwo tief unter ihm fingen Erdbeersammlerinnen an zu singen; gedehnt und wehmütig klang es herauf: „Wirst du nicht die Meine werden, ja, so nimm mein Brüderlein, doch im Haus muss ich dich haben, mein geliebtes Mägdelein." „Werde nicht die Deine werden, den Bruder werde ich nicht frei'n, und so werde ich auch niemals in eurem Hause sein."

Andrej hörte zu und es wurde ihm so seltsam zumute – hätte er sich nicht geschämt, er hätte am liebsten geweint. *Welch ein trauriges Lied,* dachte er, *und wie wehmütig es durch die Wälder klingt!*

Irgendwo stimmte plötzlich eine hohe weibliche Stimme noch wehmütiger an:

Ei, wehret nicht, wehret nicht,
lasset uns glücklich sein!
Wir beide lieben uns,
müssen uns frei'n.

„Ja, ja!", nickte Andrej und hätte am liebsten mitgesungen. Plötzlich wurden Schritte laut, das Dickicht teilte sich. Es war Andrej, als müsse sein Herz zerspringen. Volle Krüge in beiden Händen tragend, kam Ilenka daher, mit geröteten Wangen, glückstrahlend, so schön wie noch nie; hinter ihr, die Flinte über die Schulter, ging Pavel, so nachdenklich, als träume er einen schönen Traum, aus dem er nicht erwachen konnte noch wollte. Sie sahen Andrej, beschleunigten ihre Schritte und brachten ihm die schönen, süßen Beeren, die sie gesammelt hatten. Ilenka setzte sich zu ihm und sah ihm mit dem Vertrauen eines glücklichen Kindes ins Gesicht; sie hielt den Krug, er aß, Pavel legte sich zu seinen Füßen; er hatte Hut und Gewehr beiseite gelegt und den Kopf an seines Bruders Knie gelehnt.

Andrej fühlte, dass beide ihn lieb hatten, dass sie ihm dankbar waren, dass sie glücklich waren. Es waren die beiden Menschen, die ihm am teuersten auf der Welt waren. Er streichelte die Stirn des Bruders.

„Andrej, es geht nichts über unsere Berge!", sprach Pavel. „Was liegt mir an der übrigen Welt; hier ist es wie im Paradies."

„Siehst du", sagte Andrej erfreut, „ich wusste es ja, dass du dich eingewöhnen und nicht mehr fortsehnen würdest."

„Fort? Wohin? Ewig möchte ich hier bleiben, am liebsten in diesen Bergen."

Andrej verstand nicht des Bruders Glück, aber er fühlte mit ihm. Nur um sein eigenes Glück zu verbergen, erzählte er Ilenka, was er in der Mühle ausgerichtet, was ihm Juras Frau erzählt und dass ihm der Müller geraten habe, die Diele von Trnovsky machen zu lassen.

Pavel hörte zu, aber er vernahm nichts, er gedachte noch immer daran, wie er mit Ilenka durch die schöne Landschaft gegangen war; er hatte ihr von seinem Soldatenleben erzählt, sie hatte ihm aufmerksam zugehört, wobei ihre Augen ab und zu an seinen Lippen hingen. Dann wieder hatte sie ihm erzählen müssen, welch ein Leben sie im Haus ihres Stiefvaters geführt hatte und wie es war, als sie unter den Murtin kam.

Mit welcher Liebe, Hingabe und Dankbarkeit hatte sie von Andrej gesprochen, und Pavel wusste gar nicht, wie er dem Bruder für alles danken sollte, was er ihr

Gutes getan hatte, war es doch, als hätte er es ihm selbst getan.

Dann hatte er sie auf eine Lichtung geführt, wo sie eine ganze Menge Erdbeeren fand; er selbst war seinen Pflichten nachgegangen. Als er zurückkehrte, war einer der Krüge schon voll; den zweiten half er ihr füllen.

Dann gingen sie zurück, um Andrej nicht warten zu lassen. Wie damals vor drei Wochen Andrej, so teilte heute Pavel das Dickicht und hielt die Zweige zurück, damit sie ungehindert hindurchgehen konnte, und dabei blickten sie sich immer an. An einer Stelle ging es eine Böschung hinauf, Pavel trug zuerst die Erdbeerkrüge hinauf, dann reichte er dem Mädchen die Hand und half ihm empor. Sie blieben unter einem Strauch stehen, um Atem zu schöpfen. Aber das Mädchen stand Pavel so nahe, dass er einer plötzlichen Sehnsucht nicht widerstehen konnte. Er drückte sie fest an sein stürmisch klopfendes Herz und fühlte den Schlag eines zweiten Herzens an seiner Brust. Ilenka wollte sich befreien, sie blickte auf, aber sie konnte diesem großen bittenden Blick nicht widerstehen, schüchtern lehnte sie ihren Kopf an die Brust des Vetters.

Es war nur ein Augenblick gewesen, aber dieser Augenblick entschied über das ganze fernere Leben zweier Herzen, welche sich gefunden hatten. Es war ein so reiner Augenblick, dass auch die Engel mit Wohlgefallen auf dieses junge Glück herabblicken konnten. Gerade diese vom Himmel stammende Reinheit machten den jungen Mann und das Mädchen so glücklich, als sie nun wortlos nebeneinander gingen, bis sie den Bruder unter dem wilden Kirschbaum erreicht hatten. *Andrej, weißt du es?,* erzählten Ilenkas Augen, als sie ihren treuen Beschützer gewahrte, *er liebt mich und ich liebe ihn.* „Nun, jetzt hätte ich euch beinahe alle Erdbeeren aufgegessen", sagte Andrej nach einer Weile und bedeckte das Obst mit einem grünen Blatt.

„O, iss nur, ich pflücke noch mehr", nötigte Pavel. „Wir wollen dir dabei helfen, denn wir haben noch keine gegessen – geh, Ilenka?"

„Ich wohl, beim Pflücken. Aber wisst ihr was: Ich schütte sie euch auf diese Blätter aus und gehe noch mal suchen." Sie wartete keine Erlaubnis ab und die Brüder blieben allein.

„Denke nur", sprach Andrej, „was mir der alte Lehotsky gesagt hat!" – Und ganz erbittert begann er die Worte des Müllers zu wiederholen. Er hätte nicht gedacht, dass diese den Bruder in so hohem Maß beleidigen würden. Pavel sprang entrüstet auf und seine Augen funkelten. „Was braucht der uns gute Ratschläge zu geben? Schade, dass er es nicht mir gesagt hat!"

„Na, ärgere dich nicht", beruhigte ihn Andrej, „so ganz Unrecht hatte er nicht, er hatte nur gedacht, dass wir mit der Zeit heiraten würden, es wäre auch schon Zeit, da du vom Militär zurück bist; andere haben in den Jahren schon die Hochzeit hinter sich. – Nun, warum antwortest du nicht?" Verwundert blickte

Andrej den Bruder an; der stand da, als wäre er durch ein Zauberstäbchen verwandelt worden.

Er hatte noch nicht ans Heiraten gedacht; der Gedanke, den sein Bruder soeben aussprach, war ihm neu – aber sehr schön!

Dort unten begann wieder dieselbe schöne weibliche Stimme zu singen:

Wir beide lieben uns,
lasset uns frei'n,

und Pavel zitterte vor lauter Glück. Mit einem Mal erwachten in ihm alle die Wünsche des Mannes, die er niemals oder nur unter großen Kämpfen überwinden kann.

Ja, wir müssen heiraten, hätte er am liebsten ausgerufen, *vor allem ich!* Wären sie noch ein Weilchen allein geblieben, so hätte er dem Bruder alles gesagt, was ihm heute begegnet war; aber es kamen einige Frauen vorbei und blieben stehen. Unterdessen kehrte Ilenka zurück und gemeinsam verließen sie die Berge und traten den Heimweg an.

8. Unbekanntes Sehnen

Kaum eine halbe Stunde vom Murtin entfernt sammelte an jenem Nachmittag auch Susanka Hrubik Erdbeeren in den Bergen. Das war nicht ihre Gewohnheit; auch heute war sie nur gegangen, weil sie nach Stille und Einsamkeit verlangte; warum – das hätte sie nicht zu sagen gewusst. Sie befand sich in einem schönen kleinen Tal. Ihr geblümter Krug war schon lange voll; sie saß nun auf einem gefällten Baumstamm. Ihre weiße Wange in die Hand gestützt, blickte sie seit geraumer Weile auf einen Ring mit grünen Steinen, der unter anderen ihre Rechte schmückte.

Nun, jetzt habe ich ihm denn so zur Hälfte versprochen, dass ich die Seine werden will, dachte das Mädchen, *und doch freut es mich so gar nicht. Ist es nur deshalb, weil ich nicht zu den Lehotskys will? Warum hat mir nur dieser Jan gesagt, dass ich mir unter zehn den Schlechtesten aussuchen würde? Immer muss ich daran denken. Ich werde mir die Hände binden, und wenn es dann nicht nur bei ihnen, sondern auch mit ihm schlimm sein wird, wenn er etwa Jura oder dem Alten nachgerät? – Der Alte soll seiner Frau nicht mal satt zu essen gegeben haben, so dass sie oft genug hungrig zu ihrer Mutter gelaufen ist, um sich ein Stück Brot zu erbetteln; und Jura soll seine Frau schlagen, wenn sie in Streit geraten. Wenn er mich nur einmal schlüge, nie würde ich zu ihm zurückkehren. Aber vor solch einer davongelaufenen Frau hat dann niemand mehr Achtung. Bisher habe ich getan, was ich wollte – wie, wenn dann Imrich mir befehlen würde? – Er betrinkt sich auch gerne und prügelt sich dann, und das Fluchen versteht er wahrlich auch sehr gut; beinahe fürchte ich mich vor dem allem. Und wenn ich mich ihm auch verspreche, bis zum Herbst muss er warten; schade um meine Jugend und Freiheit!*

Nun – und warum nehme ich mir nicht einen anderen? – Einen anderen? – Ich will nicht in die erste beste Hütte gehen. Und sie sind ja alle gleich, und Imrich ist eben Imrich, er ist wenigstens der Schmuckste; wenn ich schon mal heiraten soll, dann will ich wenigstens den stattlichsten Burschen, damit mich die anderen Mädchen ordentlich beneiden.

Das Mädchen stützte den Kopf in beide Hände und saß für eine Weile so still, als wäre es verzaubert. Susanka durchlebte im Geist die Begebenheiten der vergangenen Tage, bis sie zum letzten Sonntagmorgen kam. Das junge Volk hatte doch Trnovsky einen Maibaum aufgestellt. Sie hatten ihm zerrissene Beinkleider daraufgehängt, obenauf einen Strohkranz, und statt des Rosmarins einen ganzen Distelstock. Als die Leute am Morgen in die Kirche gingen, lachten die einen: „Was das junge Volk alles ausheckt!“, die anderen zankten: „Wozu treiben sie solchen Schabernack!“ Jan wurde von niemandem bedauert, aber jeder war neugierig, was aus dieser Vogelscheuche werden würde. Nun, und was wurde daraus? Jan ließ sie stehen und rührte mit keinem Finger daran; und als ihm die Fuhrleute, die ihm Bretter brachten, gutmütig anboten: „Wir wollen ihn dir herunterreißen, Hanko", da antwortete er: „Warum wollt ihr fremdes Eigentum beschädigen? Das ist nicht mein Maibaum; er gehört denen, die ihn aufgerichtet haben. Ich habe nur ganze Beinkleider, jene sind beim Tanz zerrissen worden. Der Kranz aus Stroh ist sicherlich das Zeichen der Ehrbarkeit, das sich einer von ihnen in seinen Nächten verdient hat. Bis sie ihn selber wieder holen, ist das nur ein Zeichen dafür, was für eine ehrbare Jugend unter dem Murtin wohnt."

Drei Tage stand der Maibaum dort – dann verschwand er eines Nachts, und keiner von dem jungen Volk wagte es, Jans Maibaum auch nur zu erwähnen, denn die Fuhrleute hatten die Sache weitergetragen, und die Burschen fürchteten sich, dass ihnen das einen Spitznamen eintragen könnte, den ihnen niemand mehr abnehmen würde. Sehr oft – auch in diesem Augenblick – fielen Susanka die Worte ihrer Mutter ein: „Lasst den Menschen in Frieden, wenn er euch nichts zu Leide tut." Hätten sie ihr doch gehorcht! Warum hatte sie ihnen nur zu diesem Maibaum geraten? Selbst wären sie darauf nicht gekommen. Freilich, so hatte sie es nicht gemeint, aber dennoch – Susanka fühlte, dass sie mitschuldig war. Wenn Jan das wüsste, dann würde er denken, dass sie diese Vogelscheuche veranlasst hatte, was würde er von ihr denken? Sie hatte neulich dort wegen der Truhe wieder vorsprechen wollen, aber es war ihr unbehaglich. Sie wollte warten, bis die Sache ein wenig in Vergessenheit geraten war, dann würde sie hingehen, denn sie musste noch so allerlei von diesem seinem Glauben erfahren. Sie hatte seit ihrem Gespräch mit ihm schon mehrmals im Neuen Testament gelesen, aber sie verstand fast nichts davon. *Ob er es wohl versteht? Sicherlich, denn wenn Christus wirklich mit ihm ist, dann lehrte er ihn. Aber war Christus wirklich überall? War er dann auch heute Vormittag in der Kirche? Nun, dort musste er sicherlich gewesen sein, denn das war sein Haus; dann hatte er gesehen, was sie dort getrieben hatten!*

Das Mädchen spürte eine Furcht und eine Sehnsucht zugleich, sich aus etwas Bösem zu befreien. Susanka fühlte plötzlich, dass, wo sie sich zeigte, die Leute Böses taten. Heute, als sie durch die Kirche ging, hatte sie zur Galerie emporgeschaut. Die Burschen beugten sich alle herab, um ihr nachzusehen, und dann drückte und stieß einer den anderen, bis sie sich so setzten, dass sie sie sehen konnten. Aus der Kirche liefen sie ihr nach, dass sie beinahe auf die Nase fielen.

Sie wusste selbst nicht warum, aber sie warf sich plötzlich ins Gras und weinte über sich selbst. Sie war froh, dass sie sich ordentlich ausweinen konnte und dass niemand sie hörte. Aber plötzlich hielt sie inne. Würde ihr das etwa helfen? Sie wusste, dass sie morgen genau dasselbe tun würde wie heute.

Aber wenn ich heirate, tröstete sie sich selbst, *dann hat das alles ein Ende, auch in der Kirche werde ich unter den jungen Frauen sitzen und niemand wird mir mehr nachblicken dürfen.*

Aber das Herz wollte sich damit nicht zufrieden geben, das Leben erschien ihr dann so leer, so öde – Susanka nahm den Krug, umwand ihn mit Blättern und eilte rasch heimwärts. Wie sie so dahinschritt, überkam sie eine merkwürdige Sehnsucht, zu Jan Trnovsky zu gehen und ihm ihr Leid zu klagen. Sie wusste nicht, wie sie ihm das alles sagen sollte, aber da er sie in solche Unruhe gebracht hatte, würde er sie wohl auch beruhigen können. Aber wenn sie hingehen wollte, musste sie einen Umweg machen, und wenn ihr Leute begegneten, was würden die denken, wohin sie ginge?

Was kümmert mich das?, warf sie den Kopf zurück. *Wenn ich nur Jan daheim finde.* Sie beschleunigte ihre Schritte, und sie wusste selbst nicht, wie es geschah, bis sie sich plötzlich in dem Kiefernwäldchen und auf dem Fußweg befand, der zu Malkovs – wie die Leute noch immer sagten – führte. Aus ihren Gedanken riss sie das Knurren und Bellen eines Hundes, sie blickte umher und errötete bis unter die Haarwurzeln, denn ganz nahe waren drei Baumstümpfe und auf einem derselben saß, mit einem Buch in der Hand, Jan, der Hund lag ihm zu Füßen. Er war so ins Lesen vertieft, dass er sie gar nicht bemerkte; sie blieb stehen und betrachtete das hübsche, sinnende Gesicht. *Wie er aussieht – mit Imrich könnte er sich nicht vergleichen – der ist viel schmucker und alles –, aber er hat solch einen Mund, als hätte den der Herrgott nur dazu geschaffen, damit er immer bete. Ob er wohl noch nie um ein Mädchen geworben hat? – Wenn er mal jemanden gern hätte, wie würde das wohl sein? Solche Reden würde er gewiss nicht führen wie Imrich und die anderen; aber wie würde er das sagen?*

„Bringe es ihm bei!“, flüsterte eine Stimme dem Mädchen zu, dieselbe, welche sie gereizt hatte, in der Kirche den Burschen die Köpfe zu verdrehen, „wenn dich bis heute kein Einziger sehen konnte, ohne sich zu verlieben, so wirst du vielleicht auch ihm gefallen!“ Susanka warf einen Blick umher, zupfte ihr Kopftuch zurecht, und von dem erneuten Gebell des Hundes verraten, trat sie näher.

„Still, Duntschko!“, beruhigte Jan den Hund; seine Augen folgten dem Blick des Hundes, und das Mädchen sah, wie eine leichte Röte in seine Wangen stieg.

„Guten Tag!“, grüßte sie ihn heiter. „Wie gut es sich hier sitzt.“

„Wirklich sehr gut“, entgegnete er gleichfalls lächelnd. „Du kommst wohl müde aus dem Wald? Ruhe dich erst einmal aus.“

„Wenn mich dein Hund nicht beißt?“

„O, fürchte dich nicht, er ist ein guter Hund.“ Es war, als verstände Duntschko das Lob seines Herrn, er wedelte mit dem Schweif, warf sich zufrieden ins Gras und schloss die Augen.

„Hast du gebetet?“, fragte das Mädchen, auf das Buch weisend, setzte sich auf den Baumstumpf und lehnte den Kopf an den nächsten Baum. Das Grün der Zweige, durch das die Sonnenstrahlen schienen, bildete einen lieblichen Rahmen für ihre reizvolle Erscheinung. Sie wusste, dass sie in diesem Augenblick schön war, schöner denn je zuvor; sie wusste auch, dass keiner ihrer Kameraden sich in diesem Augenblick enthalten hätte, sie zu bewundern. Sie heftete einen ihrer bezauberndsten Blicke auf den jungen Mann.

Aber seine Augen blickten sie so groß und freundlich an, es blickte die reine Seele aus ihnen und die Freundlichkeit, die die Leute zu ihm hinzog. *Wie schön mein Gott sie geschaffen hat*, dachte er und blickte mit Bewunderung auf das Werk seines himmlischen Meisters.

„Du hast gefragt, ob ich gebetet habe?", fragte er herzlich. „Ich pflege zwar nicht aus dem Buch zu beten, aber als ich von den großen Dingen las, die hier aus der Geschichte des böhmischen Volkes verzeichnet sind, musste ich bei jeder Seite den Herrn Jesus anrufen."

„Also hast du nicht in der Heiligen Schrift gelesen?", fragte sie verwundert. „Ich dachte, du würdest kein anderes Buch in die Hand nehmen."

„Warum? Der Apostel Paulus schreibt: *Was wahrhaftig ist, was ehrbar, etwa eine Tugend, etwa ein Lob, darüber denkt nach.* Gotteskinder dürfen alles lesen, was sie nicht zu bösen Gedanken verführt; alles, woraus sie etwas lernen können für das zeitliche und ewige Leben. Auch ich habe jetzt, als ich las, wie die böhmischen Brüder um Christi willen leiden und Haus und Heimat verlassen mussten, von ihnen Geduld und Treue gelernt, an nichts auf Erden so das Herz zu hängen, dass ich es nicht um meines Herrn willen verlieren könnte."

„Möchtest du mir nicht etwas von dem erzählen, was du gelesen hast?", bat sie, von Wissbegierde erfasst; sie vergaß, was sie gewollt – sich selbst und ihn, sie sehnte sich danach, mehr als das zu erfahren, was man ihr beigebracht hatte.

Und er war froh, dass er jemanden hatte, dem er mitteilen konnte, was sein ganzes Inneres beschäftigte, dass jemand ihm so gespannt zuhörte und mit den Augen an seinem Mund hing. Er erzählte ihr, was für Zeiten es in Böhmen für die Christen gab, er erzählte von den Männern und Frauen Gottes in alten Zeiten, die um keinen Preis von der erkannten Wahrheit lassen wollten und wie die Welt mit ihnen verfuhr. Er beschrieb ihr, was der Märtyrer Hus erdulden musste und wie die anderen sich an seinem Beispiel gestärkt hatten, als es galt, die heimatlichen Hütten und das Land ihrer Väter zu verlassen und in der Fremde eine Zuflucht zu suchen. Er beschrieb ihr, wie der Vater den Sohn, der Sohn den Vater, die Frau den Mann, der Bräutigam die Braut verriet und wie viel auch die Frauen leiden mussten. Sein Herz wurde warm vor Mitgefühl und Begeisterung, und sie hörte ihm zu, die Augen zu Boden gesenkt, die Stirn in die Hand gestützt, mitunter den Atem anhaltend.

Für sie waren das alles neue Dinge; sie hatte niemals

gehört, dass es je solche Leute gegeben hatte, die imstande waren, um Christi willen alles zu verlieren. Wie mussten jene ihn geliebt haben! Indem sie sich mit ihnen verglich, kam sie sich so elend wie der Wurm vor, der sich zu ihren Füßen aus einem Loch herauswand und im Staub dahinkroch.

Als Jan endlich bemerkte, dass es dämmerte und sie darauf aufmerksam machte, fuhr sie empor wie aus einem Traum.

„Ich bitte dich, könntest du mir dieses Buch nicht leihen?“, bat sie plötzlich.

„Mit Freuden würde ich es dir leihen, aber es ist ein wenig schwer geschrieben, du würdest es kaum verstehen“, sprach er aufrichtig.

„Du hältst mich für sehr dumm, nicht wahr?“ Es zuckte bitter um ihre Lippen.

„Für dumm nicht“, errötete er, „aber für unwissend; du hast schon viel gelesen, denn hier in den Hütten pflegen die Leute nicht zu lesen.“

„Du hast Recht, wir sind wie das Holz im Wald; wir fragen nicht danach, was vorher gewesen ist, noch was hernach sein wird, wenn wir nicht mehr da sein werden“, gab sie zu und Tränen stiegen ihr in die Augen.

Er trat plötzlich zu ihr. „Aber du musst nicht so bleiben; du bist jung und wissbegierig; wenn du willst, werde ich dir alle Bücher geben, die ich habe; du wirst es lernen, sie zu lesen und zu verstehen, so dass du dann auch dieses hier verstehen kannst.“

„Du spottest also nicht über meine Dummheit?", fragte sie verwundert und erfreut.

„Nein, auch ich wäre so aufgewachsen, wenn mich nicht der Herr Jesus in der Jugend gerufen hätte und wenn ich nicht herumgekommen wäre. Nachdem ich ausgelernt hatte, schien es mir so, als müsse ich euch allen hier dienen, darum habe ich mir hier etwas gekauft; aber ihr habt euch alle von mir abgewandt. Doch es ist um des Herrn Jesu willen", fügte er, wie sich selbst zum Trost, hinzu.

„Ich habe mich wirklich nicht von dir abgewandt" – Susanka nahm die Hand des Jünglings in die ihre, „wenn du willst, kannst du mir alles beibringen; aber wer weiß, ob du wolltest, wenn du wüsstest, wie schlecht ich bin." Aufs Neue traten ihr Tränen in die Augen. „Ich bin auch deshalb in den Wald gegangen, damit ich etwas Ruhe vor den Leuten habe; und dort habe ich mich tüchtig ausgeweint. Jetzt, wo ich dich von den böhmischen Frauen erzählen hörte, schien es mir, als möchte auch ich lieber so leben, leiden und sterben, wenn ich nur so sein könnte wie sie."

„Du kannst so sein", tröstete sie Jan. „Gib dein Herz dem Heiland. Er wird es umgestalten, dass du dich selbst nicht mehr erkennst."

„Wenn ich nur wüsste, wie ich ihm das Herz geben soll", klagte sie. „Dir ist das leicht, du verstehst alles und ich verstehe nichts von alledem."

„Komm zum Herrn Jesus, so wie du bist. Er wird dich lehren, glaube nur."

„Wie kann man zu ihm kommen?“ Sie blickte zum Himmel empor.

„So geht es nicht“, schüttelte Jan den Kopf; „aber hat denn der Sohn Gottes nicht gesagt: ‚... *siehe, ich bin bei euch alle Tage?*‘ Also ist er auch hier bei uns, was immer du ihm sagst, er hört und versteht dich.“

„Nun, darüber habe ich eben nachgedacht, ob er uns wohl heute in der Kirche gesehen hat?“

„Freilich, aber warum?“

Sie zögerte ein Weilchen mit der Antwort, aber dann warf sie aufs Neue entschlossen den Kopf zurück und begann ihm zu erzählen, worüber sie im Wald geweint hatte. „Vorher habe ich nie darüber nachgedacht, aber seitdem ich damals hier war, kann ich nicht vergessen, was du mir gesagt hast. Und wenn du wüsstest, wie sehr ich auch dir wehgetan habe!“

„Mir?“, fragte Jan verwundert.

„Ja, dir. Als die Burschen bei uns waren, berieten sie, was sie mit dir anstellen sollten, um zu probieren, ob du nicht böse würdest, und da riet ich ihnen, dir einen Maibaum zu setzen; freilich einen solchen, wie man uns Mädchen setzt; ich wollte ihnen auch die Bänder dazu geben. Dafür, dass sie dir diese Vogelscheuche aufsetzten, kann ich nichts, aber ich habe sie doch dazu angestiftet. – Nun, aber ich kannte dich nicht“, setzte sie wie zur Entschuldigung hinzu.

Sie blickte zu Boden, sie sah ihm nicht ins Gesicht. „Bist du mir böse?“, fragte sie leise. „Nun wirst du mich sicher nichts lehren wollen, noch mir Bücher borgen, nachdem du weißt, wie ich bin."

Er blickte rasch auf. „Gerade deshalb will ich dich lehren und dir Bücher borgen, damit du siehst, dass wir nicht nur zum Vergnügen auf der Welt sind."

„Du bist mir nicht böse?"

„Nein, es tat mir nur Leid, denn ich habe dir nie etwas getan. Aber nicht wahr, heute würdest du das nicht mehr tun?"

„Nein, Jan. Und ich bitte dich, vergib mir. Und noch eins bitte ich dich, sage mir, was du an jenem Sonntag dachtest. Warst du uns böse?"

„Böse war ich nicht, aber es dauerte ziemlich lange, bis ich mich daran gewöhnen konnte, dass sie mich ohne Ursache so vor der Welt bloßgestellt hatten. Es fiel mir ein: Es werden Leute vorbeigehen und es sehen, was werden sie von mir denken? Ich wünschte, dass sich lieber die Erde öffnen und mich verschlingen möchte, als dass man mir nachsagt, dass ich solch ein ehrloser Bursche sei, der keinen anderen Rosmarin mehr verdient." Sein Gesicht war auch jetzt wieder sehr blass, er durchlebte aufs Neue die Situation. Aber plötzlich erhellte es sich. „Wie ich so dastehe und ein Beil nehmen und den Baum herunterschlagen will, da fallen mir plötzlich die Worte ein: *Siehe, er ist unter die Übeltäter gerechnet,* und weiter: *Haben sie mich verfolgt, so werden sie euch auch verfolgen ..., und solches werden sie euch darum tun, dass sie weder meinen Vater noch mich erkennen.* Ach, der heilige, unschuldige

Sohn Gottes hing zwischen zwei Übeltätern und die Welt hielt ihn für den dritten, und ich sollte um seinetwillen nicht einmal diesen Spott ertragen? Ich dachte: ‚Mein Recht steht bei Gott', und ließ den Maibaum stehen, und siehe da – schon am vierten Tag war er verschwunden. Glaube mir, in diesen vier Tagen hatte ich eine Freude in der Seele wie noch nie zuvor."

Das Mädchen bückte sich nach dem Erdbeerkrug und dem Tuch. „Wenn du dir alles so auslegst", sprach es sinnend, „dann können dich die Menschen nicht kränken, denn wenn dir selbst etwas sehr weh tut, dann tröstet dich Gott. Du bist doch viel glücklicher als ich. Doch nun – gute Nacht!"

„Gute Nacht, Susanka! Nimmst du dir kein Buch mit?" „Heute nicht, ich will zuerst ein Evangelium durchlesen, erst dann."

„Das freut mich, und ich will beten, dass der Herr dir die Gnade gibt, dass du es auch verstehen mögest. Also gute Nacht!"

Susanka eilte fort, als wollte sie fliehen; erst als sie ein ganzes Stück hinter Malkovs Garten war, blieb sie stehen.

Wenn ich zurückkehren und immer dort bleiben dürfte, dann wäre es mir besser; aber wenn ich nach Hause komme, dann werde ich wieder die Alte sein, dachte sie bange und langsam – als könnten sie ihre jungen Füße kaum tragen – ging sie nach Hause. Als sie kam, war es spät, man wartete schon auf sie. Die Stube war voll junger Burschen, die einen waren nüchtern, die anderen angeheitert. Sie stürzten sich auf die Erdbeeren, die sie vor ihnen ausschüttete. Sie erzählten Scherze, wie oft hatte das Mädchen ähnliche gehört und darüber gelacht – heute konnte es nicht lachen.

Als die Burschen – bald der eine, bald der andere – sich ihr vertraulich nähern wollten, weil Imrich nicht da war, bemächtigte sich Susanka eine nie gekannte Abscheu; unaufhörlich musste sie denken: *Wenn Jan das sähe! – Er sieht es nicht, aber Christus sieht es!*

Endlich machte sie allem ein Ende; sie sagte, sie sei müde, habe Kopfschmerzen, und sie sollten auch schlafen gehen. Beleidigt zogen die Burschen ab.

„Sie erwartet Imrich und will allein mit ihm sein", sprachen sie draußen, und einige beschlossen, Wache zu stehen, ob er komme.

Sie warteten nicht lange, da kam er; er war ziemlich angetrunken. Sie hörten, wie ihm Frau Hrubik sagte, Susanka habe über Kopfweh geklagt und sei schon in ihre Kammer gegangen. Er hörte nicht darauf. „Lasst mich zu ihr, ich muss sie wenigstens sehen."

Die Frau suchte, ihm das auszureden.

„Wenn ihr mich nicht hereinlasst", drohte der Bursche, „dann komme ich nie wieder zu euch."

Das half. – Mutter Hrubik war wirklich bange, einen Schwiegersohn zu verlieren, und ließ den halb betrunkenen Burschen ein.

Aber kaum hatte er die Hand auf die Klinke der Kammertür gelegt, da öffnete sich diese von innen, und auf der Schwelle erschien, noch ganz angekleidet, Susanka.

„Was willst du, Imrich?“, sprach sie befremdet.

„Dich!“, rief er leidenschaftlich und wollte sie umarmen. Sie streckte abwehrend die Hand aus. „Du bist betrunken!“, rief sie aus. „Wenn du noch einmal so betrunken zu uns kommst, dann schaue ich dich nicht mehr an. Denkst du, ich werde mir einen Trunkenbold nehmen, der mich schlagen und mein und sein Hab und Gut durchbringen würde?“

Ihm war es, als würde er mit kaltem Wasser übergossen. „Ich bin nicht betrunken, Susanka“, sprach er sanft. „Ich will ja nichts anderes als dich sehen, nur einmal lass dich umarmen, nur einmal küssen, dann gehe ich gleich fort.“

„Nein, heute nicht.“

„Bist du böse?“

„Ja, ich bin böse; und wenn du mich nicht vollends erzürnen willst, dann gehe.“ Sie gab ihm die Hand, ging in die Kammer und schloss zu.

Der Jüngling ging beschämt und wie im Traum von dannen.

Als die Burschen sahen, dass er wieder fortging, beruhigten sie sich und waren ausgesöhnt. „Na, wenn die Kopfschmerzen vorbei sind, wird sie wieder die Alte sein“, sagten sie zueinander.

Und das Mädchen? Susanka weinte beinahe die ganze Nacht darüber, dass sie bisher in solch einer Haltung gelebt, dass sie gerne darin gelebt und gar nicht gewusst hatte, wie hässlich das alles war. Es war, als hätte Gott selbst ihr die Augen geöffnet. Sie betete alle Gebete, die sie auswendig wusste, aber Erleichterung brachte ihr das nicht. Endlich rang sie die Hände und rief laut: „Herr Jesus Christus, wenn du überall bist, dann hörst du mich; wenn du auch für mich sündiges Geschöpf am Kreuz gestorben bist, dann hilf mir, denn ich selbst kann mir nicht helfen!“ Nach diesem Aufschrei der Seele ward ihr leichter, eine gewisse Hoffnung belebte sie, dass Christus sie gehört habe und ihr helfen würde. Wie, das überließ sie ihm und schlief ein.

9. Leiden um Christi willen

An demselben Abend saß am Ufer des Baches Judka Lehotsky. Sie wartete auf ihren Mann, der bisher nicht aus der Kirche zurückgekehrt war. Auf ihrem Schoß schlief ihr kleiner Sohn; er war schon unterwegs eingeschlafen, als sie dem Vater ein Stück entgegengegangen waren, nun waren sie ohne ihn zurückgekehrt.

Es kam einige Male im Jahr vor, dass Danisch Lehotsky sich ins Wirtshaus verleiten ließ, wo er sich betrank, aber so lange wie heute war er noch nie ausgeblieben. Das Herz der jungen Frau zog sich immer schmerzlicher zusammen; sie sorgte sich, es könnte ihm etwas Böses widerfahren sein, und sie zitterte bei dem Gedanken, wie er heimkommen würde. Wenn er nüchtern schon so zornig fortging, dass er ihr gar nicht die Hand gab – was würde es geben, wenn er betrunken war? Zu ihrem Bruder zu gehen wagte sie nicht, weil sie nicht wusste, wann ihr Mann heimkommen würde. O, sie hatte heute einen so traurigen Sonntag gehabt! – Und dennoch, sooft sie ihre Augen zum Himmel erhob, war sie glücklich; ja, jene Last ruhte nicht mehr auf ihrer Seele. Sie war gläubig und selig. Sie wusste schon, dass sie dort einen Vater und Herrn, einen Bruder und Seelenfreund, ja, eine Heimat hatte. Um sie her war Streit und Qual; im ganzen Haus hatte sie keine einzige Seele, mit der sie über ihren teuren

Heiland sprechen durfte. Als sie Danisch erzählt hatte, welch großes Glück ihr widerfahren, dass sie mit Gott versöhnt sei und der himmlische Vater sie als sein Kind angenommen habe, war er sehr böse geworden und hatte ihr verboten, ihm ein zweites Mal mit solchen Dummheiten zu kommen.

Seitdem sie gläubig war, sah sie die großen Unredlichkeiten, die in der Mühle begangen wurden und die die anderen gar nicht als Sünde ansahen; sie konnte nicht dazu schweigen, sie konnte nicht länger mitsündigen – sooft sie den Mund öffnete, gab es Streit. Sogar Danisch warf ihr vor, dass sie im Haus Anlass zu Ärgernis gäbe. Sie hatte das Kind ein Verschen aus der Bibel gelehrt; selbst deshalb schimpften sie mit ihr, dass sie den Knaben quäle und sein Köpfchen überanstrenge.

Ja, um sie her war lauter Qual. Aber hatte nicht der Herr Jesus gesagt: *Des Menschen Feinde werden seine eigenen Hausgenossen sein,* und fügte nicht die Schrift hinzu: *Alle, die gottselig leben wollen in Christus Jesus, müssen Verfolgung leiden?* Immer wieder fand sie einen Trost im Gotteswort und in den Büchern, die Jan ihr gegeben hatte.

Solange sie den Herrn Jesus nicht gekannt hatte, war es ihr gut auf der Welt gegangen, denn abgesehen davon, dass die ältere Schwägerin sie mitunter quälte, wurde sie von allen geliebt, besonders von Danisch. Sie hatten sich aus großer Liebe genommen und er hatte sie, besonders seit sie den Jungen hatten, schier auf den

Händen getragen; sie hingegen tat ihm zuliebe, was sie ihm nur an den Augen ablesen konnte. Bei der Liebe des Mannes ließen sich Katschas Quälereien und des Vaters Streitsucht ertragen – aber heute hatte selbst er sie nicht mehr in Schutz genommen, selbst er war gegen sie gewesen; würden sie ihr was zu Leide tun, so hatte sie niemanden, der sie in Schutz nähme. – *Ich will gerne alles ertragen*, gelobte sie sich im Herzen, *denn was für Schmerzen hat der Herr Jesus für mich gelitten! Er wird mich nicht verlassen.* Mochte es sein wie es wollte, ja, mochte es noch schlimmer kommen – sie wollte um keinen Preis mehr zurückkehren in die Dunkelheit, wo das Licht Gottes zwar schien und Menschenherzen beglückte, aber man es nicht kannte. Sie kannte nicht das Lied:

> O *Jesu, meine Sonne, vor der die Nacht entfleucht,*
> o *Jesu, meine Wonne, die alle Not verscheucht;*
> *im Herzen klingt mir täglich der eine helle Ton:*
> *Wie hast du so unsäglich geliebt, o Gottes Sohn.*

Aber sie fühlte in ihrem Herzen, was dort weiter hieß:

> *Um diese Perle wäre mir alles andre feil,*
> *selbst Hab und Gut und Ehre, mein bestes Erdenteil.*

Ja, selbst um den Preis von Danischs Liebe – und wie sehr diese sie beglückte, konnte sie keinem Menschen sagen –, selbst um diese Liebe konnte sie die Liebe des Herrn Jesu nicht entbehren. Auch jetzt, wo sie einsam und verlassen war, fühlte sie, dass sie nicht allein war, dass er hier bei ihr war. Sie drückte die Hand auf ihr Herz, das noch kurz zuvor von banger Sorge bewegt gewesen war. So wie dort am See Genezareth der Sturm sich legte, als der Herr Jesus ins Schiff trat, so wurde jetzt auch in ihr alles still. Sie faltete die Hände über ihrem schlummernden Kind, und obgleich ihre Lippen sich nicht bewegten, waren ihre Gedanken nichts als Anbetung und Lobpreis des Herrn, der es ihr jetzt nicht nur verhieß, sondern auch erfüllte: *Fürchte dich nicht, denn ich bin mit dir!*

Sie blickte zum Sternenhimmel empor, an dem da und dort dichte Wolken auftauchten, und träumte mit offenen Augen von dem schönen Vaterhaus, in das der Sohn Gottes, der Herr Himmels und der Erden, gegangen war, um dem Volk Gottes eine Stätte zu bereiten, dort, wo es kein Geschrei mehr geben würde, das sie stören konnte. Ja, das würde dort ein Sonntag, ein ewiger Sabbat sein!

Sie hatte nicht die schweren, schwankenden Schritte vernommen und wurde erst aus ihrer Seligkeit aufgeschreckt, als dicht neben ihr der Ruf erscholl: „Was tust du da?"

Sie blickte auf und erschrak unsagbar: Da stand Danisch, ihr lieber Danisch, aber wie! – Das Herz schmerzte ihr so, dass sie beinahe aufgeschrieen hätte. Er sah widerlich aus wie jeder Betrunkene, die Kleider vor innerer und äußerer Hitze geöffnet, die Augen unterlaufen, die Wangen gerötet und aufgedunsen.

„Was tust du da, du ..." Ein gemeines Schimpfwort beschloss den Satz, und er schüttelte sie an den Schultern. „Wo hast du dich wieder herumgetrieben?"

„Schrei nicht so, Danisch", sprach sie sanft, „du weckst Joschko auf. Wir warten seit langem hier auf dich. Der Ärmste ist, nachdem er lange nach dir rief, eingeschlafen."

Sichtbar verfehlte ihre Sanftmut nicht die Wirkung; er hieß sie aufstehen, und als sie ihm zum Haus voranschritt, folgte er ihr wortlos. Aber als sie an Katschas Küchentür vorbeigingen, öffnete sich diese, und auf der Schwelle erschien Katscha, halb entkleidet, mit einem Licht in der Hand. Sie sah, dass Judka Danisch nach Hause führte und dass Danisch betrunken war; hässliche Schadenfreude sprühte aus ihren Augen.

„Na, Danischko, treibst du sie schon heim? Hat sie wieder irgendwo den Sonntag geheiligt? Sie konnte sich ja gut herumtreiben, da sie dich den ganzen Tag nicht daheim hatte."

Die bleiche junge Frau sprach kein Wort zu ihrer Verteidigung, trat ein und zündete das Licht an. Auf dem Tisch stand das Abendbrot bereit. Sie legte das Kind auf das Bett. „Komm essen", sagte sie freundlich.

Danisch schleuderte Rock und Hut zu Boden, warf sich auf die Bank, dass sie krachte, und fasste den schweren Kopf mit beiden Händen. In der Stube herrschte eine unheimliche Stille.

„Warum kommst du nicht zum Abendessen?", wagte die junge Frau dieselbe zu unterbrechen.

„Schweige, ich bin satt!", schrie er roh, sprang von der Bank auf und blieb mit geballten Fäusten vor ihr stehen.

„Wo warst du den ganzen Tag?"

„Nirgends, Danisch", antwortete sie ruhig und mit Festigkeit. „Da du nicht zum Mittagessen kamst, ging ich nicht zu Jan, weil ich auf dich wartete. Wenn du mir nicht glaubst, dann frage die kleine Betka, die hat den ganzen Nachmittag bei mir gesessen. Aber wo warst du, Danisch, dass du so spät heimkommst?" Der traurige Vorwurf der Liebe sprach aus der Stimme und aus dem Blick der Frau.

Das reizte ihn, wie das immer der Fall ist, wenn ein Mensch den anderen einer Schuld bezichtigen will und dabei von seiner eigenen überführt wird.

„Was hast du mich ins Examen zu nehmen?", schrie er wütend. „Wenn du mir das Leben im Haus so vergällst, bin ich froh, wenn ich nicht daheim sein muss und mir anderswo Trost suchen kann."

„O Danisch, darin liegt kein Trost; morgen wird dir der Kopf wehtun. Wenn du nichts mehr essen willst, dann lege dich, bitte, ins Bett."

Schon schien es, als sehe er es ein und wolle gehorchen, aber er hatte viel getrunken und erstickte fast vor Hitze. Jeder Tropfen Blut brannte in ihm wie Feuer.

Er sah, wie ruhig seine Frau in der Stube wirkte und ihm das Bett bereitete. Es ärgerte ihn, dass sie so gut, so demütig war, denn er wollte streiten. Er hatte schon die hohen Stiefel ausgezogen und begann sich zu entkleiden; aber plötzlich überfiel ihn eine Wut, eine schreckliche Wut. Alles Blut stieg ihm zu Kopf. Er konnte eine Schnur nicht aufknüpfen, er knirschte mit den Zähnen und fluchte entsetzlich.

Die junge Frau erbebte; aber als sie bemerkte, was ihn ärgerte, lief sie herbei, kniete nieder und begann den Knoten mit ihren kleinen Fingern zu lösen; aber weil das Schnürchen sehr verknotet war und ihre Hände zitterten, kam sie damit nicht sofort zurecht. Er stieß sie roh zurück, und als sie, das Gleichgewicht verlierend, zu Boden fiel, folgte ein Auftritt, wo ein Mensch, sich in einen Barbaren verwandelnd, die ganze Wut, die sich den ganzen Tag über in ihm angesammelt hatte, an seinem wehrlosen Opfer ausließ. Denn das Gesetz schützt selbst Verbrecher und sichert ihnen menschliche Behandlung zu, aber es schützt nicht die Frau vor dem eigenen Mann, wenn dieser sich betrinkt und dann einen Tiger an Grausamkeit übertrifft.

„Ich will dich lehren, fremden Göttern und dann auch noch einem fremden Glauben nachzugehen“, schrie Danisch, „ich will dich lehren, uns alle zu verachten und neue Ordnungen einzuführen! Mag dir dein Jesus jetzt helfen, wenn er immer bei dir ist!“

Endlich war es ihm selbst genug an Misshandlung, er nahm sein wehrloses Opfer – das weder mehr bat noch seine weißen Arme gegen ihn ausstreckte, er nahm es, warf es wie ein wehrloses Stück Holz zur Tür hinaus und schloss zu. Er ging noch eine Weile in der Stube auf und ab wie ein Löwe im Käfig, dann warf er sich angekleidet aufs Bett und bald verriet sein Schnarchen, dass er eingeschlafen war.

Draußen aber auf der Schwelle lag das junge Weib, wie er es hingeworfen hatte, leblos und regungslos. Ein dumpfes Rollen verkündigte, dass ein Gewitter heraufzog, im Nu würde es da sein. Der Donner wurde immer drohender. Es klang beinahe wie das Rollen mächtiger Räder und das Dröhnen zahlloser Hufe. Zogen etwa die himmlischen Heerscharen heran, um all das Unrecht zu rächen, welches auf Erden die Starken an den Schwachen begangen – auch jenes, welches in der Hütte des jungen Wagners geschehen, die noch vor kurzem ein Sitz ehelichen und elterlichen Glückes war?

Kreuz und quer zuckten die Blitze und beleuchteten auch die zusammengekauerte Gestalt. Große Tropfen kündeten einen Regenguss an; dieser blieb nicht aus.

Als es zu gießen anfing, ging Imrich Lehotsky in den Hof um nachzusehen; das Gewitter hatte ihn geweckt, er konnte nicht schlafen. Er ging am Haus entlang, da berührte er etwas Weiches mit dem Fuß, es war ihm, als sei es der Schwanz eines Hundes – aber ein Hund hätte sich gerührt –, er betastete es und hielt einen vom Regen durchnässten Frauenzopf in der Hand. Er tastete weiter bis zum Kopf, da blitzte es mehrmals hintereinander und beleuchtete ihm ein unerwartetes Bild. „Judka!“, schrie er auf, dass er das Rollen des Donners übertönte. Er ergriff die Schwägerin mit seinen festen Armen und lief mit ihr über den Hof in Danischs Werkstatt, legte sie hier auf ein Lager und blieb ganz bestürzt über ihr stehen. „Sie atmet ja kaum – und ist ganz wundgeschlagen mit einem Riemen oder dergleichen. Danisch ist sicher betrunken heimgekommen und hat sie geschlagen – aber jemanden so zu schlagen – wenn sie tot wäre!“ Imrich zitterten die Füße. *Es ist doch eine furchtbare Sache, diese Trunksucht,* dachte er und begann das beschmutzte, blutige Gesicht der Schwägerin abzuwischen. *Nun wundere ich mich nicht mehr über Susanka, dass sie mich heute gar nicht sehen wollte. Danisch ist noch viel sanfter und besser als ich; wenn er nüchtern ist, kann er keinem Huhn was zuleide tun, und er hat Judka gerne – und wie er sie nun misshandelt hat. Wenn das Susanka hört, wird sie sich noch mehr fürchten, mich zu nehmen. Aber ich will nicht mehr trinken, sonst wird aus mir ein wahres Tier werden. Auch heute hätte ich beinahe dort die Hütte gestürmt, wenn sie mich nicht hineingelassen hätten. – Aber sie rührt sich scheint's, sie fängt zu atmen an, nun hat sie gestöhnt – die Arme.* Unwillkürlich traten ihm Tränen in die Augen.

Die junge Frau stöhnte noch einmal und öffnete die Augen. Diese blickten eine Weile ins Leere, dann war es, als würde sie sich auf etwas Furchtbares besinnen.

„Judka, was ist mit dir geschehen?“, beugte sich der

Schwager zu ihr herab. „Ich habe dich halb tot auf der Schwelle gefunden. Ist Danisch betrunken heimgekommen, hat er dich geschlagen? Warum bist du nicht zu mir herübergelaufen? Ich hätte es ihm gegeben."

Sie wollte sich ohne ein Wort aufrichten, aber unter neuem Stöhnen sank sie zurück.

„Imrichko, ich bitte dich, gib mir etwas Wasser", sprach sie mit schwacher Stimme, „und wenn du ein Stückchen von der Liebe Gottes in dir hast, dann sieh nach, was Danisch macht. Er war so betrunken, er weiß nicht, was er tut, dass er nicht etwa Joschko oder sich selbst ein Leid zufügt. Und dort auf der Truhe liegen Kleider von mir, bringe sie mir."

Sie sorgt sich noch um ihn, dachte der Bursche, reichte ihr Wasser und ging hinaus, um den Wunsch seiner Schwägerin zu erfüllen.

Der Regen hatte nachgelassen, aber ein starker Wind rüttelte an den Bäumen im Grasgarten und von ferne ertönte drohendes Donnergrollen. Imrich trat in die Stube seines Bruders, er sah ihn angekleidet im Bett liegen, er sah, dass auch das Kind friedlich schlief. Mit einem hässlichen Fluch gegen Danisch ergriff er die Kleider und eilte wieder zu seiner Schwägerin.

Sie war indessen aufgestanden und hatte ein wenig das zerrissene, blutbefleckte Gewand geordnet. Mit Mühe ging sie zu dem Wassereimer, den sie schon für morgen hingestellt hatte, und wusch sich Gesicht und Hände. O, wie kühlte das Wasser die brennenden Stellen!

Sie weinte und klagte nicht, alles in ihr war wie tot. Sie nahm die Kleider, die der Schwager ihr brachte, sie blickte ihn nur an, als wolle sie ihm eine Antwort vom Gesicht ablesen.

„Joschko schläft", sprach er, „und er auch wie ein Ochs. Der Wind hat das Tor aufgerissen, ich muss es schließen."

Als er fort war, kleidete sie sich um und wickelte die traurigen Denkzeichen ehelicher Liebe und Treue in ein Bündelchen. Sie war sehr blass. Imrich begegnete ihr schon in der Tür.

„Ich danke dir vielmals für alles, was du mir Gutes getan hast!" Sie reichte ihm die Hand, die wie Feuer brannte.

Er unterdrückte kaum seine Rührung. Dann blickte er ihr nach, wie sie langsam ins Haus ging, noch einmal fluchte er Danisch und nahm sich vor, was er ihm alles sagen wollte, wenn sie sich am Morgen begegnen würden.

Als die junge Frau in das von der verlöschenden Lampe matt erleuchtete Zimmer trat, überflog sie ein kalter Schauer; alle die Erinnerungen an die kaum überstandenen Leiden lebten auf – und das war furchtbar. Sie blieb über dem Bett stehen, die gerungenen Hände herabhängend, und blickte in das Antlitz des Menschen, der ihr der teuerste und nächste auf Erden war, in das Antlitz des Vaters ihres Kindes. Sie wollte ihr Herz zwingen, sich all die Liebe, ja, alles das zu vergegenwärtigen, was der Name „Gatte" an Schönem und

Großem für eine Frau in sich schließt, aber ihr Herz war durch das erlittene Unrecht noch zu tief verwundet – ihr vor ihr liegender Mann war ihr beinahe fremd geworden. Es war, als sei das Band, das bisher zwei Herzen, zwei Leben verbunden hatte, durch die böse Tat des jungen Mannes zerrissen worden. An die Stelle des hingebenden ehelichen Vertrauens war Furcht und Abscheu getreten. Die junge Frau wusste, dass, wenn er jetzt mit einem Mal nüchtern wäre, wenn er erwachen und seine Arme nach ihr ausstrecken würde, sie sich nicht an ihn schmiegen, ihm nicht mehr vertrauen könnte.

Sie stöhnte tief auf und wandte sich von dem Bett ab.

Was wollte sie länger hier? Was wollte sie länger in diesem Haus verweilen, da es für sie keinen Platz am Herzen des Mannes mehr gab, da der geliebte Danisch verschwunden war? Sie öffnete die Truhe und band zwei Unterkleider und ein Obergewand in ein Bündel.

„Ich werfe dich hinaus wie einen Hund", hatte Danisch ihr zugerufen, als er sie schlug, „gehe zu deinem heiligen Bruder."

Nun, er hatte seine Drohung erfüllt und sie würde gehen, sie musste es ja auch. Morgen würden die Leute mit Getreide kommen, jeder würde sie sehen, was würden sie von Danisch denken? Ja, sie würde gehen und seine Grausamkeit verbergen.

Nun hatte sie das Notwendigste beisammen, sie

nahm ihr großes Tuch und trat an das Bettchen des Kindes. *Wie soll ich es nehmen, ohne dass es erwacht? Soll ich es aus solch einem süßen Schlummer aufwecken?*

Sie fühlte, dass sie in ihren schmerzenden Händen keine Kraft hatte, um es zu tragen, und draußen tobten Sturm und Regen, sie konnte irgendwo mit ihm fallen. Und dann, es war nicht nur ihr, es war auch sein Kind, sie musste es ihm zum Trost dalassen, aber wer würde es versorgen? Einen harten Kampf kämpfte das Mutterherz.

„Herr Jesu, hilf mir, ich kann Joschkochen nicht dalassen", stöhnte sie. Sie nahm alle ihre Kraft zusammen und hob das schwere Kind auf. Es öffnete die Augen. „Mütterchen!", flüsterte das liebe Stimmchen, vertrauensvoll ruhte da sein Lockenkopf an der Brust der Mutter und das Kind schlief weiter. Es wusste nichts davon, unter welchen Schmerzen es seine gute Mutter forttrug, es hätte nicht den Blick verstanden, den sie von der Tür aus ihrem Mann zuwarf, jenen stummen, verzweifelten Abschied von ihrem Erdenglück. Es wusste nicht, dass nur das Gebet ihr die Kraft verlieh, dass sie mit ihm durch Sturm und Regen laufen konnte. Blitze beleuchteten ihren Weg, das Rollen des Donners erklang wie eine traurige Begleitmusik und ab und zu fielen kalte Tropfen gleich schweren Tränen.

Die junge Frau wusste nicht, wie sie zum Haus ihres Bruders kam; mehr als einmal dachte sie: „Ich kann nicht mehr, ich muss umsinken vor Schmerzen und Schwäche." Hätte sie nicht das Kind bei sich gehabt, sie hätte sich irgendwo in einen Busch hingelegt und nicht danach gefragt, was weiter aus ihr würde; aber das Kind musste sie in Sicherheit bringen.

Als sie vor Jans Hütte stand, klopfte sie ans Fenster und von drinnen meldete sich die freundliche Stimme ihres Bruders; sie erschien ihr wie eine Stimme vom Himmel.

„Lass mich ein, ich bitte dich, Jan!“, rief sie mit letzter Kraft und lehnte sich an die Wand.

„Judka, du bist es?“ Erschrocken lief er hinaus und mehr getragen als geführt brachte er sie hinein. Er nahm ihr das Kind ab und machte eilig Licht. Er fragte nichts, er erriet nur die furchtbare Wahrheit; er küsste ihre Stirn und Wangen und die Striemen auf ihren Händen. Sie schmiegte sich an ihn, und als sie ihn weinen hörte, weinte sie sich endlich an seiner Brust, in seinen schützenden Armen aus. – Dabei sagte sie ihm mit ein paar Worten alles. Ihm war es, als müsse ihm das Herz brechen. Er kleidete sie aus und legte sie ins Bett wie ein kleines Kind. Als sie ruhiger wurde, betete er unter Tränen mit ihr, auch sie betete und in beider Seelen wurde es still. Sie fühlten, dass der Herr Jesus sie nicht verlassen hatte und dass er es wert war, dass sie für ihn litten.

„Fürchte dich nicht“, sagte Jan dann, ihre feuchte Stirn streichelnd, „der Herr Jesus ist dahin gegangen, wo es kein Leid und kein Geschrei mehr gibt, wo Gott alle Tränen abwischen wird von unseren Augen. Danisch vergeben wir, er weiß nicht, was er getan hat.“ *Das werden sie euch darum tun, dass sie weder meinen Vater noch mich erkennen.*

Und wieder zog eine so wunderbare Stille in das Herz der jungen Frau ein, und obgleich sie viel litt, fühlte ihre Seele eine Wonne, die eine Feder nicht beschreiben, ein Mund nicht aussprechen kann, womit jedoch der Herr die stärkte, die er gewürdigt hat, um seinetwillen zu leiden.

Um seiner Schwester wieder Erleichterung in ihren Schmerzen zu schaffen, hüllte Jan sie in ein nasses Leinentuch; er hoffte – und täuschte sich nicht –, dass so die Schmerzen nachlassen würden; und als sie endlich, von Erschöpfung übermannt, einschlief, kniete er bis zum Morgen an ihrem Bett und überwand durch Gebet die Befürchtungen, die sich ihm aufdrängten: *Wenn Danisch ihr eine innere Verletzung zugefügt hat, so ist nichts zu machen, und sie muss, so jung noch, ihr ganzes Leben hindurch ein Krüppel sein. Aber nein, meinte er, „das wirst du nicht zulassen, Herr Jesus, lieber wirst du sie zu dir nehmen. Aber wenn sie stürbe, wer würde Joschko erziehen? Mir würden sie ihn nicht lassen, und sie würden ihn so gottlos erziehen, wie sie selbst sind. Ach, Herr Jesus, um des Kindes willen mache sie gesund und Danisch vergib und schenke ihm Gnade zur Buße.*

Diese Bitten drangen zum Himmel empor und fanden Erhörung.

10. Schwierigkeiten

Am anderen Morgen erwachte Danisch mit schwerem Kopf, wie jeder, der seinen Rausch ausgeschlafen hat. Und wie jeder, der sich nicht häufig betrinkt, fühlte er eine gewisse Beschämung. Denn selbst in großen Trinkern lebt lange das Bewusstsein der Menschenwürde, und wenn sie nüchtern werden, bereuen sie es stets, sich so erniedrigt zu haben.

Und Danisch war noch kein großer Trinker, er gehörte unter die „mäßigen", von denen die Welt sagt, dass das mäßige Trinken gesund sei und dass man das dürfe und solle. Ehe er heiratete, hatte er mit dem anderen jungen Volk viel getrunken, besonders beim Militär. Aber als er das Weib bekommen hatte, das sein Herz begehrte, hatte er sich ihr zuliebe das Wirtshausgehen abgewöhnt.

Die Lehotskys hatten heißes Blut; wenn sie getrunken hatten, waren sie gefürchtete Raufbolde. Die Leute hüteten sich, mit ihnen Streit anzufangen.

Danisch schien noch der Sanfteste zu sein. Als er aufstand, blickte er in der leeren Stube umher. *Judka kocht gewiss schon das Frühstück,* dachte er. Da fielen seine Augen auf das unberührte Abendessen, und es war ihm, als bekäme er einen Schlag vor den Kopf, dass es ihm ganz schwarz vor den Augen wurde, so gewaltsam überfiel ihn die Erinnerung. Er war gestern tüchtig betrunken gewesen, dennoch erinnerte er sich jetzt, dass er sein Weib geschlagen und zur Tür hinausgeworfen hatte. Es war, als wiche alles Blut aus seinem Gesicht. Er stützte den Kopf in beide Hände und suchte sich zu besinnen, wie und warum das gekommen war.

Er stellte sich den gestrigen Sonntagmorgen vor. Sie waren aufgestanden wie sonst; er hatte sich angekleidet, Judka hatte ihm saubere Wäsche gebracht. Vorher hatte er ihr zugesehen, wie sie den Knaben badete; er fühlte, wie sein Herz dabei vor Liebe zu ihr und dem Kind warm wurde. Als sie ihm das neue weiße Hemd brachte, hatte er gerade im Sinn gehabt, sie zu umarmen und zu küssen, denn er wollte ihr die dummen Gedanken über ihren neuen Glauben vertreiben, die ihn ärgerten; da war Katscha eingetreten.

„Geht jemand von euch in die Kirche?“, hatte sie gefragt. Ja, sie wollten beide gehen, wenn Betka ihnen den Knaben hütete.

„Warum sollte sie ihn nicht hüten? Und du, Judka, kaufe am Heimweg alles, was nötig ist, denn morgen müssen wir uns endlich ans Backen machen. Heute können wir den Mohn und die Nüsse stoßen!“

„Ich bitte dich, Katscha, lassen wir das heute; es ist Sonntag, der Tag des Herrn; ich kann morgen frühzeitig laufen und es besorgen. Am Sonntag zu kaufen ist Sünde“, wagte Judka die Schwägerin zu bitten. Aber Katscha und ihn ärgerte es, dass sie zu allem sagte, dass es Sünde sei.

„Das wäre noch besser, morgen extra laufen!“,

brummte er. „Wenn du vorübergehst, kaufe, was nötig ist, den Mohn will ich euch stoßen."

Sie antwortete nicht sofort, denn sie zog Joschko an.

„Also was? Bringst du es oder nicht?", hatte Katscha geschrieen.

Plötzlich trat es dem jungen Wagner vor die Augen, wie blass seine Frau geworden war, als sie den Kopf erhebend, sie angeblickt und demütig, aber fest geantwortet hatte: „Wenn es für euch keine Sünde ist, am Sonntag zu kaufen, für mich ist es Sünde; ich kann Gott nicht länger erzürnen, ich habe es lange genug getan; ach ja, es ist genug, dass ich die vergangene Zeit meines Lebens zugebracht habe nach heidnischem Willen".

„Wir sind also Heiden?", meldete sich Juros fette Stimme in der Tür. „Liebe Zeit, nur sie ist eine Christin!"

„Ich habe nicht gesagt, dass ihr Heiden seid", verteidigte sich Judka, „aber es ist traurig genug, dass ihr, die ihr euch Christen nennt, mir böse seid, weil ich Gott gehorchen und seinen Tag heiligen will. Und ihr heiligt ihn nicht; wenn ihr ihn heiligen würdet, dann würde nicht den ganzen Tag die Mühle klappern und ihr würdet nicht am Sonntag Mahlgut führen."

„Na, Danisch, ist deine Frau aber gescheit!", sprach der alte Müller spöttisch. Keiner hatte bemerkt, dass auch er eingetreten war. Das hatte Danisch gereizt, er zitterte förmlich.

„Na also, heilige Judka, hast du nichts, was du auch mir vorwerfen könntest?“ Er bemerkte, wie ihr heiße Röte in die Wangen trat.

„Auch Ihr, Vater, wollt aus dem Sonntag einen Jahrmarkt machen. Wozu hat Gott Euch sechs Tage gegeben, wenn Ihr ihm auch noch seinen Tag zu Dingen raubt, die für diesen nicht passen und vor Gott Sünde sind? Obwohl Ihr mir sehr böse sein werdet, muss ich Euch das sagen. Und dich, Danisch, bitte ich, übertritt du wenigstens nicht das Gesetz Gottes, dass Gott dich nicht strafen muss; denn ich habe gelesen, dass der Herr bis ins dritte und vierte Glied die Sünden jener heimsuchen wird, die seine Gebote verachten.“

Sie hatten sie ausreden lassen, denn sie waren von ihrer Kühnheit verblüfft; aber als sie schwieg, hatte sich ein Strom von Schimpfworten und Flüchen über sie ergossen; sie hatten sie und Jan Trnovsky verflucht; sie hatten sie sehr beleidigt, sie abscheulich verleumdet. Dann war einer nach dem anderen fortgegangen, Danisch war mit ihr allein geblieben. Sein Gewissen hatte ihm gesagt, dass er sie nicht so beleidigen lassen durfte, dass es seine Pflicht gewesen wäre, sie zu verteidigen; aber er wollte diese Stimme nicht hören.

„Nun habe ich von dem allen genug!“, hatte er gesagt, als sie allein geblieben waren. „Mit solchen Reden hörst du auf; du wirst uns nicht alle ärgern. Oder ist das nicht viel größere Sünde, wenn du solchen Verdruss ins Haus bringt, als wenn du das gekauft hättest?“

„Danisch, warum tust auch du mir Unrecht?“ Sie war zu ihm getreten. „Du weißt, dass ich die Wahrheit gesagt habe. Ich kann nichts dafür, dass sie über die Wahrheit böse sind. Ich kann und darf nicht am Sonntag kaufen und alle Arbeit verrichten. Ich habe geglaubt, dass mir der Herr Jesus meine Sünden vergeben hat, soll ich ihn wieder durch neue Sünden kreuzigen?“

„Aber wenn ich es dir befehle?“, schrie er plötzlich los.

„Befiehl es nicht, Danisch, denn ich könnte auch dir nicht gehorchen, lieber gehe ich gar nicht in die Kirche.“

Er war dicht vor ihr stehen geblieben. „Du gehorchst mir nicht?“ Sie erbebte und blickte ihn an: „Nein, Danisch!“

„Nun, wir werden ja sehen, wer der Herr im Haus ist!“, hatte er gerufen und die Tür zugeschlagen; ohne Frühstück war er fortgegangen. So war er in die Kirche gekommen.

Unterwegs war sein Zorn gewachsen. Einmal hatte er Jan gesagt, dass er das gar nicht möchte, dass Gott mit ihm wohnen und alles sehen und hören konnte. Jetzt fühlte er, dass Gott alles gesehen und gehört hatte und sicherlich auf Judkas Seite stand. Ein Hass gegen Gott bemächtigte sich seiner; kaum konnte er es in der Kirche aushalten. Und als sie hinausgingen, da war er mit seinen früheren Kameraden direkt in die Schenke gegangen. Dort hatte er bis zum Abend getrunken, dann war er heimgekommen – und dann –, nun, dann hatte er erfüllt, was er versprochen hatte: Er hatte Judka gesagt, wer der Herr im Haus sei und wie sie es von nun an haben würde, wenn sie ihm nicht gehorchen wollte. *Ich muss andere Saiten aufziehen; ich bin kein Waschlappen, dass mein Weib so mit mir umspringt. Heute rede ich kein Wort mit ihr, wie sie mich auch bitten mag, und ich versöhne mich mit ihr nur, wenn sie mir verspricht, nicht mehr zu Jan zu gehen. Hätte der sich lieber irgendwo den Hals gebrochen, als dass er zu uns kam. Wie war sie früher, wie lebten wir miteinander – und wozu hat sie mich heute getrieben? – Es tut mir nicht Leid, dass ich sie geschlagen habe, sie hätte mich nicht so in Zorn bringen sollen, sie hätte mit mir in die Kirche gehen und alles einkaufen sollen, dann hätte ich mich nicht betrunken. Sie ist selbst daran schuld.*

Da Judka nicht kam, ging der junge Wagner hinaus, sah sich im Hof um und trat in die Werkstatt.

„Na, guten Morgen! Schon ausgeschlafen?", rief ihm Imrich entgegen.

„Was hast du denn?", rief Danisch finster, „ich tue dir doch nichts."

„Kannst du auch nicht! Ich bin nicht Judka."

Was will er damit sagen?, dachte Danisch. „Hat sie sich beklagt, dass ich sie für ihren Ungehorsam bestraft habe?", fragte er hochmütig.

„Halb tote Leute beklagen sich nicht." Und Imrich erzählte dem Bruder, wie er dessen Frau gefunden hatte: „Selbst wenn sie etwas verschuldet hat, eine solche

Strafe hat sie wahrlich nicht verdient. Was macht sie jetzt?“

„Sie ist nicht daheim“, brachte Danisch mühsam hervor.

„Dann ist sie sicher zu Jan gegangen, am Ende noch in der Nacht. Ich möchte nur wissen, wie sie hingekommen ist, denn sie wankte nur so.“

Der junge Wagner hörte nicht weiter, er ging aufs Neue seine Frau im Haus suchen. Erst jetzt bemerkte er, dass auch der Knabe nicht da war. Er sah ein, dass Imrich Recht hatte, und es legte sich auf sein Herz wie ein Stein, der nicht abzuwälzen war.

Vergebens tröstete ihn Juras Weib, als sie es erfuhr – denn alle in der Mühle erfuhren, was in der Nacht geschehen war –, vergebens sprach sie ihm zu: „Mach dir nicht viel daraus, Danisch; auch mich hat Juro mehr als einmal durchgeprügelt, ich bin immer noch hier. Lass sie; wenn sie Striemen hat, wird sie sich vor den Leuten schämen, dort sieht sie niemand. Sie wird noch gerne kommen, ja, sie wird dich noch bitten, dass du sie wieder aufnimmst, und dann kannst du ihr sagen, dass du sie nur nimmst, wenn sie aufhört, durch ihre Scheinheiligkeit Streit im Haus anzurichten.“

Danisch hörte es an; gerne hätte er sich eingeredet, dass Katscha Recht habe; aber wenn er nachdachte, fühlte er die Last seiner Schuld. Die Unschuld seiner Frau und das Unrecht, das er ihr angetan hatte, drückten ihn so, als hätte jemand einen schweren Mühlstein auf ihn gelegt.

Er machte sich nicht auf, Judka zu holen, denn er wusste nicht, wie er ihr unter die Augen treten sollte. Es schien ihm, als sei die ganze Mühle leer und das ganze Haus wüst geworden.

Kein Wunder, war doch sein Haus vereinsamt, war doch alles fortgegangen, was er auf der Welt hatte, die teuersten Schätze seines Herzens: Weib und Kind. Am liebsten hätte er sie zurückgeholt auf seinen starken Armen, die sie in der Nacht so unbarmherzig verletzt hatten; aber wie sollte er Judka, wie Jan jemals wieder unter die Augen treten? Er müsste ja unter die Erde versinken vor dem Blick des Schwagers.

Imrich merkte, als sie beide, ohne ein Wort zu sprechen, in der Werkstatt arbeiteten, dass Danisch sich quälte. Erst gönnte er ihm das, aber dann sah auch er ein, dass es für den Bruder keine Kleinigkeit war, nach Judka zu sehen, da sie nicht kam. Möglich, dass sie doch erkrankt war.

„Jan wird sie nicht schicken – und selbst wenn! Falls sich das im ganzen Tal herumspricht, wird auch Susanka es hören und denken, dass wir alle gleich sind." Mehr als hundertmal hatte sich Imrich ihre Worte wiederholt: „Ich werde nicht mit einem Trinker gehen, der mich schlagen würde." Bis heute hatte er ihr stets Danisch als Beispiel hingestellt, wenn sie ihm vorwarf, dass es bei Lehotskys so viel Streit gäbe – und nun das! – „Sie hat mich betrunken gesehen, sie hat gehört, wie ich mit Gewalt in ihr Haus eingedrungen bin, wenn sie das noch hört, wird sie mir ihr Lebtag nicht mehr glauben."

Eine solche Angst bemächtigte sich Imrichs, dass er endlich nach dem Mittagessen den Hammer beiseite warf und, ohne jemandem ein Wort zu sagen, zu Malkovs rannte.

Ich will Judka bitten heimzukehren; ich will ihr sagen, wie Danisch sich abquält und dass er es nicht wagt, selbst zu kommen, weil er sich schämt – vielleicht wird sie mich anhören und kommen, bevor es die Welt erfährt.

Als er von ferne die Hütte erblickte, dachte Imrich plötzlich an den Maibaum und dass Jan sich jetzt dafür rächen könne: *Nun, wenigstens werde ich sehen, ob er solch ein Christ ist, wie er sagt, oder ob er Böses mit Bösem vergilt.*

Es fiel dem Burschen nicht leicht, in die Hütte einzutreten, die durch jenen Maibaum für lange von den Menschen gebrandmarkt war. Aber die Angst ist ein Tyrann; wen sie beherrscht, der vergisst alles, wenn er sich nur von ihr befreien kann. Noch ein Weilchen – und sie standen sich in Jans Werkstatt gegenüber.

„Ist unsere Judka bei dir?“, fragte Imrich nach kurzem Gruß, und Schamröte stieg in seine Wangen; er schämte sich für den Bruder und wagte nicht, Jan in das traurige Antlitz zu blicken.

„Ja“, entgegnete kurz und ernst der Gefragte, aber dann, als besinne er sich, trat er näher und reichte dem jungen Schmied die Hand. „Ich danke dir, dass du ihr in der Nacht beigestanden hast.“

Diese unerwarteten Dankesworte und die Stimme,

mit der sie ausgesprochen wurden, rührten Imrich sehr. „Jan, ich bitte dich", sprach er aufrichtig, „sei nicht böse auf Danisch; er wusste nicht, was er tat – er war betrunken."

„Ich bin nicht böse", schüttelte dieser den Kopf. „Ich weiß, dass Danisch ebenso wenig wusste, was er tat, wie diejenigen, die unseren Heiland ans Kreuz schlugen. Möge ihm Gott vergeben, wie ich ihm vergebe, aber dich bitte ich, Imrich, ziehe eine Lehre daraus und lass das Trinken sein. Ich weiß, auch du weißt es, dass Danisch sonst kein böser Mensch ist und dass er Judka sehr gerne hat – und sieh, was er getan hat. Auch du könntest einst der, die dir die Liebste ist, etwas zu Leide tun, und das ließe sich dann nicht mehr gutmachen. Komme hinein, einen anderen würde ich nicht zu ihr lassen, aber du hast sie ja in ihrem tiefsten Schmerz gefunden."

Wortlos folgte Imrich dem jungen Mann. *Wie er spricht*, dachte er ergriffen, *wie ein Buch; aber er hat Recht!* Er stellte sich das liebliche Gesicht derjenigen vor, die ihm die Liebste war, der zuliebe – um sie nicht zu verlieren – er diesen Weg unternommen hatte. Und noch einmal stellte er sie sich vor, als er in der Stube an dem Bett stand, auf dem Danischs Frau ruhte. Er erkannte sie kaum, so blass war sie und so entstellt durch den blauen Streifen unter dem rechten Auge. *Wenn ich Susanka so zurichten würde?* – Es war ihm furchtbar zumute.

„Sie schläft", sprach Jan, „wecken wir sie nicht; setze

dich hierher ans Fenster. Die Ärmste hat die ganze Nacht nicht geschlafen."

„Wie ist sie nur bis hierher gekommen?"

„Ich weiß es nicht. Der Herr Jesus, für den sie das alles erträgt, hat sie gestärkt."

„Hat sie auch den Knaben mitgebracht?"

„Ja; der Kleine rührte sich nicht weg von ihr und war so ruhig, als fühlte er, dass er artig sein müsse, um seiner Mutter nicht zu schaden. Ich habe ihn hingelegt, er schläft auch."

Die beiden jungen Männer blickten ernst auf das in einem anderen Bett ruhig schlafende Kind, dann traten sie ans Fenster, setzten sich auf die Bank und saßen ein Weilchen schweigend da.

„Ja, sage mir", sprach plötzlich Imrich, „warum ist das so, dass der Mensch oft Böses tut, so Böses, das er gar nicht ahnt noch will?"

„Darum, Imrich", Jan fuhr aus seinen Gedanken empor, „weil er in der Hand eines mächtigen Herrn ist, dem er folgen muss."

„Welchem Herrn?"

„Dem Teufel."

„Du denkst also", sprach Imrich stirnrunzelnd, „dass wir dem Teufel dienen?"

„Hat etwa Danisch bei solch einem Werk Gott gedient? Zuerst hat er, dem Teufel zuliebe, seine Frau nicht verteidigt, als sie sie dafür schmähten, dass sie den Sonntag heiligen wollte, wie es sich für eine Christin geziemt; ja, er selbst drohte ihr und wollte sie dazu zwingen; dann führte ihn der Teufel ins Wirtshaus, dann hetzte er ihn auf – wie einen gereizten Hund –, dass er Judka misshandelte. Denn der Teufel wollte sich an Judka rächen, weil sie in eurem Haus für Gott und zu seiner Ehre leben wollte; und das verträgt sich nicht. Es tut mir Leid um Danisch, dass er so den Willen jener schwarzen Geister erfüllen muss."

Wie er das sagt, – dachte Imrich, *aber er hat wohl Recht.*

„Und du tust den Willen des Teufels nicht mehr?", fragte er mit gezwungenem Lächeln.

„Nein, Imrich, dem Herrn sei Dank; mich kann er reizen und versuchen; aber er hat mir nichts mehr zu befehlen. *Wer die Sünde tut, der ist der Sünde Knecht. Wen aber der Sohn frei macht, der ist recht frei.* Aber er ist auch gekommen, euch zu erlösen, wenn ihr ihn nur aufnehmen wolltet. Auch ihr müsstet dem Teufel und der Sünde nicht dienen, wenn ihr nur den erkennen wolltet, von dem geschrieben steht, dass er die Gefangenen frei machen will."

Da machte die Schlafende eine Bewegung, stöhnte auf und öffnete die Augen. Beide Männer eilten zu ihr. Sie verlangte nach Wasser. Der Bruder reichte es ihr.

„Schmerzt dich die Seite nicht mehr so arg, Judka?", fragte er voll Liebe.

„Nein, Janitschko, nur wenn ich mich rühre. Und wo ist Joschko?"

„Er schläft; rühre dich nicht!", meldete sich Imrich.

Sie blickte rasch ins Antlitz des Schwagers. „Du hier, Imrich?“, fragte sie verwundert.

„Es hat mir keine Ruhe gelassen, ich musste wissen, wie es um dich steht“, entgegnete er herzlich und nahm die Hand der Schwägerin in die seine. „Du tust mir sehr Leid“, fügte er aufrichtig hinzu, „glaube mir“.

„Ich glaube es, Imrich, und ich danke dir, dass du gekommen bist, um nach mir zu sehen.“ Tränen glänzten in den Augen der jungen Frau.

„Und was macht Danisch?“, fragte sie nach einem Augenblick inneren Kampfes.

Sie fragt noch nach ihm!, grübelte Imrich und errötete für den Bruder.

„Nun, er quält sich, er ist ganz mit sich selbst uneins, ich weiß, er möchte herkommen, aber wie? Er schämt sich vor dir und vor Jan. Aber wenn er wüsste, dass du sogar liegst, könnte er sich wohl nicht zurückhalten.“

„Sage es ihm nicht“, sprach die Kranke, seine Hand in ihrer fieberglühenden festhaltend, „und sage es niemandem, Imrich, ich bitte dich, dass die Welt nicht erfährt, was er mir angetan hat. Wird sich sein Herz nach mir sehnen, so wird er von selbst kommen – wenn nicht – Gott befohlen – ich will lieber sterben, als länger mit euch zu sündigen und den Herrn Jesus zu betrüben. O Imrich, wenn du ihn kennen würdest! Er ist so sehr gut. Siehe, welch ein Unglück mich betroffen hat, wie es kein größeres auf Erden gibt: der Mann, mein Mann, den ich so geliebt, so geehrt habe, zu dem ich mich wie ein Vöglein flüchtete, dieser Mann hat mich so erniedrigt; er hat alle Bande, die uns aneinander banden, zerrissen, er hat mich aus seinem Haus geworfen wie einen toten Hund. Als ich das alles erwog, da dachte ich, mein Herz müsse brechen vor Schmerz – und siehe, der Herr Jesus allein hat mich getröstet; er hat es mir auch geschenkt, dass ich Danisch vergeben konnte. Er hat mir in meiner Verlassenheit alles, alles ersetzt und wird es mir auch weiter ersetzen."

Sie schwieg, von plötzlicher Schwäche übermannt, schloss die Augen und Jan und Imrich beugten sich über ihr Bett, jeder in seine Gedanken vertieft.

Imrich hielt sich nicht länger auf.

„Abends komme ich wieder, um nach ihr zu sehen", sagte er draußen zu Jan; sie drückten einander die Hände und er ging fort.

Judka kann nicht heimkommen, überlegte er unterwegs, *wer weiß, wann sie gesund wird. Auch dann wird Danisch nicht wenig bitten müssen, denn er hat sie sehr gekränkt, und so wird es Susanka doch noch erfahren. Am besten wäre es ja, wenn ich zu ihr ginge und ihr alles sagte; die Sache ist schlimm und die Leute werden sie noch schlimmer machen.*

Er blickte auf seine Kleidung, er war nicht zum Ausgehen angezogen, aber dann warf er den Kopf zurück und ging dennoch. Er eilte nicht mit solcher Lust dahin wie sonst; er wusste, dass er schuldig war, und wusste nicht, wie er das Gespräch anfangen sollte. Hätte ihn

Susanka nicht vom Fenster aus gesehen, dann wäre er bei der Tür umgekehrt. So trat er ein.

Sie saß beim Nähen und war allein. An dem überraschten Blick der lieben Augen merkte man, dass sie ihn jetzt nicht erwartet hatte; so geschah es, dass sie auch an das, was gestern Abend vorgefallen war, nicht dachte.

„Was wünschst du?“, fragte sie ihn nach der Begrüßung und bot ihm einen Stuhl an.

„Ich bin gekommen, dir abzubitten“, sprach er, und Röte trat ihm wieder in die Wangen, heute zum dritten Mal, und diesmal schämte er sich für sich selbst. Auch sie errötete. „Ich bin gekommen, um dir zu sagen, dass du mich nie mehr betrunken sehen wirst. Gestern ist bei uns eine schlimme Sache geschehen, nur durch die Trunksucht, das hat mich geheilt.“ Und kurz erzählte er ihr alles. „Ich bin gekommen, dir selbst alles zu sagen, damit die Leute die Sache nicht verdrehen und du nicht denkst, dass ich etwas vor dir verheimliche.“

Sie ließ die Arbeit in den Schoß sinken, faltete die Hände und hörte zu, als wollte sie sich das alles vorstellen.

„Und was wird Jan mit Judka anfangen?“, fragten die schönen Lippen ernst. „Wenn sie krank ist und auch das Kind dort hat, wird er sie nicht versorgen können.“ Er zuckte mit den Achseln: „Ich weiß nicht, er hat niemanden und will auch nicht, dass die Leute erfahren, was Judka geschehen ist.“

„Nun, ich weiß es bereits – und es ist gleich, ob ich hier nähe oder dort; wenn ich an ihrem Bett sitze, kann ich ihr wenigstens Wasser geben und das Kind versorgen, damit es still ist. Du hast versprochen, am Abend zu kommen; ich könnte am Abend nicht, wegen der Leute; am Tag kann ich, du kannst am Abend kommen; wir dürfen sie nicht verlassen, denn dann hätten sie ganz Recht, dass wir Heiden sind."

Das Herz des jungen Mannes wurde froh wie nie zuvor. Bisher hatte er das Mädchen nur geliebt, weil sie hübsch und begehrenswert war; heute sah er zum ersten Mal, dass sie gut und hilfsbereit war und glaubte, dass auch er bereit sein würde, mit ihr zusammen anderen wohl zu tun. Sie band sich die Näharbeiten in ein Bündel. Er hielt ihre Hand fest. „Susanka, aber du hast mir noch nicht gesagt, ob du mir nicht mehr zürnst?", forschte er bittend.

Sie sah ihn mit einem hellen Blick an. „Ich zürne nicht, Imrich, denn auch ich bin nicht so, wie ich sein sollte. Ich bitte dich, Imrich, sage den Burschen, sie möchten nicht mehr herkommen, ich will das nicht länger haben."

„Und willst du auch mir die Türe verschließen?", fragte er erschrocken und traurig.

„Vor dir verschließe ich sie nicht; du willst auch besser werden, nicht wahr?", sprach sie wieder so ernst.

„Ja, Susanka, wenn du mich nur nicht von dir vertreibst, will ich besser werden, du sollst es sehen."

„Also gehen wir; Mutter ist im Hof, ich sage ihr nur,

wohin ich gehe, warte indessen auf mich unterm Apfelbaum, ein Stückchen können wir miteinander gehen.“

Er wartete geduldig und war zufrieden, dass sie ihm nicht böse war und dass sie ihm erlaubte zu kommen. Es war ihm gar nicht unangenehm, dass sie den übrigen Burschen das Haus verbot, ihm selbst waren sie mitunter lästig.

Sie würden ihm böse sein und ihm manchen Streich spielen, aber wenigstens würden sie ihn nicht mehr in die Schenke mitholen.

Bevor ihre Wege sich trennten, gingen sie ein Stück miteinander. Er fragte sie, warum sie nicht mehr wolle, dass das junge Volk zu ihr käme. Ihre Augen blitzten vor Unwillen, dann wurde sie ganz traurig. „Wenn du nicht dabei warst“, bekannte sie aufrichtig, „dann nahmen sie sich allerlei heraus. Der eine verlangte einen Kuss, der zweite wollte mich umarmen, der dritte führte hässliche Redensarten, die sich nicht geziemen. Das ekelte mich an; nein, ich will es nicht länger. Böse bin ich, es ist wahr, aber nicht so, wie sie von mir denken. Ich will nicht für jeden da sein, nein!“ Sie schüttelte heftig den anmutigen Kopf, und hätte Imrich nicht gefürchtet, sie aufzuregen, dann hätte er sie mit lautem Jubel in seine Arme geschlossen. So drückte er ihr nur herzlich die Hand, die sie ihm zum Abschied reichte.

„Ich bitte dich“, sagte er sehnsuchtsvoll, „gehe nicht von Judka fort, bevor ich komme, dass ich dich wenigstens sehen kann.“

Sie lächelte, nickte mit dem Kopf und verschwand im Eichenwäldchen.

11. Erinnerungen

Und wieder verging eine Woche seit jenem Sonntag, da Pavel und Ilenka Erdbeeren gesucht und jenes Glück gefunden hatten, welches ein Mensch nur einmal auf Erden erfahren kann. Was immer das Leben noch bringen mag, die Erinnerung an jenes Paradies, das sich damals dem Herzen öffnete, beglückt noch nach Jahren.

Es war Sonnabend. Pavel Murtin ging in den Bergen seiner Pflicht nach, bis er zu einer mächtigen gefällten Eiche kam. Der junge Förster legte sich ins Gras, um auf den Tischler zu warten, der den Baum besehen sollte, er wollte nicht weitergehen.

Die Berge waren heute wie ausgestorben, niemand störte ihn in seinen Gedanken, das war ihm lieb, denn er hatte so viel zu denken. Er stellte sich plötzlich vor, was sie wohl jetzt daheim täten. Es hielt ihn nicht lange in den Bergen. Sobald er konnte, eilte er immer heim, wo seiner ein warmes Willkommen wartete, auf das er sich schon den ganzen Tag freute.

Auch Andrej war stets bei guter Stimmung, er besorgte die Bretter und führte Material herbei. Nicht nur in einer, in beiden Stuben wollte er Fußböden haben. Und gestern hatte er so etwas angedeutet, als habe auch er im Sinn zu heiraten.

Warum sage ich ihm nicht, dass auch ich das vorhabe?, dachte Pavel jetzt. *Wir könnten die Hochzeit gleichzeitig haben. Warum stehe ich nicht dazu, dann wird doch Ilenka mein, ganz mein sein. Ich habe ihr noch gar nicht gesagt, wie lieb ich sie habe; aber sie weiß es wohl, ebenso wie ich es weiß, dass sie mich lieb hat.*

Er fing an, an die Beweise zu denken. Er brachte ihr Sträußchen von Waldblumen oder von süßen Erdbeeren, sie wieder schmückte seine Stube mit einem Strauß von Blumen, die in ihrem Garten blühten.

Mit Andrej hatte sie immer etwas zu erzählen; oft hörte er ihnen zu, wenn sie so heiter plauderten oder manches miteinander berieten. Für ihn hatte sie hin und wieder einen verstohlenen Blick unter den langen Wimpern, und dann lächelte sie so, als ginge die Sonne über den Bergen auf.

Am vergangenen Dienstag war in Z. Jahrmarkt gewesen. Andrej hatte ihr allerhand gekauft. Er, Pavel, war spät gekommen, sie hatten ihn lange im Gemeindehaus aufgehalten, aber er hatte ein schönes blaues Band gesehen, das brachte er ihr nun. Während sie Andrejs Geschenke lobte und ihm herzlich dafür dankte, reichte sie ihm nur wortlos die Hand – aber sooft sie ihn anblickte, sah er, wie froh sie war.

Nun, er musste ihr endlich sagen, wie teuer sie ihm war, und aus ihrem Mund hören, dass sie ihn lieb hatte. – Dann würden sie zur Tante und zu Andrej gehen, und er wollte sie von beiden erbitten, hatte Andrej sie doch erzogen und unterrichtet.

– Und dann würde sie sein, ganz sein, dann würde wohl auch der Friede in seine Seele einziehen, der bisher nicht kommen wollte trotz des großen Glücks, das seine Seele erfüllte.

Aber wenn ich heirate, wenn ich jemanden haben werde, der mein ist, dem ich mit jedem meiner Atemzüge angehöre, dann werden mich wohl nicht mehr die Gedanken quälen, dass der Mensch anders leben sollte, dass wir wohl zu etwas Höherem geboren sind. – Aber wie seltsam ich bin, tadelte er sich selbst. *Warum sehne ich mich immerzu nach etwas, für das ich keinen Namen weiß, von dem ich gar nicht weiß, wo es zu finden wäre? Trotz des großen Glückes, das mir begegnet ist, komme ich mir vor wie ein leeres Haus, in dem jemand wohnen soll.*

Pavel hielt in seinen Gedanken inne. Und wie er so in dem üppigen Gras dalag, den Kopf auf die gefalteten Hände gelegt, gab er sich ganz dieser Sehnsucht hin. Gleich der Kuppel eines prächtigen Domes wölbten sich über ihm die Kronen hundertjähriger Eichen. Nicht weit von ihm rieselte ein Quell hervor, von breiten grünen Blättern und Farnkraut fast verdeckt, endlich schlängelte er sich als Bächlein wie ein silberner Faden dahin zwischen Vergissmeinnicht, die ihre blauen Äuglein zum Himmel emporhoben. In der Ferne ließ der Kuckuck sein Rufen vernehmen und klang das Klopfen des Spechtes. Eichhörnchen hüpften munter von Baum zu Baum, große bunte Schmetterlinge flogen summend von Blume zu Blume. Aus dem Tal herauf erklang das letzte Lied der Nachtigall. Blühende Nadelbäume verbreiteten ihren betäubenden Duft. Dort, wo die Bäume sich teilten, sah man wie durch eine Pforte ganz nahe die bewaldeten Berge der Gebirgskette, die das Tal einschloss. Unterhalb derselben üppige Wiesen, von Millionen Blumen übersät, darüber der blaue sonnige Himmel – und darüber – ach, was war darüber? Die ganze Welt war so schön, alles so rein, im Morgentau gebadet, vom gestrigen Regen abgewaschen, von der Sonne getrocknet, ja, die Welt war rein, der Himmel voller Licht – nur er, nur er war nicht rein. – Jene Jahre dort beim Militär, jene Werke dort, um die niemand wusste, all der Schmutz ...; ach ja, er war nicht rein, und das Leben hier konnte jenes Leben von damals nicht reinigen, er brauchte jemanden, der ihm half.

Da konnte auch Ilenka nicht helfen. Das Herz hatte die Seele zurückgedrängt, aber diese Seele lebte und war krank und jetzt meldete sie sich und weinte. Pavel spürte, dass, wenn seine Seele nicht gesund würde – mochte sein Herz auch glücklich sein, wäre es auch das Größte, dass Ilenka in seinen Armen ruhte –, es würde ihn nicht auf ewig beglücken können.

Aber wer hatte eine Arznei? Wo gab es Heilung für ihn? – Er freute sich, als das trockene Laub unter einem menschlichen Schritt raschelte, denn es hatte ihn eine Traurigkeit überfallen, die er durch nichts verscheuchen konnte. Freundlich stand er auf, um den Ankömmling zu begrüßen. Auf dem schmalen Fußpfad kam Trnovsky daher, auf den er gewartet hatte. Sie wechselten einen Gruß.

„Ist das die Eiche?"

„Ja, Trnovsky; ich denke, du solltest sie kaufen, denn einen so gesunden Stamm wie diesen findest du sobald nicht wieder."

Sie besahen gründlich den Baum und Trnovsky setzte sich darauf. Er war vom raschen Gang erhitzt.

„Hast du dich geeilt?", fragte Pavel.

„Freilich, daheim wartet eine Menge Arbeit", entgegnete der Tischler.

Dann machten sie das Geschäftliche ab. Pavel sollte am Forstamt melden, was Jan für den Baum geben wollte, und ihm dann Bescheid geben, ob man ihm denselben überlassen wolle.

„Wie schön es hier in den Bergen ist!", sprach Jan, nachdem er aus der Quelle getrunken hatte. „Da hast du einen schönen Dienst, Pavel, in dieser schönen Natur; so still, wie es jetzt um dich her ist, war es wohl einst um Adam her im Paradies auf der von Gott neu geschaffenen Erde."

Aha, richtig, dachte Pavel, *er gehört ja zu einem anderen Glauben und darf nicht sündigen.*

„Höre, Jan, Andrej hat mir gesagt, dass du nicht zu unserem Glauben gehörst; ist das wahr?", fragte er nach einer Weile.

„Zuerst muss ich wissen, Pavel", entgegnete dieser mit einem Lächeln, „woran du glaubst; dann werde ich dir antworten."

„Was ich glaube?“, fragte Pavel bestürzt. Er dachte ein wenig nach, dann sah er dem Fragesteller frei ins Auge. „Beinahe nichts. Ich kümmere mich nicht um diese Dinge.“

„Ich hingegen glaube jetzt alles, was in der Heiligen Schrift steht, und das ist auch mein neuer Glaube.“

„Die anderen glauben ja auch an die Heilige Schrift; aber wie ich höre, lebst du ganz anders und darfst weder betrügen noch fluchen.“

„Oder vielmehr, ich muss weder betrügen noch fluchen, denn der Herr Jesus hat mich von der Sünde erlöst.“

„Wieso erlöst?“, fragte Pavel, wunderbar berührt.

„Er hat die Sünden, die ich begangen, ehe ich ihn kannte, vergeben und mit seinem Blut ausgetilgt, und die, die in mir waren, aus meinem Herzen herausgenommen. Er konnte das, denn er ist mein Gott, mein Schöpfer und zugleich mein Heiland.“

„Das verstehe ich nicht.“

„Nun, stelle dir vor: du hättest gegen Gott gesündigt, und jetzt drückte es dich, aber du hast keine Gelegenheit, das Geschehene gutzumachen – und denkst vielleicht, das muss nun das ganze Leben so bleiben, und wenn du auch wünschtest, von all dem Schmutz rein zu werden, so weißt du doch, dass kein Mensch dich davon reinwaschen kann –, und nun sagt dir jemand: ‚Komme zu Jesu, komme zu dem gekreuzigten Gottessohn!‘, und du folgst und kommst und nun nimmt er dich an. Gott vergibt dir alles um des Blutes seines Sohnes willen und du bist rein; aber damit du nicht weiter sündigen musst, nimmt er dir die Lust daran aus dem Herzen. Siehst du, so hat er es mit mir gemacht. Ihm sei Preis! – Aber ich darf nicht länger bleiben, ich muss heim."

„Ja, Pavel!"

„Und jetzt nicht mehr?"

„Nein, Pavel, der Herr Jesus spricht: *Kommt her zu mir alle, die ihr mühselig und beladen seid, ich will euch erquicken,* und an einer anderen Stelle: *Ich will deine Sünden alle hinter mich zurückwerfen.* Wenn du auf deinen Rücken oder auf deine Brust einen schweren Stein gebunden hättest und du könntest ihn nicht abwerfen, nicht wahr, er würde dich drücken? Und wenn ich dir nun den Stein abnähme und hinter meinen Rücken würfe, würde er dich dann noch drücken?"

„I, woher!", lachte Pavel.

„Nun, siehst du, das hat der Herr Jesus mit meiner Sünde getan. Sie drückt mich nicht mehr!"

„Und denkst du, dass er das auch mit meiner Sünde tun würde?"

„Freilich, wenn du sie ihm nur bringen willst! Weißt du, Pavel, wenn du meinen Worten nicht glaubst, du hast doch sicher eine Bibel daheim; nimm sie dir mit in den Wald, du hast hier Zeit und Ruhe genug, suche dir diese Stelle auf, lies und überzeuge dich selbst. – Nun aber, mit Gott!"

„Mit Gott!" – Die Männer trennten sich, und tief in Gedanken versunken kehrte Pavel heim.

„Weißt du was, Andrej?“, sprach er zu seinem Bruder, „lassen wir uns die Dielen von Jan Trnovsky machen, das scheint ein ordentlicher Bursche zu sein.“

„Warum nicht? Wenn du willst, will ich es mit ihm ausmachen, das Material habe ich schon bereit, er kann gleich nächste Woche anfangen.“

„Am Nachmittag mag Ilenka noch einmal mit dir Erdbeeren sammeln gehen, denn morgen werden sie gewiss alle abgepflückt sein“, schlug Andrej nach dem Mittagessen vor.

„Ach, warum muss es gerade heute sein?“, brummte Mutter Zvara, „wir haben so viel Arbeit.“

„Aber Mütterchen, lasst mich doch, ich will hinterher noch alles besorgen“, bat das Mädchen. „Warum sollten wir sie nicht holen, wenn Andrej sie will?“

„Ich will ihr ein gutes Plätzchen suchen und auch mit sammeln helfen, damit sie bald heimkommt“, versprach Pavel.

Die Frau zuckte mit den Schultern, aber sie ließ die beiden gehen. Nachdem sie im Haus herumgewirtschaftet hatte, kam sie zu Andrej in den Hof.

„Warum hast du die beiden miteinander fortgeschickt, Andrejko?“, fing die Mutter an. Sie wollte dem geliebten Neffen ihre Befürchtungen mitteilen; sie war nicht so blind, dass sie nicht gesehen hätte, was in dem Herzen ihres Kindes vorging; aber sie wusste nicht, welchen von den beiden Brüdern Ilenka liebte. Sie sah, dass beide Murtinovs ein Auge auf das Mädchen geworfen hatten; sie persönlich war Andrejs Bewerbung günstig gesinnt; Pavel konnte sie nicht recht vertrauen; er war Soldat gewesen, und obwohl er so ernst aussah, konnte man nicht wissen, wie er dachte und was er mit dem Mädchen sprach. Nun, Mutter Zvara hatte nur den Neffen darauf aufmerksam machen wollen, aber kaum wollte sie anfangen, da rief er sie in die Scheune, schloss das Tor und sprach voller Freude:

„Ich habe sie fortgeschickt, Tantchen, denn ich wollte mit Euch ungestört sprechen. Tantchen, ich habe Ilenka sehr lieb, so sehr, dass ich es nicht aussprechen kann; ich will sie zum Weibe nehmen, wenn Ihr sie mir gebt."

„Dir, Söhnchen?", rief die Frau erfreut, „ob ich dir sie geben will? Wie kannst du nur fragen? Als kleines Kind war sie auf meinem Schoß nicht sicherer als in deinen Armen. Aber hast du es auch bedacht: sie hat nichts!?"

„Sprecht nicht davon, das weiß ich. Ich brauche ja nichts weiter; wenn ich sie nur bekomme, dann will ich alles tun, was sie verlangt. Darum will ich auch einen Fußboden in der Stube haben, und in die Küche kommt ein Sparherd, damit die Truhe und das Bett Raum haben. Wir wollen alles herrichten, was nötig ist. Nächste Woche ist Jahrmarkt in L., ich will mit Ilenka hingehen und ihr unterwegs sagen, was ich vorhabe; dann holen wir die Truhe, und dann – er griff sich nach dem Kopf. „Ach, ich kann das große Glück gar nicht begreifen."

Die Frau hätte ihm am liebsten beigestimmt. Alle

ihre heimlichen Wünsche sollten erfüllt werden. Wie oft hatte sie sich gesorgt, dass sie plötzlich sterben könnte, da sie so schwach war, und was dann? Ilenka könnte nicht bei den Murtins bleiben, sie war nicht ihre Schwester; so aber würden sie zusammen bleiben, und ihre Tochter würde einen Mann bekommen, wie man kaum einen Zweiten fand.

Dann gingen sie ins Haus und machten Pläne. Es war nicht viel Arbeit, die Frau Zvara heute tat, und dennoch genug: – baute sie doch mit Andrej ein schönes Luftschloss von künftigem Lebensglück.

Unterdessen saßen auf einer gefällten Eiche – an demselben Plätzchen, wo der junge Förster am Morgen allein geweilt – Ilenka und Pavel. Unweit von ihnen stand der volle Erdbeerkrug. Sie hatten geeilt, ihn zu füllen, aber sie eilten nicht heim. Am Morgen hatte Trnovsky gesagt, dass es hier so still sei, wie es einst um Adam her im Paradies gewesen war. Und jetzt dachte Pavel, dass weder Adam noch Eva glücklicher sein konnten als sie beide. Der Jüngling hatte dem Mädchen gesagt, was er ihr sagen wollte, und sich das süße: „Auch ich habe dich lieb!“, von ihren roten Lippen erbeten.

„Ilenka, ich kann nicht ohne dich leben“, sprach er jetzt, „willst du mein Weib werden? Willst du mit mir gehen? Sage ‚ja‘, wenn du mich lieb hast; ja, Ilenka?“

„Ja“, flüsterte der junge Mund, während sich die langen Wimpern verschämt auf die erglühenden Wangen senkten.

Für ein Weilchen gab sich der Jüngling seiner leidenschaftlichen Liebe und Freude hin. „Sie ist mein!", hätte er am liebsten der ganzen Welt entgegengejubelt – und dann, wie seltsam, stahl sich ihm inmitten seines Entzückens wieder jene seltsame Traurigkeit ins Herz. *Wer weiß,* sprach er zu sich selbst, *wenn sie wüsste, wie du bist, ob sie mit dir gehen wollte?*

„Ilenka", sprach er plötzlich ernst, „kein Mensch weiß, was für ein Leben ich dort beim Militär geführt habe, aber du musst es erfahren, damit du nicht dereinst klagen müsstest, dass ich dich betrogen habe." Er stützte den Kopf in die Hand und begann nach einer Weile beklemmender Stille, während das Mädchen gespannt zu ihm aufblickte: „Wir waren nicht so ordentlich, wie ich es euch bis heute erzählt habe; besonders an der Grenze stahlen wir, wo wir nur konnten. Wir betranken uns und dann gab es Raufereien und Schlägereien, sowohl mit Zivilisten als auch unter uns. Wir gingen mit hübschen Dienstmädchen und ließen uns von ihnen beköstigen. Andere gingen noch an schlimmere Orte – dort bin ich wenigstens kein einziges Mal gewesen. Das Leben, das wir dort geführt haben, drückt mich wie ein Stein; ich kann es nicht vergessen. Wie viel gäbe ich darum, wenn ich niemals das Militärleben und die Verstrickungen der weiten Welt kennen gelernt hätte, dann wäre auch ich heute noch so wie Andrej. Nun, da ich dir alles gesagt habe, wirst du dich nicht fürchten, mit mir zu gehen?"

Das Mädchen erhob den gesenkten Kopf.

„Nein!“, sprach sie entschlossen. „Sei nicht mehr traurig, das ist nun alles vorbei und du bist wieder gut.“

Es freute ihn, dass sie ihm glaubte und ihn tröstete, aber er wusste, dass das nicht wahr war, und in seinen Gedanken tönte es: *O dass er diese auch mir abnähme!*, sehnte er sich unaussprechlich. *O wären jene Sünden nicht und könnte ich wirklich gut sein.*

Ilenka band ein Erdbeersträußchen für Andrej und stimmte dabei aus glückerfülltem Herzen ein schönes, slowakisches Volkslied an und die Berge gaben ihr das Lied zurück. Sie erreichte, was sie wollte, sie erfreute Pavel, wieder trug das Herz den Sieg über die Seele davon, er hörte auf zu trauern.

„Ilenka, und wann wird unsere Hochzeit sein?“, fragte er, als sie schon dem Haus zuschritten.

„Ich weiß es nicht, frage die Mutter“, wich das Mädchen voller Verwirrung aus.

„Gut, ich will sie fragen, noch heute will ich sie fragen, wir wollen es nicht lange hinausschieben.“

„Sprich heute noch nicht mit ihr“, sagte sie, seine Hand ergreifend.

„Warum?“ Er sah ihr tief in die Augen.

„Es ist so hübsch, solange es niemand weiß, es scheint mir, als würde es dann nicht mehr so sein.“

„Nun, meinetwegen, wenn ich nur weiß, dass du mich lieb hast und mein werden willst. Weißt du, irgendjemand hat Andrej gesagt, dass er sich um dich bewerben will und dass er dich an diesen verheiraten solle.“

„Aber du gibst mich doch niemandem?!", rief das Mädchen erschrocken.

„Dich hergeben? Dich? Wem?", schrie Pavel auf. „Dem eigenen Bruder würde ich dich nicht gönnen, geschweige denn einem Fremden!"

Wären er und das Mädchen nicht selbst so erregt gewesen, sie hätten, als sie heimkehrten, eine gewisse Verwirrung auf dem Antlitz Andrejs und der Tante bemerken müssen, aber sie gewahrten sie ebenso wenig wie diese das große, mühsam verborgene Glück bemerkten, das aus den Augen der Heimkehrenden strahlte. Vielleicht war es gut, vielleicht auch nicht – wer kann das beurteilen?

12. Ein schönes Leben

Vor dem Häuschen Jan Trnovskys stand an jenem Sonnabendabend Susanka Hrubik. Sie stand schon eine ganze Weile tief versunken da. Der kleine Joschko spielte zu ihren Füßen im Sand und rief öfter mit seinem lieben Stimmchen: „Schau, Tante!"

Aber heute hörte das Mädchen nicht, obwohl sie ihn sonst wie einen Augapfel hütete, so wie es auch seine Mutter nicht besser gekonnt hätte.

Wie es so zu gehen pflegt: Will der Mensch in einem Augenblick wohl tun, weil er irgendwo eine Not sieht, so kann er nicht mehr anders, er muss das angefangene Werk vollenden. Als das Mädchen am Montagvormittag in der Tür dieses Hauses stand, war es gerade richtig gekommen. Joschko weinte vor Hunger und seine Mutter war vor Schwäche und Schmerzen ohnmächtig geworden und Jan wusste nicht, wem er zuerst beistehen sollte. Kein Wunder, dass das plötzlich auftauchende Mädchen ihm wie eine von Gott selbst gesandte Botin erschien, er hatte sie gar nicht gefragt, wie sie herkam.

„Ich bin gekommen, um dir zu helfen", hatte sie einfach gesagt. Und sie half auch: Sie nahm das Kind, versorgte es mit Nahrung, beruhigte es und spielte mit ihm. Dann lief sie hinein und half Jan die ohnmächtige Schwester zum Bewusstsein zu bringen. Sie richtete das zweite Bett für sie her und half sie umbetten; dann machte sie eilig Feuer, kochte Milch und brachte sie liebevoll der Kranken, deckte sie zu und setzte sich zu ihr.

„Ich danke dir vielmals. Gott selbst hat dich geschickt", sprach Judka. „Aber wie bist du hergekommen?"

„Ich hörte von Imrich, was mit dir geschehen ist; ich weiß, dass ihr hier niemanden habt, und bin gekommen, um dich zu pflegen. Doch nun schließe die Augen und versuche zu schlafen, das wird dir gut tun."

So viel hatte Susanka getan, aber war das genug? *Wie könnte ich sie allein lassen?,* dachte sie. *Morgen würde es dasselbe sein wie heute; über Nacht ist Imrich hier, morgen komme ich wieder.*

So war sie denn gekommen; und sie kam und ging die ganze Woche und hatte sich vorgenommen zu helfen, bis Judka aufstehen könne. Es war sonderbar – aber die Leute hatten jetzt viel Arbeit, sie brachten ihr weder Ärmel zum Sticken noch kamen sie zu Besuch. Niemand wusste bisher, was sie tat, außer ihrer Mutter und Imrich. Und selbst wenn – das Mädchen kümmerte sich nicht darum, denn mit ihr und in ihr ging nämlich eine große Veränderung vor.

Die ganze Woche las sie an jedem Vormittag der jungen Wagnersfrau aus dem Wort Gottes vor, und gegen Abend, nachdem er zu arbeiten aufgehört hatte, las und erzählte Jan ihnen beiden aus der Geschichte jener Männer und Frauen, die um Christi willen alles verloren, alles verlassen hatten. Wenn nach dem Abendessen Imrich kam, saßen sie stets noch eine ganze Weile um das Wort Gottes versammelt zusammen. Jan las und erklärte es ihnen und beantwortete die Fragen, die sie ihm vorlegten. Ihm war wohl alles klar, und wenn er etwas nicht verstand, pflegte er zu sagen: „Das müssen wir glauben, bis Gott es uns offenbart." Am Schluss beteten sie stets zusammen, dann ging sie heim und Imrich begleitete sie; danach kehrte er zu seiner Schwägerin zurück.

Noch freudiger, als sie begrüßt wurde, eilte sie stets her. War es ihr, die bis jetzt nur für sich selbst gelebt, nur für sich selbst gearbeitet hatte, doch zumute, als fange sie jetzt erst an zu leben. In ihr erwachten die weiblichen Gaben: auf der Welt zum Wohle der Menschheit zu leben und das Licht des Glückes und der Erleichterung um sich herum zu verbreiten. Je mehr sie anfing, Christus zu erkennen, desto mehr sehnte sie sich danach, ihm ähnlich zu werden, zu wandeln wie er und wohl zu tun. Sie wusste, wenn Judka gesund war – und sie wünschte, dass sie bald genesen möchte –, dann würden diese Besuche hier aufhören, aber sie wollte nicht daran denken. Sie konnte sich gar nicht vorstellen, wie das sein würde, wenn sie nicht mehr täglich mit den Leuten verkehren durfte, die so mit Christus lebten und er mit ihnen.

Auch heute, als sie vor der Hütte stand, dachte sie darüber nach. Sie wartete auf Jan, sie wollte heute früher heimgehen. Er war vormittags im Wald gewesen und bis jetzt noch nicht aus der Stadt heimgekehrt. Sie hätte zwar fortgehen können, denn Judka war heute bereits durch die Stube gegangen und konnte wohl ein wenig mit dem Jungen allein bleiben, aber sie brachte es nicht über sich, ohne das gemeinsame Gebet und Bibellesen fortzugehen.

„Tante, hörst du nicht?“, rief der Kleine und griff mit beiden Händen nach ihr. Sie fuhr zusammen und nahm ihn auf den Arm.

„Was willst du, Joschkochen?“

„Wann geht Joschko zu Vater?“

Sie drückte den Jungen fest an sich. „Sieh mal das Vöglein dort!“ Aber das Kind wollte kein Vöglein, es wollte eine Antwort und es bekam eine.

„Bis Vater euch holen kommt“, sprach eine wohlbekannte Stimme.

Das Mädchen wandte sich rasch um: „Jan, du bist schon da? Wann und von wo bist du gekommen?“, forschte sie erstaunt.

Der Mann nahm ihr den Knaben ab. „Durch den Hof, Susanka; ich habe schon gesehen, wie viel du heute bei uns in Ordnung gebracht und gereinigt hast“, sprach er dankbar.

„Es ist Sonnabend“, entgegnete sie sanft, „ich möchte früher heimgehen. Judka will morgen aufstehen, aber sie hat nicht alles Nötige hier, ich will ihr etwas von meinen Sachen hersenden, wir sind fast gleich. Ich habe nur noch gewartet, dass du mit uns liest und betest. Ich glaube dir jetzt, dass das Wort Gottes das Brot ist, das wir alle Tage haben müssen, ich kann nicht mehr sein ohne das."

„Siehst du!", rief er erstaunt. „Doch nun komm, Judka wartet schon auf uns."

„Zuerst musst du zu Abend essen."

„Das ist schon geschehen, es ging rasch, da ich alles hergerichtet hatte. Aber, Susanka, wann werde ich dir das je vergelten können?", sprach er und drückte ihr fest die Hand. „So viel Gutes hast du uns erwiesen, dass ich es gar nicht aussprechen kann."

„Du hast mir nichts zu vergelten", sie schüttelte den Kopf, „es war mir noch nie so gut auf der Welt wie hier bei euch; ihr habt mir mehr Gutes erwiesen, als ich euch getan habe." Sie ging ins Haus, er folgte ihr.

Etwa eine halbe Stunde später schickte sie sich an zu gehen. „Morgen sehen wir dich nicht?", fragte Jan beinahe schüchtern, in seinen Augen lag eine Bitte, die der Mund aus Bescheidenheit nicht auszusprechen wagte.

„Warum solltet ihr mich nicht sehen?", sprach sie rasch entschlossen. „Oder kommt ihr schon ohne mich aus?" Ein schelmisches Lächeln spielte um die frischen Lippen. „Wollt ihr mich nicht mehr haben?"

„Ich weiß, du scherzest nur", entgegnete er gleichfalls lächelnd und dennoch ernst. „Frage die Erde, ob sie morgen die Sonne braucht, sie mag dir für mich antworten."

„Also, ich komme. Gott mit euch, bis morgen!"

„Der Herr Jesus geleite dich!"

Der Tischler stand auf demselben Fleck wie vor kurzem und blickte dem Mädchen nach. Wer hätte ihm damals gesagt, wie viel Dank er ihr heute schulden würde?

Schon längst war sie davongeeilt und noch immer schien es ihm, als sei dort, wo ihre Füße liefen, eine helle Spur zurückgeblieben.

Susanka ging rasch, als wolle und müsse sie fliehen. Um sie her und in ihr klang und spielte es auf den Saiten ihres jungen Herzens: „Frage die Erde, ob sie morgen die Sonne braucht, sie mag dir für mich antworten." Wer hätte ihr das gesagt, dass sie jemals aus Jans Mund solche Worte hören würde, solche schönen, guten Worte, und dass sie sie ein klein wenig verdient haben würde! – Am Ausgang des Wäldchens begegnete sie Imrich. Er wunderte sich sehr, dass sie schon heimging. Das Mädchen reichte ihm freudig beide Hände und erzählte ihm, dass Judka heute schon ein wenig auf gewesen war und morgen aufstehen wollte.

„Gehe bald zu ihr", sprach sie.

„Nicht doch!", runzelte er die Stirn, „den ganzen Tag kann ich kaum den Abend abwarten, wo ich dich sehen kann, und nun soll ich dich nicht begleiten?"

„Nun, so komm!" So gingen sie denn. „Wie geht es bei euch?"

„Bei uns? Wie in der Hölle. Danisch kann weder essen noch schlafen, er arbeitet nur immerzu. Jura war gestern betrunken und ist heute noch nicht nüchtern.

Katscha ist es übel ergangen, aber der gönne ich es. Weißt du, Judka fehlt überall, die Hälfte der Arbeit, und zwar die größere, hat sie allein besorgt, und das fehlt nun. Da Katscha es nicht bewältigen kann, keift sie den ganzen Tag und reizt Jura und den Vater. Du hast ganz recht gesagt, dass es bei uns nichts als Zank und Streit gibt, es ist so. Und wenn es nicht anders wird, in solch einer Hölle bleibe ich wahrlich nicht. Der Mensch weiß gar nicht, wie er in die Sünde hineinkommt. Wenn ich zu Jan komme, dann ist es mir stets, als sei ich im Himmel. Lieber will ich anderswo ein Stück trockenes Brot essen als daheim Kuchen."

„Du Armer!", bedauerte ihn das Mädchen aufrichtig, „das kommt daher, weil dort der Herr Jesus ist, und bei uns nicht. Aber, was denkst du, wird Danisch Judka holen kommen?"

„Er wird es kaum noch länger ohne sie aushalten. Ich habe ihm gesagt, dass sie krank ist. Ich weiß, er käme gerne, aber weil er sich am Montag geschämt hat, wird es ihm mit jedem Tag schwerer. Ich habe auch schon gehört, dass der Vater ihn ermahnte, zu ihr zu gehen."

„Es ist wirklich keine Kleinigkeit, Jan unter die Augen zu treten", bemerkte das Mädchen nachdenklich.

„Ich denke, Judka wird kaum heimkehren wollen, und ich selbst würde ihr raten, es nicht zu tun. Wie soll sie es in dieser Hölle aushalten?"

In Gedanken versunken schritten der Bursche und das Mädchen schweigend ins Tal hinab. Heute war es noch früh, sie begegneten Leuten; manche blieben stehen und blickten ihnen nach, woher sie wohl kommen mochten. Sie beachteten es nicht. Vor der Hütte blieb Imrich stehen.

„Komme mit mir hinein", rief das Mädchen, „du kannst gleich die Sachen für Judka mitnehmen, die ich ihr versprochen habe, da braucht sie morgen nicht darauf zu warten."

„Gehst du morgen wieder hin?"

„Freilich, es ist Sonntag, Jan wird bestimmt Zeit haben; komme du nur auch, wir können dort manches lernen."

„Ich komme gerne. Die Leute haben Jan Unrecht getan und wir mit ihnen, er hat Recht", bezeugte Imrich aufrichtig. „Glaube mir, es tut mir Leid, dass wir ihm diesen Maibaum hingestellt haben, mehr als einmal musste ich denken, wenn wir doch lieber deiner Mutter gehorcht hätten."

„Nun, wir haben ihn dadurch nicht erniedrigt", bemerkte das Mädchen, „sondern uns selbst; er zürnt uns nicht."

„Wie meinst du das, Susanka? Du hast ihn doch nicht aufgestellt?", fragte er verwundert.

„Nein, aber ich habe euch dazu verleitet, und das ist ebenso schlimm. Imrich, wie viel Böses haben wir schon auf Erden getan und Jesus Christus hat das alles gesehen." Sie presste die kleine Hand an die Stirn. „Gerne möchte ich morgen Jan fragen, was ich tun soll. – Es ist wahr, ich habe angefangen, anders zu leben, und ich glaube auch, dass der Herr mir helfen wird, ihn nicht mehr durch Sünde zu betrüben, aber damit kann ich das Vergangene nicht wieder gutmachen."

Imrich blickte auf das liebliche Mädchen und dachte: *Wenn sie sich darüber Sorgen macht, wie sie gelebt hat, was muss ich dann erst gutmachen?*

„Wir wollen ihn fragen", versetzte der junge Mann nachdenklich. „Glaube mir, ich möchte gerne so leben, wie Jan lebt, damit ich nicht mehr länger dem Teufel diene. Da der Sohn Gottes ihn befreit hat, kann er wohl auch uns befreien."

Sie gingen in die Hütte und draußen erzählte der Sommerwind den Zweigen der Bäume von zwei Seelen, die lange und tief am Rande des Abgrundes geschlafen und wie trübe Fluten ihr Ufer unterspült hatten; sie schlafen und werden rettungslos hinabstürzen und umkommen; und wie Gott seine Engel gesandt hat, sie zu erwecken; sie haben die Augen geöffnet und in den Abgrund geblickt. Und sie haben angefangen, nach der Hand zu suchen, die sie von dieser gefährlichen Stelle wegführen könnte.

Die Bäume hörten zu, ihre Blätter wiegten sich und in ihrem Säuseln erklang das Lied: „Wenn sie zum Herrn rufen aus ihrer Not, wird er ihnen helfen aus ihren Ängsten. Er sendet sein Wort und macht sie gesund und errettet sie, dass sie nicht sterben. Die sollen dem Herrn danken für seine Güte und für seine Wunder, die er an den Menschenkindern tut."

13. Eine schwere Prüfung

Es strahlte ein Morgen, ein so schöner Sonntagmorgen, als wäre heute der gekreuzigte Gottessohn aus dem Grab auferstanden, um der Welt zuzurufen: „Friede sei mit euch!“

Unter dem Nussbaum saß, in dieses Meer der Stille und des Lichtes versenkt, Danischs Frau. Sie lehnte ihre schwache Gestalt gegen den kräftigen Stamm und stützte den schweren Kopf in die bleiche Rechte. Die frische Morgenluft schläferte sie beinahe ein. Um sie her war es so feierlich und still, als sei schon jener Sabbat des Volkes Gottes angebrochen, von dem sie heute vor einer Woche am Rande des Baches geträumt hatte, bevor jener furchtbare Sturm gekommen war, der all die Blüten ihres Lebens vernichtet und ihr junges Herz in eine stille, blütenlose Wüste verwandelt hatte.

Eine Woche hatte sie, ferne von ihrem Mann, verlebt; eine Woche hatte sie sein Gesicht nicht gesehen, seine Stimme nicht gehört. Es ging ihr wie jener Seemannsfrau, deren Mann irgendwo die Wellen des Meeres verschlungen hatten, so dass er nie mehr zurückkehrte. Jetzt in dieser Stille lebte all die Sehnsucht nach dem so jäh begrabenen Eheglück in ihr auf. Sie wusste, dass Danisch lebte, dass sie, wenn ihre Füße sie trugen, in die Mühle gehen könnte, wo sie ihn finden würde. Aber war er es denn? *Nein,* weinte das Herz auf, *er war es nicht.* Aufs Neue sah sie ihn vor sich in der ganzen Abscheulichkeit der Trunksucht, sie sah wieder jenen stieren Blick – nein, das war nicht Danisch, ihr lieber, sanfter, schmucker Danisch –, zu jenem Mann dort konnte sie wirklich nicht gehen. Ihre Augen füllten sich mit Tränen stummen, tiefen Schmerzes und sie ließ ihnen freien Lauf; war sie doch allein und niemand würde kommen, den sie dadurch betrüben konnte.

„Herr Jesu!“, schluchzte sie halblaut. „Du richtest mich nicht darum, dass ich weine, ich beweine ja den toten Danisch. Du hattest ihn mir gegeben und ich habe ihn so lieb gehabt – und jetzt ist er für mich gestorben. Er wusste, dass ich durch seine Schuld krank lag, aber es hat ihm nicht Leid getan, sein Herz hat ihn nicht zu mir getrieben; wäre ich gestorben, so wäre er gar nicht gekommen, um Abschied von mir zu nehmen.“

Jetzt erst wurde offenbar, dass sie ihn dennoch erwartet und heimlich die Hoffnung genährt hatte, er würde kommen und sie um Verzeihung bitten und alles würde noch gut werden. – Aber er war nicht gekommen.

Vielleicht, wenn ich gehorcht und Katscha den Willen getan hätte, wäre das nicht so gekommen, stahl sich ihr der Gedanke ins Herz. *Wir wären miteinander in die Kirche und wieder heimgegangen, Danisch hätte sich weder aufgeregt noch betrunken und wir würden heute in Glück und Frieden leben.*

Und der Herr Jesus – wäre er damit zufrieden gewesen?

Oder sagt er nicht vielmehr: *Ihr könnt nicht Gott dienen und dem Mammon?* Groß ist Gott und heilig, er hat seine Gebote gegeben, und kein Mensch hat das Recht, sie mit Füßen zu treten.

„O mein Heiland, du weißt, dass ich kein Ärgernis geben wollte. Du hast gesagt, dass derjenige dein Bruder, deine Schwester sein möchte, aber warum hast du das zugelassen, dass solch ein Ärgernis daraus entstanden ist?"

Die halblaute, bange Frage verklang – aber niemand gab dem jungen Weib Antwort darauf. Sie ließ die gefalteten Hände in den Schoß sinken und blickte zu dem lichten Himmel empor. Da war es ihr, als flüsterte ihr eine Stimme die Worte zu: *Jetzt ist meine Seele betrübt. Und was soll ich sagen? Vater, hilf mir aus dieser Stunde. Doch ich bin gekommen, um diese Stunde durchzustehen.*

Gestern vor dem Einschlafen hatte Jan ihr diese Worte wiederholt und sie daran erinnert, dass das der Herr Jesus von sich selbst gesagt hat, als ihm so unaussprechlich bange auf Erden war, noch größere Angst drohte und es nirgends Hilfe gab. Heute erinnerte der Herr selbst sie an diese Worte, als wolle er ihr damit sagen: „Siehe, auch ich habe einst solch eine Stunde durchlebt wie du jetzt, nur darum, weil ich meinem Vater treu diente. Gedenke daran, wie bange mir war, was mir alles widerfuhr. Ich bin in diese Welt gekommen, um für dich, für deine Schuld zu leiden – und du kannst nicht mit mir leiden, obwohl du mein bist?“

Die junge Frau hatte verstanden. „Ich kann, mein Herr, und ich will“, sprach ihr Mund fest. „Hilf du mir nur und zeige mir, was ich tun soll. Du hast mich gesund gemacht, du wirst mir auch wieder Kraft schenken – aber was dann?“

Und wieder war es, als spräche jemand in ihrer Seele: *Was ich tue, das weißt du jetzt nicht, du wirst es aber bald erfahren. Es ist genug, dass jeder Tag seine Plage habe. Meinen Frieden gebe ich euch; euer Herz erschrecke nicht und fürchte sich nicht.*

Die Stille des Ostermorgens zog in die junge Seele ein; sie fand Ruhe unter dem Kreuz und ihr Glaubensauge blickte auf das Kreuz und auf das unschuldige, in Qualen sterbende Gotteslamm.

Je länger sie hinblickte, desto wärmere, innigere Liebe zu diesem gekreuzigten Heiland zog in ihr Herz ein, bis sie dasselbe ganz erfüllte.

Die junge Frau vernahm nicht die menschlichen Schritte, sie bemerkte nicht, dass jemand innehielt, sie sah nicht den an eine schlanke Fichte gelehnten Mann – aber er sah sie. Ja, Danisch sah seine Frau, er sah ihr blasses, von innerem Licht durchleuchtetes Antlitz, er sah den dunklen Fleck unter den Augen auf der eingefallenen Wange, er sah die Schwäche, die sich in ihrer ganzen Gestalt ausdrückte – und wo waren nun alle seine Vorsätze und Worte! Beinahe die ganze Nacht hatte er mit sich selbst gekämpft, um sich selbst Mut zu machen und Jan und ihr zu zeigen, dass er nicht mit sich spielen lasse. Er hatte gestern von Imrich gehört, dass seine Frau wieder auf sei. Wenn sie auf war, dann musste sie mitsamt dem Kind heim, er wollte sich nicht länger allein herumschlagen. – Er bemühte sich, sein Herz gegen sie zu verhärten, damit dieses ihn nicht dazu verleite, ihr abzubitten, denn Katscha hatte Recht: wenn er das tat, würde sie immer das Übergewicht haben.

Schon war er da, schon stand er ihr gegenüber; und sie waren allein, wie heute vor einer Woche; niemand sah und hörte sie. Warum öffnete er nicht den Mund zum ersten Wort, warum befahl er ihr nicht, heimzugehen? Warum? Er musste sich mit Gewalt überwinden, um nicht zu fliehen, bevor sie ihre geliebten Augen auf ihn richtete, oder um nicht hinzueilen, ihr zu Füßen zu fallen und die gebrochene Gestalt in seine Arme zu schließen, waren doch diese Arme schon seit Wochen leer. Erst hatte er selbst sich fern gehalten und jetzt hatte er sie nicht.

Plötzlich flog ein Vogel an ihrem Blick vorüber; sie wandte ihre Augen vom Himmel ab, blickte umher, und die tiefen, ernsten Augen hafteten mit seltsam freudigem Aufleuchten an seinem Gesicht. Aber da erlosch ihr Glanz und das Antlitz wurde noch bleicher.

Die junge Frau stand nicht auf, um ihren Mann willkommen zu heißen, sie streckte ihm nicht die Hand entgegen, wie sie es gewohnt war – sie schmiegte sich fester an den Baum und blickte ihn sanft und still, ohne ein Wort zu sprechen, an.

„Guten Morgen!", war er endlich gezwungen zu grüßen. Sie dankte kaum hörbar. Er trat ganz nah an sie heran und dennoch klaffte ein Abgrund zwischen ihnen.

Ihm war furchtbar zumute. Er wusste, hier war nur ein Wort am Platz: „Vergib mir!" Aber es auszusprechen? – Nur das nicht!

„Ich bin gekommen, um zu sehen, wann du endlich nach Hause kommen wirst", sprach er düster, „und um Jan zu fragen, ob ihn sein neuer Glaube lehrt, so sündigen Zwist zwischen Mann und Frau zu stiften."

„Du hast Jan nichts zu fragen", entgegnete sie nach kurzem Schweigen ernst, „ich habe nur deinen Willen erfüllt, indem ich zu ihm ging. Zurück hat mich noch niemand gerufen und ich hätte auch nicht kommen können."

Und wieder wurde es still unter dem Nussbaum.

„Du gehst jetzt mit mir!", stieß er dann heftig hervor.

Sie warf ihm einen unsagbar traurigen Blick zu. „Wozu?" Ihre Lippen zitterten. „Arbeiten kann ich noch nicht und werde es so bald nicht können – also wozu?"

„Ich rufe dich nicht zur Arbeit", mäßigte er sich, aber seine Stimme zitterte. „Ich sehe, dass du schwach bist, aber die Frau gehört zum Mann."

Sie richtete sich auf.

„Du kannst nicht sagen, dass ich dich jemals auch nur auf eine Stunde freiwillig verlassen hätte; aber nun, da du mich halb tot aus deinem Haus geworfen hast, bist du nicht berechtigt, mir Vorwürfe zu machen. Jetzt gehöre ich dorthin, wohin du mich geschickt hast."

Die beleidigte weibliche Würde zitterte in ihrer Stimme. „Was sprichst du da?", rief er, nähertretend. „Willst du damit sagen, dass du überhaupt nicht kommen willst?"

„Ich komme nicht", entgegnete sie fest. „Solange ich mich nicht nützlich machen kann, gehe ich nicht in dein Haus, um im Wege zu stehen. Katscha würde mich scheel ansehen, wenn ich nicht arbeiten könnte, und ihr würdet mit mir streiten; sie würden dich gegen mich aufhetzen, du würdest mich schlagen und das wäre Sünde, für welche Gott dich strafen müsste."

Bitte ihr ab, Danisch, riet dem jungen Mann sein geängstetes Herz, *bitte ihr ab, sie ist im Recht.*

Schon schien es, als öffnete er den Mund zu einer Bitte; stattdessen biss er die Zähne fest zusammen.

„Denkst du etwa, ich werde dir abbitten?", rief er nach einer Weile. „Ich bin dich zu holen gekommen – wenn du nicht willst, so bleibe da. Ich schicke dir alles, auch die Truhe und die Betten. Aber denke nicht, dass ich dir den Jungen lasse, er ist mein, sofort gibst du ihn mir!"

„Danisch!", schrie sie flehend auf, „nimm mir das Kind nicht, es ist nicht nur dein, es ist auch mein!"

„Aha!", sprach Danisch siegesgewiss, „du wirst gerne

kommen, wenn ich nur Joschko nehme. Kein Gesetz würde ihn dir zusprechen, denn er ist ein Knabe", fügte er hämisch hinzu, „und zerteilen können wir ihn nicht. Da es dir gefallen hat, dich von mir loszusagen, so brauchst du auch mein Kind nicht länger zu sehen."

„Vater!", rief da eine feine Kinderstimme. Das Kind im Hemdchen, mit vom Schlaf geröteten Wangen, lief durch die offene Tür seinem Vater entgegen.

„Joschkochen!", riefen beide Eltern wie aus einem Mund und stürzten ihm entgegen, aber der junge Mann war ihm näher und war schneller, er befand sich im Nu auf seinen Armen. – *Er nimmt ihn mir!,* stöhnte das Herz der jungen Frau auf. Totenblass sah sie zu, wie Danisch das sich an ihn schmiegende Kind mit der ganzen Inbrunst seines nach Liebe dürstenden Herzens liebkoste. – *Wie lieb er ihn hat!,* grübelte sie. – *Wenn ich ihm ihn gebe, so wird er sich an ihm erfreuen, er wird nicht allein sein, und ich ...* – Hätte er nur mit einem einzigen Wort gesagt, dass es ihm Leid tue, dass er sie aus Liebe rufe, sie wäre mit ihm zurückgekehrt, mochte mit ihr geschehen, was da wollte – aber so konnte sie nicht gehen, selbst dem Kind zuliebe nicht. – Sie würden sie zwingen, die Gebote Gottes mit Füßen zu treten, und das durfte sie nicht.

„Also komm, Joschkochen, wir gehen nach Hause", sprach Danisch und drückte das Kind an sich.

„Und Mama?", lallte das Kind. Diese Frage aus dem rosigen Mund durchdrang beide Eltern wie ein Schwert. Noch einmal schlug Danischs Herz wild voll unbeschreiblicher Sehnsucht; er hatte einen Blick auf seine Frau geworfen und sah, wie sie mehr tot als lebendig an dem Baum lehnte, und es kam Reue über ihn. Aber er dachte, dass er ein Recht habe, beleidigt zu sein, und dass er nur so den Sieg davontragen könne.

„Mama kommt jetzt nicht", sprach er zu dem Kind, „sage ihr Lebewohl."

„Warte", sprach sie mit unnatürlicher Ruhe, „ich bringe ihm die Kleider." – Er blickte ihr nach, wie sie ins Haus trat. Sie suchte die Sachen des Kindes zusammen und ebenso still, wie sie gegangen war, kehrte sie zurück. Sie reichte ihm die Kleidchen und zog ihm die kleinen Strümpfe und Schuhe an. „Meine Mammi!", schmiegte sich der Kleine zärtlich an sie. Er wusste nicht, welch einen Schmerz er seiner Mutter bereitete; er ahnte nicht, was für Gefühle die Brust seines Vaters bewegten, als er diesen unaussprechlich leidvollen Abschied sah.

„So nimm ihn denn hin", sprach die junge Frau endlich, sich aufrichtend, „ich brauche dich nicht zu bitten, du mögest ihm kein Leid zufügen, denn er ist dein; aber um eines bitte ich dich, vergiss nicht, dass Gott ihn uns gegeben hat und dass er ihn einst von deinen Händen fordern wird."

Er presste das Kind stürmisch an sich, und weil er fürchtete, dass er ausrufen müsse: „Ich kann nicht allein mit ihm gehen, ich kann nicht leben ohne dich, vergib mir, tue, was du willst und wie du willst, nur komme mit mir", eilte er spornstreichs davon, ohne sich auch nur umzusehen.

Die junge Frau blickte ihm nach; als er im Dickicht verschwand, versagten ihr die Füße den Dienst, bitterlich schluchzend sank sie unter dem Baum in die Knie.

Würde das, was Danischs Sünde und Stolz jetzt zerrissen hatte, jemals wieder gut werden?

14. Erdenglück

Der Montag kam heran und mit ihm stellte sich Andrej Murtin in der Werkstatt des jungen Tischlers ein.

„Ich bin gekommen, um dich zu fragen", sprach er, als sie miteinander in der Stube auf der Bank saßen, „ob du uns nicht den Fußboden für beide Stuben machen könntest, aber noch diese Woche, das Material habe ich schon herbeigeschafft."

„So der Herr Gesundheit gibt, kann ich es wohl. Die dringendere Arbeit habe ich am Sonnabend abgeliefert und das Übrige kann warten", entgegnete der Tischler.

„Es ist doch besser, und eine Stube ist gleich viel hübscher, wenn sie eine Bretterdiele hat", meinte Andrej, in der Stube umherblickend. „Und wie viele Bücher du hast! Das wäre etwas für Pavel, der liest ebenfalls gerne und nimmt sich auch in die Berge stets die Zeitung mit."

„Wenn er wollte, würde ich ihm gerne welche leihen; er kann Deutsch, ich habe auch sehr gute Bücher in dieser Sprache."

„Da wird er gerne zugreifen. – Aber als ich eintrat, war es mir, als sähe ich in der Küche Judka Lehotsky. Ich habe gehört, dass Danisch sie geschlagen habe; ist das wahr?", fragte Andrej teilnehmend.

„Es geschah im Rausch", antwortete der Tischler traurig.

„Sie soll auch krank gewesen sein?“

„Sie ist auch heute noch nicht gesund. Aber ich bitte dich, sprechen wir lieber nicht davon, damit sie uns nicht in diesem Gespräch findet, wenn sie eintritt.“

„Ist sie von Danisch fortgegangen?“

„Ja; sie kann nicht dahin zurückkehren, bevor der Herr Jesus nicht das Herz des armen Schwagers umgewandelt hat.“

„Wie du das gesagt hast! – Bist du nicht böse auf ihn? Fluchst du ihm nicht?“

„Ich bin Christ – und ein solcher flucht nicht.“

„Wenigstens nicht jeder.“

„Keiner, Andrej. Ein Christ ist nur der, der Christus auf dem schmalen Weg nachfolgt und auch die Feinde lieben kann, wie Christus befiehlt.“

„Höre, da gibt es aber wenige“, meinte Andrej kopfschüttelnd.

Die Pforte ist eng, spricht der Herr Jesus, *und der Weg ist schmal, der zum Leben führt, und es sind wenige, die ihn finden,* lächelte Jan.

„Was ist das eigentlich, der schmale Weg? Oft habe ich das schon gelesen, auch in der Kirche gehört, aber ich weiß nicht, was damit gemeint ist“, sprach Andrej aufstehend.

„Du weißt es nicht, Andrejko? Und doch musst auch du ihn gehen, wenn du in den Himmel kommen willst.“

„Na, irgendwie wird es schon gehen“, meinte der Jüngling leichthin. „Ich sage das nicht, um mich zu rühmen, aber es kann jedermann bezeugen, dass ich brav und anständig bin, und darum segnet mich unser Herrgott auch, und es geht mir gut."

„Es freut mich, Andrej, dass es dir gut geht, aber ich wünsche dir, dass dir der Herr Jesus die Augen öffnet und dich auf den schmalen Weg führt, dann würdest du erst wissen, was Glück ist."

Andrej lachte herzlich. „Jan, glaube mir, obwohl wir uns bei uns weniger mit diesen Sachen abgeben als du hier, gibt es doch keine glücklicheren Menschen als uns, ich wenigstens möchte mit keinem König tauschen." Die Augen des jungen Mannes strahlten.

„Und ist euer Glück so, dass es nicht mehr vergehen könnte?", fragte der Tischler sinnend.

„Warum sollte es vergehen?", rief Andrej bestürzt.

„Weil es auf Erden nichts gibt, was ewig währt. Andrej, wärst du auch dann noch glücklich, wenn du das verlieren würdest, was dich heute beglückt?"

Ilenka verlieren?, dachte Andrej.

„Freilich wäre ich es nicht", versetzte er aufrichtig. „Aber warum sollte ich es verlieren? Warum an so etwas denken?"

„Und was dann, Andrej, wenn dieser Verlust dennoch käme, wenn du plötzlich nichts von alledem hättest, was dich jetzt beglückt?"

„Dann? Ich weiß es nicht, Jan; aber das würde ich nicht überleben."

„Der Mensch muss viel überleben, und keiner von uns weiß, was auf uns wartet, sollten wir da nicht Sorge tragen, dass unser Herz von einem Glück erfüllt wird, das nie mehr vergeht?"

„Und wo ist solch ein Glück?", fragte Andrej wie im Traum.

„In Jesus. Wenn wir ihn ins Herz aufnehmen, beglückt er uns und bleibt uns auf ewig."

„Nun, das steht ja fest, dass ich den Herrn Christus nicht so liebe, wie du ihn nun mal liebst, aber wenn das Herz eben so voll ist, kann man ihn nicht einlassen."

„Oft macht er dann das Herz erst leer, damit es ihm ganz gehört", bemerkte Jan.

„Du denkst", sprach Andrej, „dass der Mensch außer Christus niemanden lieben dürfe?"

„Nein, das denke ich nicht! Der Herr Jesus hat gesagt: *Ein neu Gebot gebe ich euch, dass ihr euch untereinander liebt, wie ich euch geliebt habe.* – Also, wir dürfen und sollen wohl lieben, aber er muss den ersten Platz in unserem Herzen haben."

„Ich habe noch nie über diese Dinge nachgedacht, Janko; aber so viel weiß ich, dass ich ihm diesen nicht geben könnte, wenigstens heute nicht. Aber damit du mich ein wenig verstehst – du wirst es ja niemandem erzählen –, ich will heiraten, ich will mir unsere Ilenka nehmen. – Hast du schon mal jemanden lieb gehabt – ich meine irgendein Mädchen?"

„Nein", errötete der Tischler.

„Nun, wenn du mal so lieben wirst, wie ich liebe, dann wirst du sehen, dass auch in deinem Herzen der

Herr Christus nicht den ersten Platz haben wird, sondern dass du so wie ich, beim Erwachen wie beim Einschlafen, an sie und nur an sie denken wirst."

„Davor behüte mich mein Herr!", rief Jan erschrocken.

„Für mich ist das keine Sünde, Janko; ich bin glücklich, so glücklich, dass, wenn ich die ganze Welt zu verteilen hätte, ich sie verteilte und mir nur unser Hüttchen behielte und Ilenka darin; da hätte ich fürs ganze Leben genug. – Aber was schwatzen wir da? – Also, komme gleich morgen. Und, ich bitte dich, sprich nicht von dem, was ich dir gesagt habe, denn außer der Tante weiß noch niemand, was ich beabsichtige."

„Fürchte dich nicht", schüttelte der Tischler den Kopf. „Wie sollte ich mit jemandem über solche Sachen sprechen? Nur bitte ich dich, versöhne dich mit Gott, bevor du diesen ernsten Schritt tust."

„Du denkst, ich solle zur Beichte gehen? Das tun nur die Katholiken vor der Hochzeit", meinte Andrej.

„Ich meine nicht, dass du zur Beichte gehen sollst, sondern dass du zum Herrn Jesus gehen und ihn bitten sollst, dir deine Sünden zu vergeben und dich zu reinigen, so dass du mit reinem Herzen und reiner Seele in diesen neuen Stand treten könntest."

Andrej verstand Jan nicht, aber seine Worte, voll warmer Liebe und mit Andacht ausgesprochen, berührten ihn seltsam. Er fühlte, dass Trnovsky es gut mit ihm meinte, dass er ihm vertrauen durfte; von jenem

Augenblick an fühlte er sich freundschaftlich zu ihm hingezogen.

Und als er fortgegangen war, stand Jan noch lange in seiner Werkstatt über der angefangenen Arbeit, aber er arbeitete nicht; sehr seltsame Gedanken zogen ihm durch Herz und Sinn. Plötzlich warf er sich auf die Knie: „Herr Jesu, o rette, bekehre auch diesen Andrej! Ich weiß selbst nicht, warum mich mein Herz so zu ihm hinzieht. Und ich bitte dich, nimm mein Herz, aufs Neue übergebe ich es dir; lass nicht zu, dass irgendetwas dich daraus verdrängte; lass es nicht zu!"

Wovor fürchtete sich wohl der Tischler? Warum übergab er so angstvoll sein Herz dem Herrn? Vielleicht erwachten auch in diesem Herzen nie zuvor gekannte Gefühle, Wünsche, Vorstellungen. Sie waren schön, Jan verstand sie noch nicht, sie beglückten sehr – aber sie störten den stillen Frieden der Seele, die bisher dem klaren Spiegel glich, in dem Christus, sooft er hineingeblickt, nur sein eigenes Bild erblickt hatte.

15. Befreit

Danisch schickte seiner Frau die Sachen nicht, wie er verheißen hatte, denn der Alte hatte gescholten: „Denkst du, sie wird wiederkommen, wenn sie alles hat? Sie wird dir den Jungen lassen und ruhig bei Jan bleiben; ihr war ohnedies die Arbeit zu viel. Mag Jan mit uns prozessieren, wenn er Lust dazu hat, oder er soll sie schicken. Er würde ja doch verspielen: Du hast sie holen wollen, sie wollte nicht, das Recht ist auf deiner Seite."

Joschko weinte alle Augenblicke nach seiner Mutter; vergebens ersann Danisch allerlei, um ihn zu beruhigen. Nur die kleine Betka vermochte ihn zu besänftigen, denn bei ihr war er auch öfter gewesen, als seine Mutter daheim war.

Es sah traurig in der Mühle aus. Der alte Müller war wütend; die Ernte stand vor der Tür – wer würde arbeiten? So eine Schnitterin wie Judka würde er für teures Geld nicht bekommen. Danisch tat alle Arbeit nur mit Unlust und hörte kaum auf das, was man ihm auftrug.

Auch mit Imrich stand es nicht so wie sonst; man hörte weder Späße noch Flüche aus seinem Mund; wenn er in der Schmiede war, hämmerte und grübelte er, unter dem jungen Volk ließ er sich gar nicht mehr sehen. Zwar ging er nicht so finster und wie abwesend einher wie Danisch, aber Unterhaltungen wie sonst gab es nicht mit ihm. Als es sich um Judkas Angelegenheiten handelte, hatte er nur gesagt: „Sie hat recht getan, dass sie nicht in diese Hölle zurückgekehrt ist; denkt nicht, dass Jan mit euch wegen der paar Lumpen vor Gericht hadern wird. Was ihr tut, das tut ihr euch selbst an. – Fünf fremde Weiber können euch nicht Judka ersetzen." Von Imrich hatte der alte Lehotsky solche Worte nicht erwartet. *Vielleicht hat er sich ein wenig mit der gezankt, mit der er gegangen ist* – dachte er, und er begann sich umzuhören. Und wenn der Mensch Erkundigungen einzieht, kommt er oft der Wahrheit auf die Spur; aber er kann auch Dinge erfahren, die er nicht erwartet hat. – So erfuhr denn Lehotsky, dass sein Sohn der Näherin Hrubik nachgehe, dass er sich ihretwegen mit der ganzen männlichen Dorfjugend verzankt habe, weil er sie aus Hrubiks Haus verdrängt habe, um mit ihr allein sein zu können – jetzt gehe er aber nicht mehr hin, denn sie habe Judka während ihrer Krankheit gepflegt, sie nähe jetzt auch bei ihr, um sie zu trösten.

Der Müller kannte das Mädchen vom Sehen. Hätte sie etwas gehabt, dann hätte sie ihm nicht wenig gefallen, aber was sollte er so mit ihr? Er hörte zwar, dass sie durch Nähen und Sticken ihren Lebensunterhalt verdiente – aber wer würde aufs Feld gehen? Sie brauchten eine Schwiegertochter im Haus, die die Feldarbeit verstand, und nicht solch eine Paradeliese. Aber da Imrich sie sich einmal in den Kopf gesetzt hatte, würde er schwerlich von ihr lassen. – Wenn sie sich doch nur miteinander streiten würden!

Aber das waren vergebliche Wünsche. Alles wäre Susanka und Imrich eher eingefallen, als sich zu streiten.

Als das Mädchen an jenem Sonntag kam, hatte es erfahren, wie Danisch mit seiner Frau umgegangen war und dass er ihr sogar den Knaben weggenommen hatte; und sie hatte gleich gedacht, dass sie die Freundin nicht so allein lassen dürfe. So hatte sie denn am Montagvormittag für die ganze Woche Arbeit zugeschnitten und am Nachmittag ein ganzes Bündel voll zu Trnovskys mitgebracht. Judka hatte ihr gesagt, dass Jan bei Murtinovs die Fußböden machen würde.

„Ich bin dir sehr dankbar, wenn du mich nicht in dem leeren Haus allein lässt. Arbeit habe ich nicht, und selbst wenn ich sie hätte, so kann ich sie noch nicht verrichten. Ich werde dir helfen; dann kann ich eher ertragen, was der Herr Jesus mir auferlegt hat."

Seitdem nähten sie zusammen; sie verkürzten sich die Zeit durch Unterhaltung und Gesang. Susanka lehrte Judka nähen, und Judka wieder lehrte sie alles, was sie aus der Heiligen Schrift wusste. Und weil Judka bald der Rücken schmerzte, so dass sie nicht lange über dem Nähzeug gebückt sitzen konnte, las sie Susanka die Leidensgeschichte der Kirche Christi in Böhmen vor. Dabei vergaß Judka ein wenig ihr eigenes großes Leid, ihre Sehnsucht nach dem Kind und ihre Sorgen um dasselbe.

Über die Mittagszeit kam regelmäßig Imrich dahergeeilt und blieb auf ein halbes Stündchen bei ihnen. Gegen Abend ging er Jan entgegen, im Gespräch mit ihm nahm er kaum wahr, dass sie schon im Kiefernwäldchen waren. Und dann verlebten sie stets eine Stunde mit Gottes Wort, wie sie sie schöner erst dort oben verleben werden. Sie waren dabei nicht allein, denn Jan brachte bald den einen, bald den anderen der Brüder Murtinov mit.

Inzwischen machte Jan bei Murtinovs die Fußböden. *Mag er sie auch ärgern,* hatte der alte Lehotsky gedacht, als er ihnen Andrej empfahl. *Er wird es nicht daran fehlen lassen, ihnen die Sünden vorzuhalten.* – Aber er hatte sich umsonst gefreut. Die Murtinovs waren nicht so schnell reizbar wie die Lehotskys. Jan gefiel dem Andrej. Er liebte ein freies, offenes Wort, und er hatte es gerne, dass Jan frei heraus sagte, was ihm nicht gefiel, und es gleich aus der Schrift bewies, dass es auch nicht so sein solle. Außerdem hatte er einen Vertrauten an ihm, er wusste, dass nun jemand da war, der sein großes Glück kannte und sich mit ihm freute.

„Gelt, sie ist hübsch“, fragte er, Jan beiseite nehmend und mit einem Blick nach Ilenka weisend.

„Sehr hübsch“, bestätigte dieser. „Weißt du, Andrej, als Gott die Welt und Adam geschaffen hatte, war alles schön. Aber am Ende machte er die Eva und sie war das Schönste.“

„Ja, du hast Recht, die Frauen sind das Schönste auf

der Welt." Andrej drückte die Hand des neuen Kameraden.

Er hatte nichts einzuwenden, als Jan bat, nach dem Mittagessen aus der Bibel vorlesen zu dürfen, und sagte, dass das einst auch ihre frommen Vorfahren getan hätten; er widersprach auch Jans Reden nicht, ja, er wunderte sich aufrichtig und herzlich, dass dieser so gut die Schrift verstand, und er fragte ihn manches, was ihm unklar war. Auch die Tante stellte Fragen, mitunter sogar Ilenka; ihr entging kein Wörtlein von diesen Gesprächen. Und Pavel? Pavel war von Herzen froh, dass er endlich einen Menschen gefunden hatte, mit dem er alle seine Gedanken und Fragen besprechen konnte. Er verschlang die Bücher, die Jan ihm brachte, und nahm sie auch in die Berge mit. Aus diesen Büchern erfuhr er, dass es noch schlimmere Zeiten gegeben, wo ein Mensch den anderen noch mehr getreten hatte als heute, und doch hatten damals Menschen gelebt, die nicht klagten, ja, deren ganzes Leben ein Gottesdienst gewesen war.

Pavel bewunderte Jan. Er sprach so schön Deutsch und wusste so viel aus der Bibel und aus der Weltgeschichte – und doch, wie demütig er war!

Pavel erkannte, dass nicht vornehme Manieren und städtische Kleidung den Menschen über die anderen erhebt – wohl aber Weisheit am rechten Ort.

Am Dienstagabend erbot er sich, Jan zu begleiten, und seitdem begleitete ihn bald der eine, bald der andere der Brüder nach Hause.

Jan arbeitete die ganze Woche bei ihnen; denn als die Böden fertig waren, strich er ihnen Fenster und Türen an und machte ein neues Türgerüst in der hinteren Stube.

Andrej ging am Freitag nicht auf den Jahrmarkt, denn eine seiner Kühe war krank geworden. Er konnte die Truhe für Ilenka ja auch von Jan machen lassen, sie würde um so dauerhafter sein.

„Sage mir, bitte", sprach Pavel, als er am Freitag mit Jan dahinschritt, „wie hat es eigentlich angefangen, dass ein Mensch über den anderen herrscht?"

„Schon ziemlich früh. Schon im zehnten Kapitel des ersten Buches Mose lesen wir von Nimrod. Der war ein gewaltiger Jäger und der Anfang seines Reiches waren Babel, Erech, Akkad und Chalne. Danach kam er ins Land Assur und baute Ninive, Rehoboth-Ir, Kalah und dazu Resen, und das war eine große Stadt. Als dann viele Leute anfingen, an einem Ort zu wohnen, musste einer da sein, der die Ordnung aufrecht hielt, und so herrschte einer über den anderen; und weil sie wenig Platz hatten, bedrückten sie sich gegenseitig, und so ist es bis heute. Du hast ja große Städte gesehen, du weißt, dass es gerade dort am meisten Unrecht und Sünde gibt."

„Da hast du Recht. Und wenn ich daran denke, dass Gott die Menschen nicht dazu geschaffen hat, dass einer über den anderen herrschen soll, dann sehe ich, dass nichts in der Welt so ist, wie es sein sollte. Sage mir, was du darüber denkst, wie der Mensch auf Erden leben sollte? Es ist alles so verkehrt und aus der Ordnung, dass man gar nicht mehr herausfinden kann, welcher Weg der richtige ist."

„Meinst du, Pavel? Hast du noch nie das fünfte Kapitel im Matthäus-Evangelium und die folgenden gelesen? Der Sohn Gottes ist gekommen, hat auf Erden unter den Menschen gelebt, hat ihnen gezeigt, sie gelehrt und aufschreiben lassen, wie und was sie tun sollen. Wenn alle Menschen seiner Stimme gehorchten, dann wäre es auf Erden wie im Paradies; jeder Mensch würde vergeben, lieben, nicht richten, dem Nächsten Gutes tun. Wenn alle einander in Liebe dienen, dann würde sich keiner über den anderen überheben. Vieles auf der Welt könnte so bleiben, wie es ist, aber alles würde in einem ganz anderen Geist geschehen. Das Volk würde sich nicht durch die Trunksucht unglücklich machen, es würde nicht wegen eines Stückchens Erde, wegen eines bösen Wortes Prozesse führen; man würde gerecht richten und einen jeden in seinen Angelegenheiten treu beraten. Es gäbe nicht in jeder Stadt ein Gefängnis, auch nicht so große Zuchthäuser und so viele Irrenhäuser."

„Und kein Militär", fiel ihm Pavel ins Wort, „und das wäre das Beste. Aber Jan, solch ein Leben hat es niemals auf Erden gegeben und wird es wohl kaum je geben; als der Sohn Gottes auf Erden wandelte, war es ebenso schlimm wie heute, und sie haben ihn ans Kreuz geschlagen."

„Und du weißt nicht, Pavel, worin das seine Ursache hat?“

„Nein, das ist es eben, was ich wissen möchte.“

Da ist nicht einer, der gerecht sei, auch nicht einer. – Das Dichten und Trachten des menschlichen Herzens ist böse von Jugend auf. – Die Ursache ist die Sünde, sie liegt in uns.

Die beiden jungen Männer blieben stehen.

„Das wird niemals anders werden“, seufzte Pavel. „Wir sind sündige Menschen und müssen es bleiben.“

„Wir müssen nicht, mein teurer Bruder. *Des Menschen Sohn ist gekommen, zu suchen und selig zu machen, was verloren ist.* – Weißt du, was für einen Tag wir heute haben?“

„Heute? Freitag.“

„An diesem Tag ist der Sohn Gottes am Kreuz für unsere Sünden gestorben und sein Blut ist von diesem Kreuz herabgeflossen, dieses Blut kann mein und dein Herz waschen und reinigen, und dann gilt es: *So sind wir denn gerecht geworden aus Gnaden ... durch den Glauben ... Gottes Gabe ist es.* Ich habe dir neulich gesagt, Pavel, dass, wenn der Sohn Gottes dich frei macht, du recht frei sein wirst; heute sage ich dir: Wenn er dein Herz rein macht, dann wirst du vor Gott und Menschen rein sein, und der Herr Jesus wird dir seinen Heiligen Geist geben, der dich lehren wird, so zu leben, wie er es befiehlt. Wenn auch die ganze Welt am Joch des Satans zieht, wir brauchen nicht daran zu ziehen. Einst wird das Reich Christi auf die Erde kommen, und dann werden die Menschen so leben, wie er befiehlt, und es wird paradiesisch sein; aber wir alle sollen daran arbeiten, dass es bald komme. Wir beten: ‚Dein Reich komme'. Aber ein Herrscher kann seine Herrschaft erst dann erlangen, wenn sich ihm das ganze Land ergeben hat. So kann auch der Sohn Gottes nicht früher herrschen, bis sich alle Menschen ihm ergeben und ihm ihre Sünden gebracht haben. Pavel, übergib du dich ihm, er wird dich für immer befreien, so wie er mich befreit hat – und dann kannst du diese Botschaft weitertragen, so wie ich sie dir jetzt bringe. *Ihr werdet meine Zeugen sein,* spricht der Herr Jesus. Das ist es, was wir bezeugen sollen, dass er uns von der Sünde erlöst hat und dass er jeden erlösen will."

Bei den letzten Worten traten die beiden aus dem Wald. Von den Strahlen des Abendrots umleuchtet, standen sie nun am Waldsaum.

„Ja, hat er dich denn schon erlöst?", fragte Pavel, den Blick von dem rosigen Himmel abwendend.

„Ja, ihm sei Preis; ich bin von der Sünde erlöst, ich bin in dem Blut gewaschen, das auf Golgatha geflossen ist, der heilige Gott hat mir das neue, ewige Leben geschenkt." – Das vom Abendrot beleuchtete Gesicht des Tischlers bestätigte mit seinem hellen Glanz die Wahrheit dieser Worte.

„Nun, so lehre mich, wie ich zu ihm kommen kann; auch ich will mich befreien lassen!", rief Pavel plötzlich aus.

„Ich auch!", ertönte es hinter den beiden.

„Imrich, du bist es?!“

„Schon eine Weile gehe ich hinter euch her“ – der junge Schmied reichte beiden die Hand. „Ihr habt mich nicht bemerkt. Nun, Pavel hat gesagt, dass er davon befreit werden möchte, damit er nicht mehr zu sündigen braucht – auch ich sehne mich von Tag zu Tag mehr danach. Ich weiß wohl schon, dass ich mit Gott versöhnt werden will, aber ich weiß nicht, wie.“

Pavel hatte nicht die Absicht gehabt, bis zu Trnovskys zu gehen, aber er ging hin. Und ziemlich spät verließen sie heute Jans Hütte. Sie hatten so lange im Wort Gottes die Wahrheit gesucht, bis sie sie gefunden hatten. Im Gebet hatten sie Vergebung und Frieden gesucht und erlangt, *denn sie glaubten.* Gott hatte ihnen das neue Leben, die Freiheit von der Sünde geschenkt, nach der sie sich gesehnt hatten. Der Sohn Gottes hatte sie bei der Hand genommen, um sie von nun an auf dem schmalen Weg zu leiten, der zur ewigen Herrlichkeit führt. Er würde nun alle drei führen: Pavel, Imrich und Susanka Hrubik. So wurde das Reich vergrößert, das einst der gekreuzigte Jesus von Nazareth gegründet und durch zwölf Fischer auszubreiten begonnen hatte.

16. In der Kirche

Und wieder gingen die Leute in die Kirche; und weil es ein schöner Tag war, kamen sie in ganzen Scharen. Sie sprachen untereinander von verschiedenen Dingen; jeder sprach von dem, was sein Herz erfüllte. Besonders dachten sie daran, dass das Fieber sich wieder eingestellt hatte, das schon häufig in den Häusern von Z. ein schlimmer Gast gewesen und viele Opfer gefordert hatte. Auch heute Nachmittag mussten sie eine junge Frau, die Mutter von drei kleinen Kindern, begraben.

„Wie wunderlich doch unser Herrgott alles macht", seufzte ein halbblindes Mütterchen, welches an einem Stock hinkte, ein großes Gesangbuch in einem Bündelchen tragend, „solch eine junge, brauchbare Person nimmt er weg – und so einen Krüppel, wie ich bin, lässt er."

„Ach ja, es geht doch recht merkwürdig zu auf dieser Welt, und wer weiß, wie es auf jener anderen sein wird", bemerkte ein gleichfalls schon älterer Bauer von ernstem Aussehen.

„Aber, Onkel, ihr betet doch im Vaterunser: *wie im Himmel, also auch auf Erden*", meinte ein jüngerer Bauer. „Sicher wird es auch dort so sein wie hier."

„Seht mal", rief eine der jüngeren Frauen, „wer dort den Weg herabkommt!" Alle wandten sich schnell um.

„Die Erste ist Susanka Hrubik, und das ist Ilenka vom Murtinov; mit ihnen gehen Pavel, Imrich und Jan Trnovsky; und wie sie sich unterhalten! – Susanka hat heute gar kein seidenes Mieder an."

„Nun, sie ist auch so schön genug", meinte einer der jüngeren Männer. „Aber die vom Murtin ist am Ende noch hübscher. Dass sie so zusammen gehen! – Der Jan erzählt ihnen etwas; wie sie ihm zuhören, wie dem Evangelium! – Die Susanka wird doch wohl den Lehotsky heiraten; aber ob sie auch dem Alten genug sein wird, wenn sie keine Kopaniza hat?"

„Nun, Imrich wird kaum den Alten fragen! Aber sanfter soll er doch geworden sein, er geht auch nicht mehr unter das junge Volk."

„Wisst ihr", lachte die junge Frau, die die übrigen auf die jungen Leute aufmerksam gemacht hatte, „am Ende will er so fromm werden wie Jan Trnovsky."

„Imrich wie Jan Trnovsky?", lachten die anderen. „Wer soll in der Nacht pfeifen und johlen und allen möglichen Schabernack treiben? Dann könnte auch Susanka eine Nonne werden."

„Was sagt ihr von Susanka?", sagten einige Mädchen, die herbeigetreten waren. „Habt ihr nicht gehört, dass sie es nicht mehr duldet, dass die jungen Burschen zu ihr kommen?"

„Ach, was du nicht sagst!"

„Freilich, sie sitzt den ganzen Tag bei Judka Lehotsky; die ist bei ihrem Bruder, denn Danisch hat sie davongejagt, weil sie zu Jans Glauben übergetreten ist; er soll sie auch sehr geschlagen haben, so dass sie beinahe zwei Wochen krank war – und jetzt darf sie nicht zu Lehotskys zurück. Juras Frau hat gesagt, dass sie ihr weder die Truhe noch sonst etwas geben, solange sie nicht bitten kommt und verspricht, dass sie wieder so sein will wie vorher."

„Recht so", bemerkte jener ernste Bauer, „was hat jemand unseren Glauben zu verwerfen und irgendeinen neuen aufzusuchen? Ein jeder bleibe in dem, worin Gott ihn erschaffen hat."

Nun sprachen die Leute von der evangelischen Lehre, von dem, was ihre Vorfahren um des Glaubens willen gelitten hatten; sie redeten auch vom Antichristen, der eine neue Lehre verbreiten würde – und sie wussten gar nicht, wie und weshalb sie sich dabei gegen Jan Trnovsky ereiferten, mit dem noch keiner von ihnen persönlich gesprochen hatte, von dem sie bloß durch andere gehört hatten.

Unterdessen erzählte Jan seinen vier aufmerksamen Zuhörern, wie es gewesen war, als ihm der Heilige Geist zum ersten Mal die Augen geöffnet hatte.

„Ich hörte von dem Text, dass ein Hirte hundert Schafe hatte und eins sich verlor; wie er da die neunundneunzig in der Wüste ließ und hinging, das verlorene zu suchen, bis er es fand. Ich hörte, wie der Prediger schilderte, wie gut es die Schafe Christi bei ihrem Hirten haben, wie er sie auf den grünen Auen seines Wortes weidet und sie zum Quell des lebendigen Wassers führt. Da dachte ich: ‚Du bist weder bei Tag noch bei Nacht bei Christus, du ernährst dich nicht vom Wort Gottes, du hast nicht den Heiligen Geist, dass er dir das Wort erkläre, du bist fern von diesem Hirten, du bist in der Welt unter lauter Sündern, du tust Böses, du denkst Böses, du gehorchst Gott nicht; – also bist du jenes verlorene Schaf.‘ Da rief der Prediger: ‚Hört es, ihr verlorenen Schafe, der Herr Jesus ist hier unter uns; er ist gekommen, euch zu suchen, er ruft auch jetzt: Komm zu mir; kehre um zu mir.‘ Da fühlte ich, dass er auch mich rief, und ich ging – nein, ich lief zu meinem Hirten, und er nahm mich an.“

Die Augen der Zuhörer hafteten wie gebannt an Jans Lippen. *Er hat auch mich angenommen,* dachte jeder auf seine Art, Pavel, Imrich und Susanka. Und Ilenka? – Es gibt Blumen, die, sobald ein Tautröpfchen auf sie fällt, ihre Kelche öffnen und den belebenden Sonnenstrahl hereinlassen. Und es gibt Seelen, auf die nur ein Tautropfen der Gnade Gottes zu fallen braucht, dass sie sich öffnen und das bisher ungekannte Licht, den Herrn Jesus, einlassen.

Ilenka kannte Jesus nicht; denn nie hatte sie so von ihm erzählen gehört, als stände er vor ihr; sie kannte nur den Christus, der am Kreuz gestorben, von den Toten auferstanden und für immer in den Himmel aufgefahren war.

In dieser Woche hatte sie von ihm gehört, dass er lebt, und es war ihr dabei wie einem Kind, das seine Mutter mit einem Kuss aus dem Schlaf erweckte.

Heute Morgen, als sie im Garten Pavel begegnete,

war ihr dieser entgegengeeilt, hatte ihre kleinen Hände genommen, an sein Herz gedrückt und gesagt: „Ilenka, freue dich mit mir. Ich habe dir gesagt, dass hier etwas krank ist und dass ich nicht glücklich sein kann, solange das nicht gesund wird – aber nun ist es geschehen. Der gnädige, heilige Gott hat mir meine Sünden vergeben, und der Herr Jesus, unser Arzt, hat mich gesund gemacht. Ich habe mich dem Sohn Gottes zum Dienst übergeben, ich muss nicht länger einem anderen dienen. Siehe", sprach er, die Bibel aufschlagend, „hier und hier steht es geschrieben, dass mir meine Sünden vergeben sind und ich rein gewaschen bin."

Sie hatte ihn nicht verstanden, aber sie hatte sich mit ihm gefreut und es war ihr eigenartig ums Herz gewesen; erst jetzt bei Jans Worten verstand sie es. Pavel hat sicher den Heiland rufen gehört: „Komm zu mir!" – und er war gekommen und war nun gefunden. Aber sie war noch nicht gekommen, sie war noch ferne, gerade so wie Janko einst – denn auch sie hatte nie zuvor an Jesus gedacht. Gewiss, sie wollte nicht ferne bleiben, nein, es zog sie so sehr zu dem guten Hirten.

Er saß also nicht nur hoch oben auf einem goldenen Thron dort hinter den blauen Wolken – er ging, zwar unsichtbar, auf Erden umher und suchte. Ob er auch sie suchte?

„Sucht er", fragte sie schüchtern, nachdem sie eine Weile schweigend geschritten waren, „sucht er alle verlorenen Schafe?"

„Alle, Ilenka", wandte sich Jan dem Mädchen zu,

„er sucht auch dich." Er sagte es so sanft, mit so guter, liebevoller Stimme. ‚Komm zu mir!', ruft er auch dir zu. – Willst du kommen?"

„Ich möchte gerne kommen", entgegneten ihre Lippen, während die Augen voll Tränen standen.

„So komm, Ilenka", rief Imrich aus. „Wenn er mich angenommen hat, solch einen Lump – und ich weiß es gewiss, dass er mich angenommen hat –, dann nimmt er auch dich an.

„Gehen wir dort ins Dickicht", sprach plötzlich Susanka; „und du, Janko, kannst mit uns beten. Ich weiß, wie es mir war, als ihr gestern Abend alle mit mir gebetet habt, besonders Judka."

„Ja, gehen wir", drängte Pavel; der Gedanke war ihm quälend, dass Ilenka auch nur einen Tag das Glück entbehren sollte, das nun sein ganzes Herz erfüllte.

Es war besonders schön, dass gerade in den Bergen, ferne von den Wohnungen der Menschen, der gute Hirte ein verlorenes Schaf fand, und als es sich in seiner großen Unwissenheit an ihn schmiegte, drückte er es fest an sein Herz und nahm es auf seine Arme, um es heimzutragen, dahin, wo nur eine Herde ist.

* * *

Die Burschen in der Kirche wussten heute nicht, worüber sie sich mehr verwundern sollten: darüber, dass Susanka Hrubik nicht ein einziges Mal zur Galerie hinaufblickte und während des ganzen Gottesdienstes so still neben Ilenka Zvara saß, als wäre sie es gar nicht selbst, oder über Imrich Lehotsky. Dieser hatte sich in die letzte Bank zwischen Pavel Murtinov und Jan Trnovsky gesetzt. Alle Lieder sang er mit und während der Predigt wandte er kein Auge von dem Pfarrer.

Der Herr Pfarrer von Z. predigte stets so, als hätte er lauter zu Gott bekehrte Christen vor sich. Heute hatte er endlich fünf Zuhörer, die ihn verstanden – weil sie wirklich bekehrt waren. Er predigte vom verlorenen Sohn. Ilenka verstand nicht alles, sie wusste nur so viel, dass jener Sohn so zum Vater zurückgekehrt und von ihm angenommen worden war, wie sie beim guten Hirten. Um so besser verstanden es Imrich, Pavel und Susanka. *Ich war es, der die Säue gehütet hat,* dachte Imrich. – *Ich habe all das Gut vergeudet, das Gott mir von Kind auf in die Seele gegeben hat,* dachte Pavel. – *Mich hat der himmlische Vater angenommen, obwohl ich so böse war,* seufzte Susanka im Geist. Sie bat Jesus um Vergebung dafür, dass sie an der Stätte, da er wohnte, vor seinen heiligen Augen den Leuten Ärgernis gegeben hatte. Sie fühlte, dass sie das nie mehr tun würde, ja, nicht mehr könnte. Sie war ins Gotteshaus gekommen, um Gott zu dienen, und diente ihm von ganzem Herzen.

Die Leute wunderten sich darüber, was mit diesen jungen Menschen vorgegangen war, ja, diese selbst wunderten sich, denn: *Der Wind weht, wohin er will, und du hörst sein Sausen wohl; aber du weißt nicht, von woher er kommt und wohin er geht; so ist es bei jedem, der aus dem Geist geboren ist.*

17. Zerstörte Träume

Unterdessen hatte Andrej, der heute zu Hause geblieben war, genügend Zeit, über sein gegenwärtiges und zukünftiges Glück nachzudenken. Wollte er doch heute Ilenka seine Absichten mitteilen, damit die Vorbereitungen zu ihrer Hochzeit bald getroffen werden konnten. Er ging im Haus umher, besah die Neuerungen mit der Genugtuung des guten Hauswirts; er besah Garten und Wiesen. Und in der Einsamkeit, die ihn jetzt umfing – denn auch die Tante war etwas später noch zur Kirche gegangen –, traten ihm ungerufen und unerwartet die Worte Jans in den Sinn, die dieser während der letzten Woche bei der Arbeit und nach dem Mittagessen gesprochen hatte; dass der Mensch sich zu Gott bekehren, dass er von neuem geboren werden müsse, dass der Sohn Gottes gekommen sei, um die Verlorenen zu suchen, und dass nur der glücklich sei, der Christus im Herzen habe.

Was hatte ihm Pavel gestern Abend gesagt? „Du wirst dich nicht mehr darüber zu beklagen haben, Andrejko, dass ich mit nichts auf der Welt zufrieden sei. Ich war bisher wie ein hungriger Mensch, dem keiner zu essen gibt, so dass er nicht satt werden konnte, heute bin ich endlich gesättigt, denn der Herr Jesus hat meine Seele gespeist. Wenn du dich doch auch von ihm speisen lassen wolltest!“

Wie meinte sein Bruder das? Er war doch nicht hungrig, er hatte alles und würde alles haben. „Wir haben Abendbrot gegessen", hatte er gescherzt. Noch immer sah er Pavels Blick, hörte er seine Stimme.

„Scherze nicht, Andrejko; die Seele kannst du nicht mit Brot satt machen. Ich habe Reiche gesehen, gegen die du nur ein armer Schlucker bist – und sie waren genauso hungrig wie ich."

Ja, es waren seltsame Worte gewesen, und Andrej wurde es auch jetzt seltsam zumute, als er daran dachte. Beinahe wollte er auf Jan böse werden, ja, auf sich selbst, dass er ihn hergebracht hatte. Denn ehe er gekommen war, gab es keinen Menschen, der ihn, Andrej, hätte ermahnen dürfen, dass er etwas nicht gut gemacht habe – und jetzt fühlte er selbst, dass er nicht so war, wie er sein sollte. – Aber warum sollte er sich mit törichten Gedanken den Kopf zerbrechen! Lieber wollte er an etwas anderes denken.

So wie neulich Pavel, legte er sich unter einen Obstbaum im Garten und dachte an seine Hochzeit. Und es träumte sich so schön mit offenen Augen. Endlich schlossen sich dieselben, und Andrej wusste selbst nicht, wie es kam, dass er einschlief.

Als er schlief, hatte er einen wunderbaren Traum. Er hörte Jan rufen: „Fliehe, Andrejko, fliehe!" – Er sah sich um, warum er fliehen sollte, und stand, vor Entsetzen gelähmt, denn hinter ihm brannte es und die Flammen züngelten näher und näher. Endlich begann er zu laufen, rings um ihn her waren lauter Berge und

Felsen, und das alles fing Feuer – und vor ihm tat sich plötzlich ein tiefer Abgrund auf. – Wohin nun? Ach, wohin nur? „Blick empor!“, tönte es. – Aber er blickte in den Abgrund und auf die Flammen hinter sich. – Das war Gottes Gericht – und er war ein sündiger Mensch. Er fühlte, er wusste jetzt, dass er ein Sünder war. – Tod und Verderben nahten, er musste vor Gott treten – aber wie? – Große Schweißtropfen standen auf seiner Stirn. „Jan, hilf mir!“, schrie er im Traum auf. – „Ich kann nicht!“, bekam er zur Antwort. „Da hilft kein Mensch, blicke empor!“ – So sah er denn auf. Am Rand des Abgrundes stand Christus, so wie er in der Kirche auf dem Bild gemalt war, wo er dem sinkenden Petrus die Hand reichte; ja, er stand dort – aber nicht gemalt, nein, lebendig. Er blickte ihn an und reichte ihm seine Rechte. „Er wird mir helfen!“, jubelte Andrej, legte seine Hand in die dargebotene Rechte – und erwachte, ganz in Schweiß gebadet. Er sprang auf.

„Welch ein seltsamer Traum! – Was bedeutet er nur?“ Andrej hielt viel auf Träume, wie jeder in seinem Volk. Er hätte viel darum gegeben, wenn jemand ihm diesen hätte auslegen können. Aber seltsam, als die Familie aus der Kirche heimkehrte, erzählte er ihn niemandem und bemühte sich, ihn zu vergessen.

Nach dem Mittagessen ging Pavel in die Berge und nahm sich die Heilige Schrift mit. Die Tante wollte eine Verwandte besuchen, die, wie sie gehört hatte, am Fieber erkrankt war. Ilenka und Andrej blieben allein im Haus, und nun war der Moment da, den Andrej Tag und Nacht herbeigesehnt hatte.

Sie wohnten jetzt alle in der neuen Stube, weil es in der alten zu sehr nach Farbe roch.

Ilenka setzte sich ans Fenster, um nochmals das Evangelium des heutigen Sonntags zu lesen, und nachdem sie es gesucht und gelesen hatte, fand sie dabei auch das Gleichnis von dem Hirten, der hundert Schafe hatte, und vertiefte sich ganz darin. Sie sah nicht, dass Andrej schon eine Weile vor ihr stand, auch bemerkte sie nicht den Blick, mit dem er sie ansah.

„Was liest du da, Ilenka?“, unterbrach er sie endlich.

„Du bist es, Andrejko?“, rief sie erfreut. „Ach, ich habe von dem verlorenen Schaf gelesen und an das gedacht, was heute Morgen geschehen ist.“

„Was geschehen ist?“, fragte er verwundert. Er setzte sich zu ihr auf die Bank und hielt ihre kleine Hand in seiner arbeitsharten Rechten fest.

„Du weißt es nicht“, sprach sie fröhlich, „das verlorene Schaf war ich, aber nun hat mich der Herr Jesus gefunden und ich bin so froh.“

Er verstand sie nicht, er sah nur, dass sie sich freute, und ihre Freude beglückte ihn.

„Nun, wie hat er dich denn gefunden?“, fragte er mit einer Stimme, so wie man zu einem Kind, zu einem sehr lieben Kind, spricht.

Mit Freuden erzählte sie ihm, wie das war, als sie zur Kirche gingen, was Jan unterwegs mit ihnen geredet hatte; alles – alles. Sie bemühte sich, ihm zu beschreiben, wie ihr ums Herz gewesen war, als die anderen für sie gebetet hatten, und wie sie im Glauben, dass der Herr Jesus sie hörte, ihm gesagt habe, dass sie zu ihm zurückkehren wolle, und wie sie ihn angerufen habe, ihr zu vergeben. – „Und was nun, Ilenka?“, fragte der Jüngling sinnend.

„Ich weiß nicht; aber ich denke, wenn von unseren Schafen – obwohl wir nur fünf haben – ein Lämmchen verloren gegangen wäre, dann würdest du es suchen gehen, und wenn du es gefunden hast, würdest du gut darauf Acht geben, dass es sich nicht wieder verläuft. Nun, so denke ich, dass der Herr Jesus, der gute Hirte, mich bei sich behalten und bewahren wird, dass ich ihm nicht mehr davonlaufe.“

In der Stube wurde es still.

Was mache ich nur?, dachte Andrej. *Die Zeit verstreicht.* – Er wollte nicht länger über diese Dinge nachdenken, aber aufs Neue fiel ihm sein Traum ein, und es war ihm, als vernähme er die Frage: „Wann wirst du dich finden lassen?“

„Ich habe nur ein Lämmchen, und wenn mir das verloren ginge, hätte ich Tag und Nacht keine Ruhe; die ganze Welt würde ich durchwandern, um es wieder zu finden, dies mein Lämmchen bist du“, sprach er mit der ganzen Glut seines liebeerfüllten Herzens.

Das Mädchen erbebte, blickte auf, und ihre verwunderten Augen hafteten auf dem Antlitz des Vetters. Hätte ein Maler dieses Antlitz gemalt, so hätte man nur das Wort „Liebe“ als Unterschrift setzen können.

„Weißt du, Ilenka, warum wir alles so herrichten?“, neigte er sich zu dem Mädchen. Sie schüttelte den Kopf. „Nun, weil ich heiraten will.“

„Du, Andrej? Und wen willst du dir nehmen?“, fragte sie neugierig.

„Wen? – Weißt du denn nicht, wer mein weißes Lämmchen ist, das allein ich mir nehmen kann und will?“

Und wieder erbebte das Mädchen in einer seltsamen Ahnung und das Herz in der jungen Brust begann ängstlich zu klopfen.

„Ich weiß es nicht, Andrej.“

„Du weißt es nicht?“ Er umfing sie und drückte sie fest an sein Herz. „Nun, dich, Ilenka, dich habe ich lieber als mein Leben, für dich bereite ich das alles, damit du es für immer gut bei mir haben sollst. Bis jetzt haben wir uns lieb gehabt, als wärst du meine Schwester; von nun an will ich dich lieben wie ein Bräutigam seine Braut, wie ein Mann sein Weib liebt. Auch du wirst mich so lieb haben, nicht wahr? Ich will es dich ja lehren; auf diesen meinen Händen will ich dich tragen, so wie dieser Hirte seine Lämmer; so sieh mich an und sage mir, dass du mein sein willst, damit, wenn Mutter und Pavel heimkommen, ich ihnen sagen kann, dass sie sich auf unsere Hochzeit vorbereiten möchten. Vergebens entwindest du dich mir, ich lasse dich nicht; siehe mich an, meine Ilenka!“

Das Mädchen hob den Kopf und zeigte sein Antlitz;

eine Lilie konnte nicht bleicher sein. Zwei große erschrockene Augen blickten Andrej an.

„Lass mich los, Andrej!“, bat der Mund angstvoll.

Und Andrej, eigentümlich berührt und überrascht, gab die zarte Gestalt frei und ließ das Mädchen aufstehen. Sie lehnte sich an den Tisch, denn ihr schwindelte und die Füße versagten ihr vor Schrecken beinahe den Dienst. – Andrej, ihr teurer Beschützer, dem sie so viel Dank schuldete, sprach solche Worte zu ihr! – Er verlangte, er verlangte so sehr, dass sie – nicht seine Schwester sei bis heute –, nein, sein Weib.

Er hatte ein Recht; er hatte sie in sein Haus aufgenommen, aus seiner Hand gespeist – er hatte ein Recht – und dennoch – konnte sie denn seinen Wunsch erfüllen?

Pavel!, stöhnte das Herz auf. Der junge Mund hätte am liebsten gerufen: „Pavel, wo bist du? Hilf mir!“ – Aber Pavel war weit fort in den Bergen, er konnte nicht helfen. – Doch einer war da, der ihr helfen konnte. *Herr Jesu,* flehte die Seele, *hilf du selbst mir!*

„Ilenka, warum bist du so erschrocken? Warum antwortest du mir nicht?“, drängte Andrej; auch ihm war es, als wiche der Boden unter seinen Füßen. – Ach, das wäre ihm nicht im Traum eingefallen, dass sie – nicht wollen könnte; seitdem er sie kannte, hatte sie ihm stets ihre Zuneigung bewiesen. „Willst du mich nicht, Ilenka? Hast du mich nicht lieb?“

„Ich habe dich sehr lieb, Andrej“, sprach Ilenka endlich. „Ich habe dich sehr lieb, das weißt du; du hast mir viel Gutes im Leben erwiesen – aber deinen Wunsch kann ich nicht mehr erfüllen.“

„Was? Du kannst nicht mehr?“, er sprang auf. „Du kannst nicht mein Weib werden? Warum nicht?“

Sie bedeckte das Gesicht mit beiden Händen.

„Ilenka, warum quälst du mich? Sage mir, warum du nicht mein sein kannst“, bestürmte Andrej sie, und es war ihm, als griffe eine kalte Hand an sein Herz.

„Frage nicht, o bitte, frage nicht – aber ich wusste nicht, dass du das wolltest –, ich habe mich versprochen und kann nicht mehr zurück.“

„Was? Du hast dich versprochen? Wem?“, fragte er tonlos.

„Pavel“, flüsterte sie kaum hörbar, aber er verstand es dennoch.

„Pavel?“, stöhnte er wie betroffen. Es wurde ihm schwarz vor den Augen, seine Wangen erbleichten, es war ihm, als müsse er sterben, und er wusste gar nicht, wie in seinem armen Kopf die Erinnerung auftauchte, als sänge ihm jemand das Lied zu, das er damals in den Bergen gehört hatte:

Willst du nicht die Meine werden,
ei, so nimm mein Brüderlein,
doch im Haus muss ich dich haben,
mein geliebtes Mägdelein.

Für einen Augenblick standen sich die beiden jungen Menschen unaussprechlich unglücklich gegenüber.

Dann nahm er den Hut, der auf dem Tisch lag, und ging wortlos hinaus. Schon war er bei der Tür, da wandte er sich um und sah nach seinem für immer verlorenen Glück zurück. – Dort stand sie noch immer, sie blickte ihm nach mit Tränen des Kummers in den blauen Augen, sie, die Ilenka, die er liebte, nach der er sich sehnte, die er hatte zu seiner Frau machen und auf den Händen durchs Leben tragen wollen; sie war es – aber – nicht mehr sein –, sie gehörte seinem Bruder.

Er konnte ihr nicht zürnen, er konnte ihr Bild nicht aus seinem Herzen reißen – aber plötzlich tat sich ein Abgrund, ein Grab zwischen ihnen auf. In dieses geöffnete Grab versank sein Glück, seine Hoffnung, alles.

Wie betrunken – aber nicht vom Wein – schwankte er in den Garten, aus dem Garten in die Wiesen, von da in den Wald; er wusste weder, wohin er ging, noch was er tat; er floh aus seinem hübschen Haus, das ihm geblieben war, aber keinen Wert mehr für ihn hatte – von unaussprechlichem Schmerz getrieben, den nichts lindern konnte. Endlich versagten ihm die Füße den Dienst, er sank am Rand einer tiefen Schlucht zu Boden.

Noch einmal durchdachte er alles. Er glich einem Menschen, der sich ein schönes Haus gebaut und einen Garten angelegt hatte, und als alles fertig war – gerade als er einziehen wollte, da kam das Feuer und verbrannte alles bis auf den Grund, so dass ihm nichts blieb als ein Trümmerhaufen.

Niemand braucht sich zu wundern, wenn einen Abgebrannten Verzweiflung erfasst – wer wollte sich über den Jüngling wundern? Und ein Abgebrannter kann sich etwas erbetteln, die Leute können ihm helfen; nach Jahren kann er sich wieder heraufgearbeitet haben – aber wer könnte Andrej ersetzen, was er heute verloren hatte?

Und wenn es ihm wenigstens ein anderer genommen hätte – aber Pavel, der Liebste, der Teuerste – Pavel, sein eigener Bruder, hatte ihn so bestohlen – sein eigener Bruder –!

Andrej dachte daran, was er alles für den Bruder getan hatte – und der hatte es ihm so vergolten! Er hatte nicht nur Ilenka verloren, er hatte auch Pavel verloren, und nichts auf der Welt war ihm geblieben, denn bei der Vorstellung, wie Pavel nun diejenige umarmen und küssen würde, nach der er sich hinfort auf ewig vergeblich sehnen musste, stieg qualvoller Hass, Zorn und Bitterkeit gegen den Bruder in ihm auf, als hätte er ihn nie geliebt. Ja, nichts war ihm geblieben, nichts –.

Wie und wozu sollte er noch weiterleben?

Weiter kam er nicht in seinen Gedanken; starr und glanzlos blickten seine Augen in die Tiefe zu seinen Füßen – und plötzlich stand wieder jener Traum vor ihm, hinter ihm das Feuer, vor ihm der Abgrund und nirgends Hilfe; Christus stand nicht da, reichte ihm nicht die Hand – in diesem Leid konnte auch er nicht helfen –.

Und was tat Ilenka? Was konnte das arme Mädchen

anderes tun, als sich auf die Knie werfen und weinen, als müsse ihm das Herz brechen?

Sie fühlte, welch großen Schmerz Andrej zu tragen hatte, sie fühlte ihn mit ihm; sie machte sich Vorwürfe, dass sie ihm den Schmerz bereiten musste und dass es ihr doch nicht möglich war, das ungeschehen zu machen, was geschehen war.

Sie wünschte, lieber nie die Schwelle dieses Hauses betreten zu haben, als dass es nun so kommen musste. Wie sollte sie weiterleben, wenn sie Pavel heiratete? Würde es Andrej nicht schmerzen, sooft er sie ansah? Und sie würde es kaum wagen, Pavel anzusehen oder ihm die Hand zu geben in Andrejs Gegenwart. – Sie konnten nie glücklich werden.

„Warum bin ich nur geboren", weinte sie laut, „wenn ich den Menschen, die ich am liebsten habe, solchen Schmerz zufügen muss? Ach, Heiland, hilf mir!"

„Ilenka, warum weinst du? Was ist mit dir?", ertönte plötzlich über dem vom Weinen ganz erschöpften Mädchen die Stimme der erschrockenen Mutter. Frau Zvara warf ihr Bündel beiseite und neigte sich über ihre Tochter.

„O Mütterchen, Mütterchen", die Tochter umfasste die Knie der Mutter, „was mir geschehen ist", und ihr fieberheißer Kopf sank in den Schoß, auf dem sie als kleines Kind gesessen hatte.

„Sprich, was es ist, und weine nicht!", beruhigte sie die Mutter.

„Andrej will mich zur Frau, und ich kann nicht, denn ich habe mich Pavel versprochen!"

Die Mutter erschrak. „Beruhige dich, Ilenka, und weine nicht. Ich weiß, dass Andrej dich will, und ich danke unserem Herrgott dafür, dass ich dich so versorgt sehen darf. Aber du sagst, du hättest dich Pavel versprochen? Wann denn? Und wie?"

„Dort in den Bergen, als wir die Erdbeeren suchten."

„Ach was, daraus kann nichts werden; beiden kannst du nicht angehören; Andrej hat dich erzogen und dir so viel Gutes erwiesen. – Ich will es Pavel selbst sagen, er wird dir dein Wort zurückgeben, er wird dich Andrej überlassen, denn sie haben sich gerne."

Frau Zvara sprach noch eine Weile, aber sie wusste nicht, dass die Tochter sie nicht anhörte; sie hatte sich aufgerichtet und stand vor ihr, die tränenvollen Blicke nach oben gerichtet, blass und still wie ein Bild.

„Nun gehe ich Pavel entgegen und will es ihm gleich unterwegs sagen", sprach Frau Zvara, während sie sich erhob. „So viel Gutes haben wir beide jahrelang von Andrej empfangen und um Pavels willen wolltest du es ihm so für mich und für dich vergelten?"

„Lasst das, Mütterchen", bat die Tochter, die Hand ausstreckend, „ich will es ihm selbst sagen, denn Ihr fragt nicht danach, welch einen Schmerz Pavel haben wird, aber ich weiß das. Ich weiß, dass ich Andrej für all das Gute, das er uns getan hat, nicht solch einen Schmerz zufügen darf, aber ich kann auch Pavel nicht betrüben; auf mich wird Pavel am ehesten hören. Aber für mich wäre es besser gewesen, wenn ich voriges Jahr, als ich krank war, gestorben wäre, bevor Pavel kam."

Ehe Frau Zvara sich versah, war die Tochter zur Stube hinaus, und als sie ihr nacheilte, war sie im ganzen Haus nicht mehr zu sehen.

Früher als sonst kehrte Pavel Murtin heute heim. Tief in Gedanken versunken beachtete er seine Umgebung nicht; die Stille und Einsamkeit taten ihm wohl, aber er sehnte sich danach, den heutigen Abend bei Trnovskys zu verbringen. Manches, was er in der Heiligen Schrift gefunden hatte, wollte er Jan zeigen und ihn darüber befragen.

Heute zum ersten Mal hatte er in den Bergen nicht ausschließlich an Ilenka gedacht und er dachte auch jetzt nicht an sie. Nur ab und zu überflog ihn gleich einem hellen Sonnenstrahl die süße, beglückende Erinnerung und das Bewusstsein, dass er sie hören und sehen würde, dass er den teuersten Schatz des Herzens gefunden hatte.

Der Gesang einer Amsel schreckte ihn aus seinen Gedanken auf, er sah umher und mit dem jubelnden Ausruf: „Ilenka, was machst du hier?", lief er zu dem ersten Baum am Waldesrand, an dem das Mädchen lehnte. Sie war bis hierher gelaufen, sie hatte ihn kommen sehen – und in dem Bewusstsein, wozu sie kam, welche Botschaft sie ihm bringen sollte, hatte sie keine Kraft mehr, weiterzugehen. In seiner Freude, dass er sie hatte, bemerkte er weder ihre Blässe noch die

Tränenspuren auf dem lieblichen Gesicht; er löste ihren Arm vom Baumstamm, schlang ihn dann um seinen Hals und zog sie an sich.

„Ilenka, meine Ilenka!“, er küsste ihr Stirn und Wangen. Sie schloss die Augen, noch ein wenig wollte sie den schönen, einzigen Traum der Liebe träumen, den für immer zu zerstören sie gekommen war. Unbeabsichtigt bewog sie ihn, ihre Lippen zu küssen – ja, sie selbst drückte einen langen Kuss auf die seinen –, war es doch der letzte.

„Wie kommst du her?“, fragte er hocherfreut.

„Ich bin dir entgegengekommen“, sprach sie so traurig, dass er es endlich bemerken musste.

„Du hast geweint? Was ist geschehen?“ Er hob ihren Kopf, zog sie aufs Neue an seine Brust und blickte dabei forschend und erschrocken in das süße Antlitz, das ihm plötzlich wie fremd erschien.

„Ich bitte dich, setzen wir uns“, bat sie.

So setzten sie sich. Er blickte sie erwartungsvoll an und sie fand keine Worte; sie wusste nicht, wie sie anfangen sollte.

„Ich bin gekommen, um dir zu sagen“, fing sie endlich an, gerade als er, durch ihr seltsames Benehmen erschreckt, aufspringen wollte, „was Andrej mir heute gesagt hat, warum er alles herrichten ließ.“

„Hat er es dir gesagt“, fragte Pavel aufatmend, „dass er heiraten will?“

„Du weißt es?“ Sie sah ihn mit großen Augen an. „Weißt du auch, wen er sich nehmen will?“

Sie nickte stumm, und eine merkwürdige Ahnung bemächtigte sich Pavels. „Also wen? Antwortest du mir nicht?“

„Darum bin ich gekommen, dir das zu sagen“, entgegnete sie, und ihre Lippen zitterten. „Er will mich zum Weib.“

„Dich?“, schrie Pavel auf und hielt das Mädchen alsbald fest umschlungen. „Das ist unmöglich, denn du bist mein!“

„Ich habe es ihm gesagt, Pavel, aber er hat mich so gerne wie du – und er hat mich erzogen. Ich schulde ihm so viel Dank für mich und für meine Mutter. O, wenn du ihn gesehen hättest, als er fortging! Es war mir, als müsse mir das Herz brechen. Auch Mutter hat mir gesagt, dass ich ihm angehören müsse, und auch mein Gewissen zwingt mich. Und so bin ich denn gekommen, dich zu bitten, du mögest mir nicht zürnen, dass ich nicht dein sein kann. Denke doch nur, wie könnten wir in seinem Haus glücklich sein, wenn er so sehr leidet?“

„Ilenka“, sprach der totenblasse Jüngling, „sage die Wahrheit: Wen hast du lieber, ihn oder mich?“

„Dich, Pavel; auch ihn habe ich sehr lieb; aber so wie dich kann ich ihn nicht lieb haben.“

„Und dennoch willst du mich verlassen?! Ihn bedauerst du und um mich tut es dir nicht Leid? Danach fragst du nicht, was ich in meinem Leid anfangen soll?“

Ilenka erzitterte wie die Blume unter der scharfen Sichel. „Ach, Herr Jesu, hilf mir Unglücklichen!“, seufzte der junge Mund, „denn ich kann mir selbst nicht helfen!"

Auch Pavel erbebte bei diesem Seufzer. „Sage mir, Ilenka, wie willst du leben, wenn du dich von mir losreißt?", fragte er nach einer Weile unheimlichen Schweigens. „Ich kann schließlich, um Andrej nicht im Wege zu sein, fortgehen, aber du musst bleiben. Wie wirst du leben? O, wenn du mich so lieb hast wie ich dich, können wir einander nie vergessen. Ilenka, ist das nicht gegen den Willen Gottes, so zwei Herzen auseinanderzureißen, die Gott miteinander verbunden hat? Das ist sicher, dass ich fort muss, denn hier bleiben und das Weib meines Bruders lieben, das wäre eine große Sünde, und du würdest noch in Andrejs Armen mich lieben, und das wäre wieder deine Schuld."

„Und wenn ich dein sein werde", unterbrach sie ihn schmerzlich, die weißen Hände ringend, „und Andrej mich lieben wird, werden wir an seinem Leid und an seiner Sünde schuld sein. Du hast ja die Heilige Schrift in der Hand, so suche doch darin, was wir in dieser Not anfangen sollen." Er gehorchte, mechanisch blätterte er in dem Buch; es wurde ihm finster vor den Augen und auf sein Herz legte sich ein Stein, den kein Mensch abwälzen konnte. Den teuren Bruder so unglücklich zu machen, das konnte er nicht ertragen – und ihm sein ganzes irdisches Glück zu opfern, das überstieg all seine Kräfte.

Wenn Christus hier nicht riet, nicht half, wenn er hier nicht seine Verheißungen erfüllte, wo war dann

Hilfe zu finden? Und er öffnete die Bibel dort, wo er heute gelesen hatte, und seine Augen fielen auf die Verse, die er tonlos zu lesen begann und die nur der verstehen kann, dem Gott selbst Herz und Augen geöffnet hat.

Das ist mein Gebot, dass ihr euch untereinander liebt, wie ich euch liebe. Niemand hat größere Liebe als die, dass er sein Leben lässt für seine Freunde. Ihr seid meine Freunde, wenn ihr tut, was ich euch gebiete (Johannes 15,12-14).

Pavel und Ilenka waren im geistlichen Leben erst neugeboren, aber diese Stunde trug mehr zu ihrer geistlichen Reife bei als Jahre stillen Glückes. Der Herr selbst, dem sie sich übergeben hatten, erinnerte sie, wie er sie geliebt hatte. Seine Liebe, die ihn vom Himmel zur Erde herniedergetrieben und ans Kreuz gebracht hatte, zog an ihren Seelen vorüber. Der Herr zeigte ihnen, was das bedeutet, so zu lieben, wie er geliebt hat, dass es bedeutet, seine Seele darzulegen, dem Nächsten das Teuerste zu schenken. Sie verstanden es unter großem Schmerz, aber sie verstanden es dennoch. Der Herr Jesus gebot ihnen, ihr Glück Andrej zu schenken, so wie der Herr ihnen seine himmlische Seligkeit geopfert hatte, als er auf die Erde gekommen war, um für sie zu leben und zu sterben. Er hingegen wollte sie seine Freunde nennen. Sie wussten nicht zu sagen, wie ihnen zumute war, als sie es begriffen, wie sich ihrer eine heiße Sehnsucht bemächtigte, durch Gehorsam des Glaubens seine Freunde zu werden.

Pavel legte das Buch beiseite, kniete nieder, drückte beide Hände an die Brust und sprach mit einer Hingebung, wie sie keine Feder zu schildern vermag: „Ich gebe, Herr Jesu, ich gebe Ilenka Andrej, damit er glücklich sei, aber hilf du selbst mir und ihr in diesem Leid und der Stunde, da wir uns trennen müssen." Und von den Lippen des Mädchens kam es mit leisem Stöhnen: „Ich will Andrej angehören, ja."

Dann schloss Pavel das Mädchen in seine Arme und lehnte ihren fieberheißen Kopf an seine Brust. Obwohl es ihm war, als stürbe sein Herz in ihm, fühlte er gleichzeitig einen wunderbaren Frieden und eine nie gekannte Kraft; er fühlte, dass Christus ihn auch in diesem allerschwersten Kampf auf Erden freigemacht hatte.

Auch in Ilenkas Herz zog nach dem großen Sturm Stille ein. Sie fühlte, dass sie Pavel dem Herrn Jesu überlassen dürfe. Er würde ihn trösten. An sich selbst dachte sie nicht.

„Komm, Ilenka", Pavel stand plötzlich auf, „wir müssen zu Andrej gehen, damit er sich nicht quält, ich weiß, welch ein Schmerz das ist. Und lass mich, ich will es ihm selbst sagen." – So gingen sie denn. Über ihnen rauschten die Kronen der Bäume: *Niemand hat größere Liebe als die, dass er sein Leben lässt für seine Freunde.*

* * *

Das war etwa um die Zeit, da dort über dem Abgrund Andrej Murtin aufsprang, mit beiden Händen nach dem Kopf griff mit dem Ausruf: „„Er muss sie mir zurückgeben, er muss, sie hat mich gerne gehabt, sie darf nur mein sein!"

Dann lief er spornstreichs nach Hause: „Er hat es in der Welt draußen gelernt, die Mädchen zu betören, aber Ilenka gebe ich ihm nicht – ich gebe sie ihm nicht!"

Es zeigte sich, dass der Mensch im Kampf mit seinem Herzen ohne Christus nicht Sieger bleiben kann.

Ganz atemlos kam er daheim an.

„Tante!", rief er Mutter Zvara im Garten an. Die Frau war froh, dass sie ihn endlich nach langem Suchen sah. Sie brauchte ihn nur anzublicken und ihr ganzes Herz flog ihm in mütterlicher Teilnahme entgegen.

„Sei unbesorgt, Andrejko", versuchte sie ihn zu beruhigen, noch bevor er den Mund öffnete: „Sie wird deine Frau sein, sie ist schon gegangen, um ihm zu sagen, dass sie ihn nicht nehmen wird."

„Wer? Ilenka?"

„Weißt du – du hast eben nichts gesagt –, sie hat dich gerne, aber sie ist noch ein Kind, sie versteht sich selbst nicht – und er hat gewiss geschmeichelt und um sie geworben, und da hat sie sich ihm versprochen, und zwar damals, als du sie mit ihm in die Erdbeeren schicktest. Mir gefiel das gleich nicht, mir bangte um sie! – Ich will zwar nichts gegen Pavel sagen, aber bei den Frauenzimmern sind die Soldaten alle gleich!"

„Also sie ist ihm absagen gegangen? Ihr habt sie geschickt?"

„Ich habe sie nicht geschickt, sie hat selbst gesagt, dass sie gehen wolle. Sie hat sehr geweint, weil sie dir solch ein Leid zugefügt hat."

Andrej jubelte. Das Leben kehrte aufs Neue in sein Herz zurück, seine Hoffnung lebte neu auf. Er ging, um das Nötige im Haus zu besorgen. Gerade als er die Scheune abschloss, hörte er Schritte hinter sich, er wandte sich um und die Brüder standen sich gegenüber und blickten sich einen Augenblick schweigend an.

„Gehen wir in die Scheune", sprach Pavel, „ich muss dir etwas sagen." Sie traten ein.

„Ich habe gehört, dass du Ilenka nehmen willst", begann Pavel. Seine Stimme berührte Andrej seltsam, sie klang so gut und schmerzlich zugleich. „Sie konnte dir nicht ‚ja' sagen, denn ich hatte schon um sie geworben und wollte sie heute von dir erbitten. Nun, beide können wir sie leider nicht haben und du bist der Ältere, du hast größere Rechte an ihr, denn du hast sie erzogen, ich trete zurück, sie sei dein."

„Pavel, du gibst sie mir wirklich?", jubelte Andrej auf. „Das könnte ich nicht. Ich habe dich als Bruder sehr lieb, alles auf der Welt könnte ich dir geben, nur Ilenka nicht."

„Siehst du, ich habe dich noch lieber", lächelte Pavel schmerzlich, „ich gebe dir auch sie, aber wisse, wenn Christus, der meine hungrige Seele gesättigt hat, mir nicht die Kraft gegeben hätte, dann hätte ich es auch nicht gekonnt. Doch nun, gute Nacht, ich gehe zu Jan; du wirst wohl schon schlafen, wenn ich heimkehre."

„Und du gehst ohne Abendbrot?"

Aber Pavel hörte ihn nicht mehr! Bald verschwand die schlanke Gestalt im abendlichen Dunkel. Und dann? – Dann, als das Hindernis aus dem Haus war, fragte Andrej nochmals Ilenka, erbat sie von der Tante, empfing ihre Hand aus der Hand der Mutter und – war er glücklich, war er befriedigt? Nein, er war es nicht. „Siehst du, ich habe dich noch lieber", klang es ihm beständig in der Seele, „ich gebe dir auch sie."

Andrej wagte es nicht, seine Braut zu umarmen, mit der er schon in der nächsten Woche zum Aufgebot gehen wollte. – *Er hat Weh im Herzen,* dachte er, sich unruhig auf seinem Lager wälzend, als er sich bereits zur Ruhe begeben hatte. *Nur Christus konnte ihm helfen, dass er sie mir gab. Aber er hat ja in der Welt noch schönere Mädchen gesehen, er wird schon noch eine andere finden – und dann, er hat sie mir freiwillig zurückgegeben, ich habe ihn nicht darum gebeten.*

18. Das Recht der Mutter

Etwa in der Zeit, da Andrej Murtin mit seinem eigenen Leid in den Wald eilte, öffnete sich leise die Tür von Jan Trnovskys Stube, ein hübsches Kinderköpfchen erschien und hinter ihm tauchte die ganze kleine Gestalt von Betka Lehotsky auf.

„Tantchen!“, rief das Kind fröhlich aus. Bei diesem Ausruf blickte die in ein Buch vertiefte junge Frau auf und – der Aufschrei des Mutterherzens kann nicht in seiner ganzen Innigkeit wiedergegeben werden.

Betka war nicht allein gekommen. Bald kniete die junge Frau vor ihr und umarmte sowohl sie als auch das reizende Kind.

„Mutti! Mutti!“, jauchzte Joschenko und warf sich mit ganzer Kraft auf die Mutter.

„Ich habe ihn Euch gebracht, Tantchen“, rühmte sich das Mädchen siegesbewusst, „weil er immerzu nach Euch weint.“

„Ich danke dir, liebe Betka!“ Die glückliche Mutter nahm ihr Kind in die Arme und küsste auch die braune Stirn von Betka.

„Und ließen sie dich gehen?“

„Sie hätten mich nicht gelassen, aber es ist niemand daheim. Mutter ist zu dem Begräbnis gegangen, Vater holt Mahlgut, wo Großvater ist, weiß ich nicht, und Onkel Danisch ist noch nicht aus der Kirche heimgekommen; er wollte auch über das Begräbnis bleiben."

Nachdem die junge Mutter sich an ihrem schmerzlich entbehrten kleinen Schatz erfreut hatte, sah sie erst, wie schmutzig und ungepflegt das Kind war, und es drückte ihr fast das Herz ab. Sie holte sofort Wasser, nahm die Kinder in die Küche, badete das eine und wusch das andere. Sie war froh, dass einige von Joschenkos Kleidern, die sie damals gerade gewaschen hatte, hier geblieben waren, so dass sie ihn frisch umziehen konnte. Sie sah mit Schmerz, wie vernachlässigt und abgemagert das Kind war, und es war erst eine Woche fort, wie würde das weiter werden? – Dann brachte sie den Kindern Milch und Brot; sie aßen nach Herzenslust. Der Kleine wollte gar nicht in der Stube umherlaufen, er hielt sich nur an seiner Mutter fest, als fürchte er, er könnte ihr wieder genommen werden. Und wie war es ihr zumute, wenn sie daran dachte, dass sie ihn nicht behalten durfte, dass sie ihn wegschicken müsse. Aber musste sie wirklich? Gab es in der Tat ein Gesetz, das sie zwang, das Kind dem Vater zu überlassen, wenn dieser Vater sich nicht darum kümmerte? – Wenn sie es nicht zurückgab, würde Danisch kommen, es ihr wieder nehmen, Betka würde bestraft werden und sie würde nie mehr ihr Kind versorgen können – so könnte Betka es ihr wenigstens öfter bringen.

Joschko hatte wohl die Absicht, ihr zu zeigen, dass er noch nicht alles vergessen hatte; das reizende Mündchen sagte in lieblichem Gestammel einen Bibelvers auf.

„Tantchen, ich bin so froh, dass ich bei Euch bin", seufzte Betka auf und schmiegte sich an die gute, schmerzlich entbehrte Tante. „Werdet Ihr mir etwas vom Heiland erzählen?"

„Ja, Betka." Die junge Frau setzte sich mit den Kindern auf die Schwelle der Haustür, und während sie ihr Kind an sich drückte und hin und wieder seine Liebkosungen erwiderte, erzählte sie dem kleinen Mädchen so, wie man eben Kindern erzählen kann, von der großen Liebe Gottes.

„Tante, sieht der Herr Jesus alles, ist er stark?", forschte das Kind.

„Er sieht alles, Betka, und er ist der Stärkste."

„Hat er es auch gesehen, als der Onkel Euch schlug?"

Die junge Frau errötete über der Frage des Kindes.

„Er hat es gesehen, Betuschka."

„Und warum hat er Euch nicht verteidigt, wenn er stark ist? Oder ist der Onkel stärker?"

„Darum, Betuschka, weil er sehen wollte, ob ich für ihn auch Schmerzen ertragen kann, so wie er für mich", entgegnete die junge Frau ernst.

„Und hat es Euch sehr weh getan?"

„Ja, Betuschka. Aber dem Herrn Jesus hat es, als sie ihn mit Geißeln schlugen und ans Kreuz nagelten, noch weher getan."

„Dann hat Euch der Onkel deshalb geschlagen, weil Ihr am Sonntag nicht kaufen wolltet und weil Ihr hierher ginget?"

„Ja Betuschka, was denkst du, wenn der Herr Jesus

will, dass wir den Sonntag heiligen, und die Menschen wollen es nicht, wem sollen wir gehorchen?"

„Dem Herrn Jesus."

„Wirst du ihm auch gehorchen?"

„Ja. – Aber nun muss ich nach Hause, sonst würde Mutter mich schlagen, wenn sie kommt. Joschenko, komm!" – Aber Joschenko saß viel zu gut; er lehnte sein Köpfchen an das Herz der Mutter.

Er fühlte sich so geborgen an diesem sichersten Ort. Wie sollte sie ihn in seinem friedlichen Glück stören? Wie konnte sie ihn von ihrem Herzen losreißen und fortschicken? – Die junge Mutter zitterte, alles in ihr empörte sich gegen diese unnatürliche Trennung.

„Ich trage ihn dir bis zu den Wiesen", sprach sie, während sie aufstand; „hoffentlich schläft er ein." – Aber, als ahnte der Knabe, was auf ihn wartete – er schlief nicht ein. Während des ganzen Weges hafteten die schönen schwarzen Augen so unschuldig, mit solch unwiderstehlicher Bitte an dem immer blasser werdenden Antlitz der Mutter.

Als sie an den Saum des Waldes kamen und sie, gewaltsam das Weh ihres Herzens unterdrückend, ihn Betka zurückgeben wollte, fing er zu weinen und zu schreien an; etwas Erschrockenes, Verzweifeltes lag in diesem Geschrei; krampfhaft hielten die kleinen Hände das Kleid der Mutter fest.

„O Herr Jesu", stöhnte das junge Weib. „Ich bin seine Mutter, ich gebe ihn nicht her!" Leidenschaftlich presste sie das Kind an sich.

„Gehe, Betka, gehe heim; sage, dass ich mir das Kind genommen habe. Fürchte dich nicht, sie werden dich nicht schlagen."

„Und wenn ich Prügel bekäme", warf die Kleine den Kopf zurück, „ich lasse ihn Euch doch. Onkel soll Euch holen, denn zu Hause ist ja doch nichts los, da Ihr fort seid."

„Nun, so gehe heim, Betuschka, und sei gut, denn der Herr Jesus sieht dich."

Das Kind lief durch die Wiesen zur Mühle und war schon ein ganzes Stück entfernt, als sich das schluchzende Kind endlich beruhigte.

„Weine nicht, Joschenko, Mutter gibt dich nicht her." Stürmisch drückte die junge Mutter das Kind an sich und küsste die kleinen Hände, die sie so fest umklammerten.

Was dachte wohl bei diesem Anblick der alte Müller? Er war auf der Wiese gewesen, das Geschrei des Kindes hatte ihn herbeigelockt; er wusste, dass Betka mit dem Knaben allein war. „Wer weiß, was der Frosch ihm angetan hat?"

Er kam und sah, wie der Kleine seine Rechte verteidigte.

Der Müller war ein Mann, hart wie Stein, aber auch Steine werden mitunter erweicht. Er sah, wie bleich seine Schwiegertochter war; er wusste, dass Danisch an allem schuld war. Sie alle empfanden, was das bedeutete, sie nicht im Haus zu haben. Vielleicht kam sie nun, vielleicht wollte sie zurückkehren.

„Nun, was gehst du nicht weiter?“, polterte er. „Was streichst du um das Haus herum wie eine Landstreicherin? Mach dich fort, nach Hause!“

Hätte es neben ihr eingeschlagen, die junge Frau hätte nicht mehr erschrecken können; fest drückte sie ihr Kind an sich. „Ich streiche nicht um Euer Haus herum, Vater“, entgegnete sie ernst. „Zur Mühle ist es noch weit.“

„Und wo hast du den Knaben hergenommen?“

„Ich habe ihn Betka abgenommen, das Kind ist mein und ich gebe es nicht her. Es war heute weder gewaschen noch angekleidet. Ihr habt gehört, wie es schrie, und seht, wie es mich jetzt festhält.“

„Und wer sollte es waschen, du …!“ Ein hässliches Schimpfwort schloss den Satz. „Eine schöne Heilige, eine schöne Christin, die Mann und Kind davonläuft.“

Judka hatte keine Lust, dem Schwiegervater gegenüber ihre Unschuld zu verteidigen. „Lebt wohl, Vater!“, sprach sie kurz und fest.

„Du kommst wirklich nicht zurück?“ Er vertrat ihr den Weg. „Und wie lange soll das so weitergehen?“

„Das weiß ich nicht, Vater; solange Danisch nicht erkennt, dass er mir Unrecht getan hat. Käme ich heute zu euch, ihr würdet denken, dass ihr alle im Recht wart und dass ich mich gegen euch verschuldet habe; das würde euch nur in euren Sünden bestärken. Ihr würdet mich zwingen, mit euch gegen den Willen Gottes zu leben. Da Danisch nicht erkannt hat, dass das, was er getan hat, böse war, würde er mich schlagen, sooft er Lust dazu hat, und Gott hat mich nicht dazu erschaffen, dass man mich schlimmer behandelt als die unwissende Kreatur. Wenn Danisch es nicht mehr ohne mich aushält, dann komme ich, früher nicht. Nun, Gott befohlen!"

Ehe der Müller sich versah, war er allein. Aber noch immer war es ihm, als sähe er sie dort stehen, die Sonne hatte ihr schönes blasses Gesicht umleuchtet, mit dem Kind auf dem Arm hatte sie wirklich wie eine Heilige ausgesehen.

„Welch ein stolzes Weibsbild!", sprach der Müller zu sich selbst.

Danisch soll ihr also abbitten. Na, wenn ich stets hätte abbitten sollen, sooft ich meine Alte durchgeprügelt hatte, da hätte ich schier nichts anderes zu tun gehabt. Da kannst du lange warten, bevor Danisch das tut! – Gut, dass sie den kleinen Spatzen genommen hat, der war nur im Wege und piepste nach der Alten wie ein Küchlein nach der Glucke. – Na, auf irgendeine Art werden wir sie doch nach Hause bekommen, denn wir brauchen sie!

Sehr nachdenklich und brummig kehrte der alte Müller heim.

19. Ansteckung

Als die folgende Woche kam, ging es bei Lehotskys so zu, dass keiner wusste, wo ihm der Kopf stand. Nach hergebrachter Sitte hatte nach dem Begräbnis, an dem am Sonntag Katscha und Danisch teilnahmen, die Familie der Verstorbenen einen Leichenschmaus gegeben; auch Juro hatte teilgenommen. Die Verstorbene war eine Verwandte gewesen. Da saßen nun die Leute in der von Ansteckung und Ausdünstung erfüllten Stube, aus der man die bereits in Verwesung übergegangene Leiche erst vor wenigen Stunden hinausgetragen hatte – da saßen sie, aßen und tranken.

Als Juro heimkam, schüttelte ihn bereits das Fieber. Er versuchte sich zu überwinden und stand am anderen Morgen auf; aber schon nach dem Mittagessen schüttelte es ihn aufs Neue; er musste sich zu Bett legen. Der Alte musste statt seiner in der Mühle arbeiten; Imrich blieb die ganze Feldarbeit; Katscha wusste nicht, was sie zuerst anfangen sollte.

Juro war ein großer, starker Mann; das Fieber erfasste ihn so, dass zwei ihn zu halten hatten. Am Dienstag lief Danisch schnell zum Arzt. Sie gaben dem Kranken ein, was er ihm verschrieben hatte, und versuchten alles, was man ihnen anriet. Einer musste stets bei dem Kranken sein, um ihn zu bewachen. Danisch bewachte ihn. Ihm, der mit Kranken kaum zu tun gehabt hatte, war es einfach furchtbar zu sehen, wie der starke Mensch sich im Bett umherwarf, bald mit den Händen schlug, bald die Augen starr auf einen Fleck richtete und dann wieder umherblickte, als ob er jemanden suche. Mitunter wand er sich und stöhnte, dann wieder verfiel er in einen Schlaf, und in diesem Schlaf phantasierte und fluchte er, dass einem vor Entsetzen beinahe die Haare zu Berge standen.

Die meisten fürchteten sich wenig vor Ansteckung; aber Danisch wusste, dass das Fieber ansteckend war; ihn schauderte bei dem Gedanken, dass er es bekommen könnte. Hätte er sich nicht geschämt, er wäre von Juro fortgegangen. Er hatte erfahren, dass Judka den Knaben genommen hatte; heute war er ihr beinahe dankbar, wenigstens blieb das Kind vor Ansteckung bewahrt.

Nun, als er so an Juros Bett saß und die Gedanken nicht durch Arbeit vertreiben konnte, bemächtigte sich seiner eine brennende Sehnsucht nach seinem Weib. Wie ganz anders würde es bei ihm aussehen, wenn sie hier wäre! Katscha konnte die Arbeit gar nicht bewältigen. *Gehe hin, bitte sie, dann kommt sie* – riet ihm sein Herz. Und er wäre auch gegangen, aber er hatte am Sonntag wieder etwas getan, was er nicht hätte tun dürfen und was ihn jetzt hinderte, Jans Schwelle zu überschreiten.

Als sie am Sonntag vor dem Begräbnis heimgingen, hatte er den Weg nach Toplova eingeschlagen; er wollte im Krautfeld nachsehen, ob der Kohl wuchs. Da begegnete er unvermutet Jan. Sie standen sich gegenüber, zum ersten Mal, seitdem Judka aus der Mühle fort war. Im ersten Moment fand keiner ein Wort, dann grüßte Jan und wollte vorübergehen. Danisch schämte sich vor seinem Schwager und ein wilder Zorn stieg in ihm auf.

„Du Verführer!“, schrie er heftig, „was hast du mir mein Weib abspenstig zu machen? Lehrt dich dein Glaube, die ehelichen Bande zu zerreißen?“

Jan richtete sich auf, sein sanftes Gesicht wurde streng.

„Mein Glaube lehrt mich, Schwager, Kranke und Bedrückte vor Leuten zu schützen, die sich schlimmer gebärden als die Tiere. Du weißt, dass ich Judka nicht gerufen habe; du hast sie vertrieben und ich habe sie aufgenommen. Oder hätte mein Herz so von Stein sein sollen wie deins? Hätte ich sie zu dir zurückschicken sollen, damit du sie umbringst?“

Danisch knirschte mit den Zähnen. *Wenn er noch ein Wort sagt, dann schlage ich ihn, er muss sich mit mir prügeln, er muss!,* dachte er.

„Hast du jemals gehört, dass ein Bär seine Bärin, ein Löwe seine Löwin oder ein Wolf seine Wölfin misshandelt hätte? Niemals; und das sind wilde Tiere. Ich habe kürzlich gelesen, wie ein Bär seine verwundete Bärin pflegte, wie er ihre Wunden leckte und alles herbeischaffte, was sie brauchte – und das ist ein Tier, auf das die Leute Jagd machen, und du, ein Mensch mit einer unsterblichen Seele, was hast du deiner Frau getan? Und als sie bei mir vor Schmerzen beinahe starb, bist du nicht einmal gekommen, um nach ihr zu sehen. – Sie war noch kaum auf, da kamst du, aber nicht, um sie, wie es sich für einen Christen geziemt, um Verzeihung zu bitten und zu sprechen: ‚Kehre zu mir zurück!‘, sondern ohne Reue, roh, mit Zorn; und am Ende nahmst du ihr das Kind, das du gar nicht versorgen konntest. Sage, ob du ein Recht hast, mich zu beschuldigen? Ist das der Schwur, den du Judka geleistet hast? – Ich muss dir die ganze Wahrheit sagen, damit du weißt, wie groß deine Sünde vor Gott und vor rechtschaffenen Menschen ist, damit du Buße tust. Und nun bitte ich dich, Danisch, unterwirf dich nicht länger der Macht Satans, bekenne dem Herrn Jesu deine Schuld, er wird dich auch von dieser Sünde reinigen und befreien."

„Schweig!", schrie Danisch. „Ich brauche deine Predigt nicht. Hättest du dir doch irgendwo den Hals gebrochen, ehe dich der Teufel in unser Tal bringen musste. Wärst du nicht, dann hätte niemand Judka den Kopf verdreht; so wie sie ist, will ich sie gar nicht sehen."

Was Danisch noch gesagt hatte, wusste er nicht mehr; aber es waren böse, hässliche Dinge, und jetzt wusste und fühlte er, dass es ungerechte Beschuldigungen waren, die er aus Wut gesagt hatte.

Jan entgegnete kein Wort darauf; er wollte ruhig weitergehen, aber Danisch, der wusste, dass der Schwager ein Recht hatte, ihn zu verachten, konnte ihn nicht so gut, so edel vorübergehen lassen, denn er handelte wie Christus, der nicht zu vergelten suchte, da er gescholten ward; so sprang er auf ihn zu und schlug ihn mit aller Kraft ins Gesicht. Er erwartete mit Gewissheit, dass Jan ihm den Schlag zurückgeben würde. Aber Jan blickte ihn nur an und fuhr sich mit der Hand über die rote Wange.

„Wenn das, was du jetzt getan hast, recht ist“, sprach er ruhig, ohne Zorn, „dann schlage mich auch auf die andere Wange!“

Aber Danisch schlug nicht, er ließ den Schwager gehen. Es war ihm peinlich, sooft er daran dachte. Selbst dass er Judka geschlagen hatte, drückte ihn nicht so wie diese Ohrfeige, die er Jan gegeben hatte; denn ersteres war im Rausch geschehen, aber das bei nüchternem Verstand.

Nun, wie konnte er jetzt Judka aus Jans Haus holen? Aber bis zum Mittwoch wurde es mit Juro immer schlimmer; Imrich konnte ihn den ganzen Tag über kaum im Bett halten, denn er wollte fort, nur fort. Gegen Abend wurde er etwas ruhiger. Danisch saß allein bei ihm; zwar war auch noch Katscha da, aber die war vor Kummer und Müdigkeit beim Backofen eingeschlafen. Danisch hatte den ganzen Tag gearbeitet; rührte es davon oder von etwas anderem her, aber er fühlte plötzlich eine bleierne Schwere in seinen Gliedern. Seine Füße wurden schwer, er konnte kaum die Hände bewegen, sein Rücken schmerzte, in seinem Kopf sauste es, als wäre er betrunken, und er hatte sich den ganzen Tag bereits unwohl gefühlt.

Jetzt in der Stille überfiel ihn der Gedanke: *Ich habe wohl auch schon die Krankheit!* Es überlief ihn heiß und kalt; wenn er so krank würde wie Juro, wer würde ihn pflegen? Und wenn er etwa an der Krankheit stürbe? – *Sterben* – ihn schauderte, *sterben und vor Gott treten? – Nein, ich bin ja jung, ich will weder krank werden noch sterben* – Voll Grauen dachte er daran, dass er oben würde Rechenschaft geben müssen über das, was er Judka und Jan angetan hatte. Er stand auf und ging aus der Stube, denn in dieser schlechten Luft konnte er kaum atmen.

Kaum war er draußen, da schüttelte ihn die Kälte. „Mein Gott, lass mich nicht in diese Krankheit fallen!", schrie er auf und blickte in jäher Angst zum Himmel empor; aber der Himmel über ihm war wie immer, nirgends eine Antwort, nirgends der Trost: „Ich habe es gehört, ich will es tun."

Groß ist mitunter die Last eines Menschen und vieles vermag sie, aber es hat noch keinen Menschen gegeben, der aus eigener Kraft die Angst überwunden hätte, wenn sie ihn gleich einem gewappneten Feinde überfiel. – Danisch lief in die Stube zurück, es war ihm furchtbar in dieser Einsamkeit, aber noch furchtbarer war es drinnen, wo der Kranke soeben erwachte. Er begann zu stöhnen und zu fantasieren, er warf sich umher und wand sich, und seine Augen rollten wild. Er ballte die Fäuste, und Danisch vermochte ihn weder zu halten noch zu heben, als hätte er nie auf einer Schulter einen Wagen gehoben, wenn es nötig war; kraftlos sanken seine Hände herab.

„Stehe auf, Katscha", weckte er seine Schwägerin, „ich schicke dir Imrich!" – Sie verstand nicht, warum er ihr Imrich schicken wollte; verschlafen blickte sie ihm nach, er schleppte sich kaum bis zur Werkstatt.

Imrich zu wecken war nicht leicht; er schlief fest, denn er hatte die vorige Nacht gewacht.

„Mit mir steht es nicht gut", sagte Danisch, nachdem der Bruder endlich erwacht war, „gehe zu Juro, ich kann nicht mehr." Imrich sah, dass der Bruder die Wahrheit sprach.

„Lege dich hin", riet er ihm; aber Danisch wollte nicht. So führte er ihn in seine Stube, deckte das Bett ab und nötigte ihn, sich auszukleiden, und dann wusste Imrich nicht, was er tun, ob er zu Juro gehen oder bei Danisch bleiben sollte, den aufs Neue ein Fieberfrost schüttelte.

Es kam eine Trübsal über die Lehotskys, wie sie sich es nicht hätten träumen lassen. Juro war dem Tod nahe und auch den Danisch hatte die Krankheit vollständig gepackt.

Als Danisch am anderen Tag etwa gegen zehn Uhr die Augen aufschlug, blickten diese krankhaft und angstvoll. Er wusste und fühlte, dass er krank war; er war nicht bewusstlos, obgleich das Fieber seinen Blick trübte und ihm zu Kopf stieg. Er war allein. Sein Weib hatte er vertrieben, hinausgeworfen – und jetzt war er verlassen. Wäre er sie holen gegangen, hätte er sie um Vergebung gebeten, dann wäre sie jetzt hier bei ihm. Nur noch einmal wollte er ihr gutes, holdes Antlitz sehen! Wenn sie ihm ihre Hand auf die Stirn legen würde, ihm würde leichter; aber es war vergeblich, daran zu denken. – Er schloss die Augen. Aber nach einer Weile öffnete er sie; denn es war ihm, als fühle er wirklich eine weiche, kühle Hand auf seiner Stirn; er öffnete sie weit.

„Judka, du bist da? Du bist wirklich da?", jubelte er. Das zarte, bleiche Antlitz seines guten Weibes neigte sich über ihn und ihre Augen blickten ihn unter Tränen an.

„Hier bin ich, Danisch", sprach die wohlbekannte, lange nicht gehörte Stimme. „Was fehlt dir, Danisch? Was tut dir weh?"

„Alles tut mir weh, meine Judka, aber am meisten das Herz über dem, was ich dir angetan habe; vergib mir Bösewicht und gehe nur nicht fort, sonst muss ich sterben."

Sie beugte sich über ihn und die bebenden Lippen drückten einen Kuss auf die Stirn. Hätte er die Hände heben können, so hätte er sie umarmt; so blickte er ihr nur ins Gesicht, und als sie neben ihm niederkniete und ihren Kopf neben den seinen legte, da weinte er wie ein Kind. Sie ließ ihn weinen, sie weinte mit ihm, aber nur ein paar Minuten.

„Bitte den Herrn Jesus, er vergibt dir, so wie ich dir vergebe; schließe die Augen und versuche zu schlafen." Sie drückte ihm noch einen Kuss auf die Lippen.

Sie war gekommen, um Böses mit Gutem zu vergelten. Und der Herr hatte es ihr so reichlich gelohnt.

Aber Danisch konnte nicht die Augen schließen, er sah ihr nach wie dem Licht, wie sie die vernachlässigte Stube reinigte und aufräumte und die Fenster öffnete; und als sie damit fertig war, wusch sie ihm Gesicht und Hände, zog ihm anstelle des schmutzigen, verschwitzten Hemdes ein sauberes an und legte ihm einen kalten Umschlag auf die Stirn. Dann kniete sie neben ihm nieder und betete, dass der Herr Jesus ihn gesund machen und ihn nicht so tief in die Krankheit versinken lassen möge wie Juro. Er fühlte, dass Gott sie hörte, denn sie war imstande, lieber zu sterben als sein Wort zu übertreten. Er hielt krampfhaft ihre Hand fest, und so schlief er ein.

Dann hatte er im Laufe des Tages einige lichte Augenblicke. Die Krankheit brach bei Danisch nicht so aus wie bei Juro, er warf sich nicht umher, er fantasierte und stöhnte nicht. Erstens hatte er mehr Ruhe, gute Luft und Sauberkeit um sich herum, und zweitens hielten die ständigen Gebete seines Weibes die Macht der Krankheit von ihm fern. Trotzdem sah er, dass ihn seine Gattin nicht allein pflegte, sondern dass ihr jemand half, ihn umzubetten und in nasse Leinentücher zu hüllen, was ihm stets Erleichterung brachte, ihm wohltat, und das war – Jan Trnovsky.

Judka wich weder bei Tag noch bei Nacht von ihrem Mann. Als der alte Müller kam, um nach dem Sohn zu schauen, sah er, wie sie ihn pflegte; er sah auch das Wirken Jan Trnovskys. Jan fragte nicht, was die Lehotskys dazu sagen würden; wenn er nicht bei Danisch war, half er Imrich bei Juros Pflege.

„Fürchtet Euch nicht“, sprach er zu Juros Frau, als er sie ganz in Tränen gebadet fand, „der Onkel muss noch nicht sterben, Gott kann ihm noch die Gnadenzeit verlängern.“ Er schrieb im Namen der Mutter an Juros Tochter, sie möge heimkommen, um zu helfen, und, falls der Vater stürbe, von ihm Abschied zu nehmen. Kurz, Jan half im ganzen Haus, ohne lange zu fragen.

Er ist nicht so, wie man von ihm sagt, dachte der alte Müller, und Katscha wagte nicht, ein Wort gegen ihn zu sagen.

Am Freitag war es mit Juro am schlimmsten und im Haus war kein Stück Brot. Da ging Judka das erste Mal zu ihrer Schwägerin hinein.

„Sorge dich nicht, bleibe nur bei deinem Mann, ich backe bis zum Morgen!“ – Und sie buk. Am Sonnabend kochte sie Suppe für die Kranken und auch für die Gesunden, was nötig war, auch auf den Sonntag. Sie brachte, so gut sie konnte, das ganze Haus in Ordnung. Die Lehotskys merkten es sehr, dass sie sie wieder hatten, darum war auch der alte Müller außergewöhnlich freundlich zu ihr.

„Wo hast du den Jungen gelassen?“, fragte er sie, als auch Jan da war.

„Ich habe ihn zu Susanka Hrubik gebracht; wir hätten keine Zeit, nach ihm zu sehen, und er könnte ebenfalls krank werden. Sie versorgt ihn gut und er ist schon an sie gewöhnt."

„Das hast du gut gemacht", lobte der Alte. – *Sie ist doch eine ordentliche, verständige Frau*, dachte er bei sich, *wenn es auch mit Danisch so kommen musste; nun, er wird sich schon herausarbeiten, wenn sie nur wieder zurück ist.*

Am Sonnabendnachmittag ließen sie alle den schlafenden Danisch allein. Sie standen an Juros Bett. Denn es schien, als sei dieser dem Tod nahe; er war schon ganz blau und steif.

„Ach, wohin wird wohl seine Seele gehen?", fragte Imrich, während er sinnend an dem Lager stand. Seit Beginn der Krankheit hatte Juro kein einziges Mal mehr das Bewusstsein wiedererlangt, und die Reden, die seinem Mund entströmten, waren so furchtbar, dass sie nur aus einem sehr unreinen Herzen kommen konnten.

Judka saß da, ganz blass, die Hände im Schoß gefaltet; auch vor ihr stand das furchtbare Leben des Schwagers. Wenn auch Danisch so krank bliebe – wenn sie beide stürben, beide verloren gingen. – Der Müller dachte nur, was aus der Mühle werden sollte, Katscha dachte, was sie und die Kinder anfangen sollten, wenn Juro stürbe, Judka und Imrich dachten, was aus der Seele des unglücklichen Mannes werden sollte, der nie nach Gott und nach dem ewigen Leben gefragt hatte.

„Lasst uns beten", sprach plötzlich Jan, nachdem er eine Weile am Bett des Kranken gestanden hatte.

„Ach ja, bete!“, seufzte Imrich, und alle sanken wie auf Befehl auf die Knie. Dies dringliche Gebet um Verlängerung der Gnadenzeit, wie es der Tischler emporsandte, konnte nicht unerhört bleiben, denn ihm standen zwei junge Menschen zur Seite, die erst kürzlich glauben gelernt hatten, dass, wo zwei oder drei eins werden zu bitten, es ihnen widerfahren sollte von ihrem Vater im Himmel. Ihr kindlicher, einfältiger Glaube konnte nicht enttäuscht werden.

Plötzlich hörte der Kranke auf zu atmen, kalter Schweiß trat ihm auf die Stirn. – Unvermutet öffnete er die Augen.

Die Krankheit hatte ihren höchsten Grad erreicht. Aber ihre Macht wich, von einer stärkeren Hand gebrochen, und der Mann blieb am Leben in dem Augenblick, da ihm schon der Tod ans Herz gegriffen hatte.

Gott hatte ihm die erbetene Gnadenzeit gewährt, würde er sie auskaufen? Würde er Gott suchen? Oder würde er weiterhin so gottlos leben wie bisher? – Tausende von Menschen sind schon gesund geworden, denen gar wenig zum Tod gefehlt hatte, und haben sie dann für Gott gelebt?

Von jener Stunde an ging es Juro besser.

Dafür hatte Danisch von Sonnabend auf Sonntag eine schlimme Nacht und am Sonntag große Schmerzen, aber – er war nicht mehr bewusstlos. Er wusste alles, was um ihn her vorging; er wusste, dass es schlimm mit ihm stand, dass der Tod nicht weit weg war, und Entsetzen vor diesem Tod schnürte ihm das Herz zusammen. Flehentlich bat er, dass sie für ihn beten möchten.

Er hörte, was Jan vorlas, aber er konnte nicht glauben, dass es ihm gelte, er konnte es nicht fassen.

„Siehe, Danisch“, sprach ihm Imrich zu, „wenn du nur zum Herrn Jesus kommen wollest so, wie du bist; du kennst mich doch, was ich für ein Taugenichts war, und als ich ihn bat, hat er mir alles vergeben und mich in Gnaden angenommen.“ Imrich wunderte sich, wie das kam, dass Danisch in seiner großen Angst nicht zum Heiland ging. Er wusste nicht, dass, während er gleich gekommen war, als ihn die Gnade lockte und zog, Danisch, als er gerufen worden war, dem Herrn den Rücken zugewandt hatte; und heute, wo er sein heiliges Angesicht suchte, hatte der Herr sich verhüllt, um ihm zu zeigen, dass er aus eigener Macht nicht zu ihm kommen könne.

Es waren traurige Stunden, und die Freunde konnten hier nichts tun als bitten und für den glauben, der nicht glauben konnte.

20. Ein großer Sieg

Am Sonntagnachmittag machte Jan sich auf, um daheim nach dem Rechten zu sehen; er war seit Sonnabend nicht daheim gewesen, nur am Morgen hatte Imrich der Kuh aufgeschüttet und Duntscho zu essen gegeben, dann wollte er auch ein wenig allein sein. Er wollte in der Einsamkeit für den Schwager beten, denn auch er bekam es langsam mit der Angst zu tun, dieser könnte etwa nicht zum Glauben kommen und sterben, ohne die Vergebung Gottes erlangt zu haben.

Wie er so durch den Wald dahinschritt, dachte er darüber nach, was sie in dieser Woche alles erlebt hatten, und dabei fiel ihm der letzte Sonntagabend ein. Dabei trat ihm Pavel Murtin vor die Augen, wie er bei ihm geblieben war, als die anderen schon fortgegangen waren, und ihm auf seine Frage: „Du bist so traurig, was fehlt dir?“, erzählt hatte, was sich bei ihnen zugetragen, dass er Andrej sein Glück geschenkt habe. „Ich habe es ihm geschenkt“, hatte Pavel gesagt, „aber bete für mich, denn ich weiß nicht, wie ich weiterleben, was ich anfangen soll. Am liebsten zöge ich noch vor der Hochzeit in die Welt hinaus, aber das kann ich nicht, was würden die Leute von uns denken? Wie soll ich das nur überleben?“ Jan hatte innig mit dem Freund gefühlt, er fühlte auch jetzt mit ihm. Was machte Pavel wohl? Könnte er doch zu ihm, um ihn zu trösten! Was hatte er wohl die ganze Woche über gemacht? Die arme Ilenka! – *Wenn es mit Danisch nur etwas besser ist, bis ich zurückkehre, will ich nach ihnen sehen.*

In solchen Gedanken kam er zu seinem Haus und stutzte – die Tür war offen! Hatte Imrich vergessen, sie zu schließen? Er eilte hinein, und ein freudiges: „Ach, Susanka!“, entschlüpfte seinen Lippen.

In der Stube am Fenster saß das Mädchen, Joschko auf dem Arm; und sie war so hübsch mit den geröteten Wangen und dem frohen Glanz der Augen, dass es ihn zu ihr hinzog.

„Wundere dich nicht“, sprach sie entschuldigend. „Joschko verlangte so sehr nach seiner Mutter, und so wollte ich wissen, wie es seinem Vater geht, ob ich ihn schon hinbringen dürfte. Ich ahnte, dass du heute heimkommen würdest, und so trat ich ein, die Tür war schlecht geschlossen, der Schieber hielt nicht.“

„O, dass du nur gekommen bist!“ Er nahm ihre Hand in seine beiden Hände. „Dort in der Mühle ist es sehr traurig. Juro Lehotsky lebt noch, aber mit Danisch steht es nicht gut.“

„Ist er bei Bewusstsein?“, fragte sie besorgt. „Hat er Judka um Verzeihung gebeten?“

„Doch, er hat auch Gott abgebeten, aber er kann nicht glauben.“ Jan erzählte alles, was ihn drückte. Es tat ihm wohl, ihr alles mitzuteilen, während ihre schönen Augen so gespannt an seinem Antlitz hafteten. – Plötzlich hielt er inne.

„Du weißt gar nicht", sprach er aus vollem Herzen, „wie froh ich bin, dass ich dich wiedersehe."

Ein liebliches Rot trat in ihre Wangen.

„Auch ich freue mich, daheim war es mir so bange. Immer schien es mir, als müsse ich zu euch kommen."

„Du kannst dir vorstellen, wie traurig es für mich war, als Judka am Montag fortging, um dir Joschko zu bringen, und ich daran dachte, dass du nicht mehr kommen würdest. Es ist nicht gut, dass ich mich so daran gewöhnt habe. Bis der Herr gibt, dass Danisch gesund ist, wird Judka dort bleiben und ich werde wieder allein sein. Vorher war ich nicht traurig – jetzt weiß ich nicht, wie ich mich an diese Einsamkeit gewöhnen soll."

„Auch mir geht es so wie dir", bekannte sie nachdenklich. „Als ich jetzt hier saß und mir dasselbe einfiel, was du sagst, dass ich jetzt nicht mehr würde hierher kommen dürfen, hätte ich beinahe geweint. Es war so schön hier!" – Der Kleine verlangte auf den Fußboden, er wollte laufen, das unterbrach weitere Worte, aber Jan und Susanka wurde es ganz eigenartig.

Plötzlich blieb er stehen, als Joschko schon spielte. Er blieb vor seinem lieben Besuch stehen und lehnte sich an den Tisch.

„Susanka, ich möchte dich um etwas bitten."

„Ich will gerne tun, was ich kann", versprach sie bereitwillig. „Gehe mal zu Murtinovs und siehe nach, wie es Pavel und Ilenka geht. Oder hast du Ilenka vielleicht gesehen?"

„Nein, doch ich will gerne hingehen, wenn du es wünschst."

„Sage Pavel, dass ich oft im Gebet an ihn denke."

„Weißt du denn etwas Schlimmes von Pavel, dass du so traurig bist?", fragte sie verwundert. „Sage es mir, ich bitte dich, ich will es gewiss nicht verraten."

„Es fällt mir nicht leicht, das zu sagen", entgegnete er verwirrt, „aber du wirst Ilenka vielleicht trösten können."

Jan begann zu erzählen, aber er vermied es dabei, das Mädchen anzublicken, ihren schönen Augen zu begegnen.

Als er zu Ende war, richtete sie sich heftig auf.

„Und Andrej hat es über sich gebracht, sie beide so unglücklich zu machen? Denn wenn er selbst denkt, dass Ilenka ihn gerne hat, so weiß er doch von Pavel, dass dieser sie ihm nur aus brüderlicher Liebe überlassen will."

„Weißt du, Susanka, Andrej kennt den Herrn Jesus nicht; er weiß nicht, wie der Herr Jesus zu lieben befiehlt, und ich weiß, wie sehr er Ilenka liebt." Und Jan teilte Susanka jenes kurze Gespräch mit Andrej mit, das sie in dieser Stube geführt hatten.

„Wenn Pavel Ilenka verliert, so bleibt ihm der Herr; Andrej hingegen würde nichts auf dieser Welt mehr bleiben. Wie könnte er leben?"

„Und wie kann Ilenka leben?"

Jan schwieg verwirrt. – In dem Stübchen wurde es still. „Ich danke dir, dass du mir das mitgeteilt hast; ich trage nur Joschko heim, dann gehe ich gleich hin."

„Gehe noch nicht", vertrat er ihr bittend den Weg. „Wer weiß, wann wir wieder zusammen sein werden."

Susanka blickte Jan an. Einst hatte sie gewünscht, zu erfahren, wie er das sagen würde, wenn er ein Mädchen lieb hätte, und in übermütiger Laune hatte sie sich damals vorgenommen, ihn das Lieben zu lehren. Sie war nicht Ilenka Murtin, um nicht zu verstehen! – In den Augen des jungen Mannes lag so viel von ihm selbst noch unverstandener Sehnsucht, so viel Gefühl, das das Herz durchrann, dass sie es sehen, es begreifen musste. Ein seltsames Wonnegefühl umfing sie, als hätte ihr der Wind unversehens eine Wolke voll betäubenden Blumenduftes zugetragen.

„Und ist es dir lieb, mit mir zusammen zu sein?", fragte sie leise.

„Lieb?", entgegnete er verwundert. „Wenn du hier in meiner Stube bist, dann ist es mir, als führte mich jemand in einen Garten voll schöner Rosen."

Im Herzen des Mädchens jubelte es wie nie zuvor. Sie hatte nur eine Sehnsucht: dass Jan seine Arme ausbreitete und sie sich hineinwerfen und für immer und ewig hier bei ihm bleiben konnte. Dann würde er nicht länger allein sein und sie würde sich daheim nicht nach ihm sehnen. Sie fühlte, sie verstand mit einem Mal, dass sie sich heute nicht nur nach Judka gesehnt, dass sie sich hundertmal mehr danach gesehnt hatte, ihn zu sehen und zu hören.

Schon öffnete sie den Mund, um etwas zu sagen und Jan das Geständnis seiner Liebe zu entlocken, das es ihr ermöglichen würde, auch ihm ihre Gefühle zu verraten – da fiel unversehens ihr Blick auf ihre eigene Hand, welche nur ein einziger Ring schmückte.

Imrich!, stöhnte das Herz in ihr auf.

Neben der Gestalt Jans tauchte vor ihren Augen plötzlich die schmucke Erscheinung des Mannes auf, der sie gerade so liebte wie Andrej Murtin seine Ilenka. Nur für ein paar Minuten war er gestern Abend zu ihr gekommen. „Ich musste dich wenigstens sehen“, hatte er zu ihr gesagt. „Bei uns ist der Tod. Hinein komme ich nicht, damit ich euch nicht etwa die Krankheit bringe, nur die Hand gib mir zur guten Nacht. Ich bitte dich, denke wenigstens im Traum an mich; wenn ich wache, wird mich der Gedanke trösten, dass du von mir träumst.“

Sie hörte auch jetzt wieder diese Stimme, sie stellte sich sein Gesicht vor, und mit großer Mühe überwand sie sich so weit, dass sie ein Lächeln über die jäh erblassten Lippen brachte.

„Nun muss ich gehen; denn bis ich nach Hause und dort hinauf komme, würde es sonst zu spät“, sprach sie ausweichend.

Jan stutzte, er hielt sie nicht zurück, er selbst brachte ihr das Kind; er geleitete sie zur Tür. Dort blieb er stehen und blickte ihr nach, wie sie rasch, ohne sich umzuwenden, dahinschritt, bis sie ihm vor den Augen verschwand.

Dann ging er ins Haus und in den Stall; er streichelte und beruhigte den erfreuten Duntscho, der kaum wusste, wie er ihm seine Liebe bezeugen sollte.

Aber Jan tat alles wie im Traum. Ins Innere des Hauses zurückgekehrt, blieb er in der verlassenen Stube stehen. *Was geht mit mir vor?,* fragte er sich bange und drückte die Hand gegen die Stirn. *Mir ist es, als könne ich es ohne sie hier gar nicht aushalten.* Er warf sich auf die Bank, um ein wenig zu schlummern – er hatte schon so viele Nächte nicht geschlafen. Aber sowie er die Augen schloss, sah er stets die liebliche Erscheinung, die schlanke Gestalt, das reizende Gesicht, die feurigen Augen, den zarten, rosigen Mund vor sich. „Ich, ich liebe sie", sprach er plötzlich zu sich selbst, „ich liebe sie so wie Pavel Ilenka." Und dann hörte er auf zu denken, denn es war ihm zumute wie noch nie.

Und Susanka floh aus dem ihr so werten Haus, floh aus der Nähe des Mannes. Sie hatte erkannt, dass sie ihn liebte, und wusste, dass sie ihm nicht gehören durfte, weil ein anderer ältere Rechte an ihr hatte. – *Ich habe mich ja Imrich nur zur Hälfte versprochen,* wollte ihr das eigene Herz zuflüstern. *Nur zur Hälfte, aber dennoch* – mahnte das Gewissen –, *er verlässt sich darauf.*

Und wenn sie ihn jetzt ließe, würde er dann nicht wieder solch ein sündiges Leben beginnen, wie er es vorher geführt hatte? War es nicht eine Freude, dass er ein so ordentlicher Mensch geworden war? Und dann wäre sie schuld daran! – Sie schüttelte so heftig den Kopf, dass selbst Joschko sie verwundert anblickte. Jan hatte ihr nicht gesagt, dass er sie gern hatte, und ahnte nichts von ihrer Neigung. Vielleicht würde Imrich heute kommen, dann würde sie sich ihm gänzlich versprechen, dann hätte sie keine Ausrede mehr, da auch Jan erfahren würde, dass sie nicht mehr frei sei; denn Imrich zu lassen, das wäre gewiss eine große Sünde, für die sie der Herr billig verwerfen könnte. Ihm hatte sie sich versprochen, ihn hatte sie einst an sich gelockt, ihm musste sie angehören. Wäre er ein solcher Lump geblieben, dann hätte sie einen Grund gehabt, aber so würde die Sache an Jan hängen bleiben, als hätte er sie ihm abspenstig gemacht. Die Welt würde Imrich verlachen, Jan verdächtigen, und von ihr würde man sagen, dass sie nicht Judkas, sondern Jans wegen hingegangen sei, um ihn für sich zu gewinnen.

Susanka kam heim und übergab das Kind der Mutter; sie sagte, dass sie zu Murtinovs gehen müsse. Und als sie endlich im freien Feld allein war, da war es ihr, als müsse sie aufweinen vor nie gekanntem Schmerz. Sie setzte sich für einen Augenblick ins nahe Dickicht und stützte den schweren Kopf in ihre Hand. – Was sollte sie bei Ilenka? Konnte sie diese trösten? Gab es auf Erden überhaupt Trost für solches Leid? – Dem Mädchen war es, als gäbe es keinen.

Nur einen Augenblick wollte sie sich vergegenwärtigen, vorstellen, was sie heute durchlebt hatte. Stand doch der geliebte Mann, obwohl er ferne war, vor ihr, als hörte sie seine Stimme, als könnte sie in sein liebes, gutes Antlitz blicken.

Wäre nicht Imrich da, dann hätte ihr heute sein Mund gesagt, was sie ohnedies wusste, dann säße sie jetzt bei ihm und sie wären beide so glücklich wie im Himmel und dann würde er sich mit ihr verloben und sie für immer in sein Haus führen, um nicht mehr einsam zu sein.

Welch ein schönes Leben wäre das an seiner Seite, so für ihn schaffen, nähen, kochen, waschen zu dürfen – alles für ihn! Sie würde sich mit ihrer Arbeit zu ihm in die Werkstatt setzen, während er arbeitete, und ihm zusehen, und mitunter würden sie dabei miteinander plaudern. Am Abend würden die Freunde kommen und sie würden gemeinsam die Heilige Schrift und andere gute Bücher lesen, besonders während des Winters. O welch ein schönes Leben!

„Aber, was mache ich? Wozu daran denken? Er wird niemals mein sein, ich werde Imrich angehören und er wird einsam bleiben."

Das Mädchen fiel plötzlich auf die Knie, legte die gerungenen Hände auf einen alten Baumstumpf und begann unter heißen Tränen zu beten.

Etwa eine halbe Stunde später verließ sie das Dickicht.

Die Weiber würden hierher kommen, um Himbeeren oder Pilze zu sammeln, aber keine von ihnen würde erfahren, dass hier Susanka Hrubik, das schönste und begehrteste Mädchen im ganzen Umkreis von Z., ihr junges Herz mit seiner Sehnsucht nach Glück begraben hatte, um so den Mann zu retten, um den alle anderen sie beneideten und der in ihr sein ganzes irdisches Glück sah, ja, dass sie hier auch die Liebe, das stille Glück des Menschen begraben hatte, den Gott selbst ihr zu ihrer Rettung gesandt hatte. Diese Stunde hatte nur einen Zeugen und der thronte hoch oben – er sah, er hörte alles, er wird es vergelten.

* * *

Bei Murtinovs fand das Mädchen nur Mutter Zvara daheim. Pavel war im Wald, Andrej in Z. und Ilenka half schon seit einer Woche bei ihrer Patin aus. Sonst hätte Frau Zvara die Tochter wohl kaum von sich gelassen, aber die Verwandte war krank, und da Ilenka gerne ging, hatte die Mutter gedacht, dass es für Pavel gut sein würde, wenn er sie nicht Tag für Tag vor sich sehen müsste. Die Frau wünschte sehnlich, dass nur erst das Aufgebot und die Hochzeit vorüber wären, damit endlich alles wieder in das gewohnte, alltägliche Geleise käme, im Übrigen war Ilenka so gut und still, aber wenn sie lächelte, da war es, als scheine die Sonne durch die Wolken.

Pavel ging am frühen Morgen in die Berge und kehrte erst abends heim. Er war sehr ernst – und die Frau musste zusehen, wie sein Gesicht von Tag zu Tag bleicher wurde.

Andrej fühlte sich nicht frei. Vorher hatte er den ganzen Tag mit Ilenka zu reden gehabt, jetzt sprachen sie kaum zwei bis drei Worte. – Nun, so hatte denn Mutter Zvara die Tochter gehen lassen.

Dort hatte man sie gerne. Und die Verwandte war schon aus dem Fieber heraus. Pavel hatte nicht gefragt, wo sie war, und Andrej hatte nichts dagegen eingewendet. Er hatte sie ziehen lassen, denn er hätte ihr alles auf der Welt nach Wunsch und Willen getan, damit sie nur wieder würde, wie sie zuvor war.

„Fürchte dich nicht", hatte Frau Zvara den Neffen getröstet. „Ilenka ist eben kein leichtfertiges Mädchen wie manche andere, und weil sie weiß, dass sie bald heiraten soll, darum ist sie so still; so manche Braut ist vor der Hochzeit ganz abgemagert; wenn sie erst dein ist, dann wird sich das alles geben." – Und er glaubte ihr nur zu gerne.

So fand denn Susanka die Freundin nicht daheim.

„Aber Tante", sprach sie, „wie könnt Ihr Ilenka nur dort lassen? Dieses Fieber ist diesmal sehr ansteckend. Juro Lehotsky war nur auf einem Leichenschmaus und brachte es von dort mit, und Danisch bekam es von ihm. Wenn sie es auch dort bekommt?!"

Mutter Zvara erschrak, gleich morgen wollte sie die Tochter heimholen.

„Schickt sie zu mir, sie möchte mich besuchen", bat Susanka beim Abschied, Mutter Zvara versprach es. Das Mädchen beschloss, auf dem Heimweg nach Judka zu sehen und ihr zu sagen, sie möge sich des Kindes wegen keine Sorgen machen.

Als sie so den Bach entlang talabwärts schritt, grüßte sie jemand, sie blickte auf.

„Pavel, du bist es?"

„Ja, Susanka. Wo warst du?"

„Bei euch, ich wollte Ilenka besuchen; aber sie ist nicht daheim."

„Nein, schon seit Dienstag nicht."

Sie blickte ihm in das schöne, ernste Antlitz und er tat ihr so Leid; am liebsten hätte sie gesagt: ‚Pavel, ich weiß, welch ein Weh du im Herzen trägst.' Stattdessen fragte sie nur freundlich, wohin er gehe.

„Ich gehe zu Imrich und will sehen, ob Jan in der Mühle ist."

„Und ich gehe zu Judka."

So gingen sie denn zusammen.

„Musst du den ganzen Tag im Wald sein?", fragte sie unterwegs.

„Ich muss nicht." Er errötete ein wenig. „Aber unter der Woche gibt es dort genug Arbeit und am Sonntag habe ich dort Ruhe."

Er begann ihr zu erzählen, was er heute im Wort Gottes gelesen hatte. Sie hörte ihm aufmerksam zu.

„Wir müssen dem Herrn Jesu gehorchen, auch wenn es uns schwer fällt", bemerkte sie sinnend.

„Da hast du Recht; und wenn es uns selbst das Leben kostete; war er doch auch dem Vater gehorsam bis zum Tode, ja bis zum Tode am Kreuz!"

„Und auch ihm ist es sicherlich nicht leicht gefallen."

„Freilich nicht, du weißt doch noch, wie er in Gethsemane zitterte und zagte? Aber als er sprach: ... *dein Wille geschehe!*, da wurde ihm gleich leichter und sein Vater half ihm durch alles hindurch."

So wird er auch dir helfen, dachte das Mädchen, *dir und Ilenka – und auch mir.*

Ehe sie sich versahen, waren sie in der Mühle, wo sie mit Freuden begrüßt wurden.

Das hätte Danisch nicht geahnt – er, der noch jüngst gesagt hatte, dass er das Wort Gottes nicht anhören könne und dass ihm sein Glaube gut genug sei –, das hätte er nicht geahnt, dass er wenige Wochen später in seiner Seelennot Trost in dem Glauben derer suchen würde, die nicht in dem bleiben wollten, worin sie geboren waren, die den Herrn gesucht und sich von ihm hatten finden lassen und über die er sein mächtiges: *Siehe, ich mache alles neu!* ausgerufen hatte.

Ja, wer hätte das geahnt, dass er schwach und elend mit Schmerzen im Bett liegen würde und dass bei ihm rings um den Tisch Pavel Murtin, Susanka Hrubik, Jan, Imrich und Judka sitzen würden, die aufgeschlagene Bibel vor ihnen, und Jan in seinem Haus die Wahrheiten Gottes verkündigen würde? Und doch war es so, denn wer kannte des Herrn Sinn?

Danisch schloss die Augen; sie dachten, er sei eingeschlummert. Aber er schlief nicht. Trotz seines schmerzenden Kopfes dachte er darüber nach, was mit ihnen vorgegangen sein mochte. Er hatte sie gekannt, als sie, so wie er, nicht an Gott gedacht noch nach dem Heiland gefragt hatten, und nun redeten sie alle nur von ihm, als wären ihre Herzen nur von seiner heiligen Person erfüllt. – Danisch stellte sich, als ob er schliefe, aber er hörte wohl, wie sie sich um ihn sorgten. „Wenn er etwa nicht zum Glauben käme und verloren ginge?“ – Er hörte, wie sie für ihn beteten, und auch er begann still um Erbarmen zu rufen. Und das war sein erstes Gebet, denn jene früheren waren bloß Worte der Lippen gewesen, von denen das Herz nichts wusste.

Als die Freunde vom Gebet aufstanden, bat er selbst sie, doch in der Bibel weiter vorzulesen, und Jan reichte Pavel die Bibel. Dieser schlug das 15. Kapitel des Evangeliums Lukas auf und las von dem verlorenen Schaf, Groschen und Sohn, wie sie gefunden wurden und welch eine Freude darüber war.

Aufs Neue schloss Danisch die Augen. Es war ihm so wohl wie noch nie, es war ihm, als fiele die schwere Last von ihm ab. Von Schwäche überwältigt, schlief er endlich ein; er träumte, er sei jener verlorene Sohn, sei zum Vater heimgekehrt – aber da waren nicht die Mühle und sein Vater, nein, es war irgendwo ein ferner schöner Ort – und der Vater war Gott.

Später verließen die Freunde das Haus. Dann begleitete Jan den Pavel – und Imrich begleitete Susanka.

„Ich kann dir gar nicht sagen, welch eine Freude ich hatte, dass du in unser Haus gekommen bist“, sagte Imrich unterwegs. „Ich weiß, dass du zu Judka gekommen bist, aber du hast auch mir bewiesen, dass du uns Lehotskys nicht mehr scheust.“

Das Herz des Mädchens begann heftig zu klopfen. Sie wusste, dass der Augenblick, für den sie im Dickicht gebetet hatte, nun da war; sie wusste, dass sie jetzt über ihr ganzes weiteres Leben entscheiden musste.

Verhindere weitere Worte – riet das eigene Herz *lass ihn noch nicht sagen, was er sagen will; erhalte dir noch deine Freiheit, denn sonst musst du Jan auf ewig vergessen.* Aber das Mädchen fühlte, wenn sie Imrich nicht für immer unglücklich machen wollte, dann musste sie es heute tun, denn später würde sie keine Kraft mehr dazu haben.

Sie sah auf und blickte in sein hübsches, erregtes Gesicht. „Susanka", neigte er sich zu ihr herab, „nun sind Wochen vergangen, seitdem du mir sagtest, dass du mich nicht nehmen wolltest, und du tatest damals recht daran, ich danke dir heute dafür; jedes Mädchen lädt sich viel auf, wenn es einen Trinker heiratet. Aber heute, wo ich keiner mehr bin –, und, so der Herr Gnade gibt, nie mehr einer sein werde –heute bitte ich dich: Werde mein. Auch Danisch wird an den Herrn Jesus glauben, und aus unserem Haus kann noch ein Paradies werden; und wenn du meine Frau wirst, wird auch in der Mühle nicht mehr so herumgestritten, denn Katscha und Juro werden sich schämen. Und wenn Vater selbst mitunter schilt, das können wir wohl ertragen; und wenn es gar zu schlimm würde, sind wir nicht an die Mühle gebunden. Ich bitte dich, Susanka, werde mein! Sagst du ja? Darf ich bei deiner Mutter um deine Hand bitten?"

„Du darfst“, sprach sie, hob aber den Kopf nicht, damit er ihre Blässe nicht sofort sehe. „Aber mit der Hochzeit wollen wir erst bis nach der Ernte warten.“

„Wie du willst, Susanka, wenn du mir nur gehörst“, jubelte der junge Mann. „Glaube mir, die letzten Tage – und besonders heute – war es mir so seltsam zu Mute; immer schien es mir, als sei ich deiner nicht würdig, als würdest du mich verlassen. Aber ich weiß nicht, wenn du mich aufgäbst, wenn ich dich nicht zur Seite bekäme, ob ich in dieser Welt treu ausharren und nicht vom Herrn abfallen würde. Aber so, wenn ich dich haben und mich in allem dir anvertrauen darf, dann werde ich, was immer auch kommen mag, aushalten können.“

Das Herz des Mädchens jubelte trotz des Schmerzes, den sie empfand. Sie hatte also doch Recht gehabt, als sie dachte, dass er nicht zurechtkommen würde, wenn sie ihn aufgäbe!

Sie fühlte, dass es herrlich war, einen Menschen zu retten, selbst wenn diese Rettung das Leben kostete. Hatte der Herr Jesus sie Unwürdige nicht auch um den Preis seines eigenen Lebens errettet?

Heute saß Imrich lange bei Hrubiks. Mutter Hrubik brauchte ihm nicht die Tür zu verschließen. Er bat sie auch um Verzeihung, dass er damals mit Gewalt eingedrungen war. Er erbat sich die Hand ihrer Tochter, bevor er nach landesüblicher Sitte mit den Brautwerbern käme. Die Frau war sehr erfreut, aber auch sehr verwundert, denn das war nicht mehr der alte Imrich;

auch ihr Kind erkannte sie kaum wieder. Sie saßen sich gegenüber und sprachen miteinander, doch so, dass man ein ähnliches Gespräch auch in der Kirche hätte führen können.

Als Imrich fortging, erbat er sich zum Abschied einen Kuss, das war alles. Und man sah ihm an, wie glücklich er fortging. Wäre er so wie früher gewesen, dann wäre man ihn vor Mitternacht nicht losgeworden.

Frau Hrubik schlief in der Nacht nicht. Erst hatte sie die Tochter lange an deren Bett knien sehen, dann war diese beim Fenster gestanden, der Mond schien ihr hell ins Gesicht, sie hatte die Augen voll Tränen und hatte bleich ausgesehen, aber so rührend wie ein Heiligenbild. Als sie nun nach ihr sah, fand sie sie in friedlichem Schlummer, die Hände zum Gebet gefaltet, die Wange darauf gelehnt. Die Mutter konnte sich an ihrer lieblichen Tochter kaum satt sehen.

Was ist mir dir geschehen, meine Tochter?, sprach sie bei sich selbst. *Macht das dein neuer Glaube oder bist du krank? Ich kenne dich nicht wieder.*

Da bewegte die Tochter die frischen Lippen, und als die Mutter sich mehr herabbeugte, hörte sie die leisen Worte: „Ja, Herr Jesu, ich will ihn retten und du wirst ihm und auch mir helfen!“

Aus den Augen der Mutter fielen Tränen; leise stahl sie sich wieder in ihr Bett.

21. Die Liebe Christi

An jenem Abend gab es keinen glücklicheren Menschen als Imrich Lehotsky. Als er so nach Hause eilte, das Herz voller Glück, so wie es nur ein Bräutigam empfinden kann, den Kopf voller schöner Zukunftspläne – begegnete er am Mühlsteg Jan Trnovsky. Jan kehrte von Murtinovs zurück und wollte heute daheim übernachten, da er in der Mühle nicht mehr nötig war.

„Ich begleite dich", erbot sich Imrich, „ich könnte ja doch nicht schlafen."

„Warum denn nicht?", forschte der Freund, als sie schon ein Stück gegangen waren. „Du hast auch gestern nicht geschlafen."

„Weißt du, Janko, vor lauter Glück."

„Vor Glück?" Jan blickte in das freudig erregte Gesicht, das ihn unwillkürlich an das Antlitz Andrejs erinnerte – nicht, wie er es heute gesehen hatte, sondern damals, als er ihm von seinem großen Glück erzählte.

„Du würdest es auch so bald genug erfahren, darum will ich es dir selbst sagen, dass du dich schon heute mit mir freuen kannst", entgegnete Imrich.

„Weißt du, ich ging schon längere Zeit zu Susanka Hrubik, aber es gingen auch andere hin, so zur Hälfte war sie mir versprochen. An jenem letzten Sonntag vor meiner Bekehrung kam ich betrunken zu ihnen;

da jagte sie mich fort und drohte mir, dass sie mich nicht nehmen wolle. Seitdem habe ich mit ihr über die Sache nicht mehr gesprochen, bis heute, als ich sie nach Hause begleitete, und sie hat sich mir versprochen. Nach der Ernte, so der liebe Gott will, soll unsere Hochzeit sein."

Dann erzählte er, wie er sich gefürchtet habe, sie könne ihn verschmähen, und wie er ohne sie kaum treu bleiben könnte. Er erwartete von seinem Freund keine Antwort, er war froh, dass er jemandrn hatte, bei dem er sich vertrauensvoll aussprechen konnte. Aber er hätte wohl aufgehört, sein Glück zu rühmen und den schönen Zukunftsplan vor ihm zu entrollen, wenn er geahnt hätte, welch einen Schmerz er ihm damit bereitete.

Hätte es aus heiterem Himmel dicht vor ihm eingeschlagen, Jan wäre nicht mehr bestürzt gewesen als bei dieser schonungslosen Eröffnung der unerwarteten Wahrheit, dass Susanka Imrichs Braut sei. Er glaubte es dem Freund, dass er ohne sie nicht leben könne, dass er kaum das Erntefest erwarten könne. Er konnte sich wohl vorstellen, dass das ein schönes Leben sein würde, wie sie den Haushalt führte, während Imrich arbeitete, so wie sie ihn und seine Schwester während deren Krankheit versorgt hatte. Ja, er fühlte das alles mit, denn genauso hatte er sich, als er heute Nachmittag erwachte und in die Mühle eilte, sein eigenes weiteres Leben ausgemalt, wenn sie ihn lieben und mit ihm gehen wollte. – Aber das war alles nur ein Traum gewesen. Sie liebte Imrich. Es war Täuschung, dass es ihm heute so schien, als ob sie sich zu ihm hingezogen fühlte – nein, sie liebte Imrich und würde ihm gehören. Jan wusste nicht, was er dem Freunde antworten sollte. Zum Glück begegneten sie dem Müller, sie mussten mit ihm stehen bleiben und Imrich kehrte mit dem Vater in die Mühle zurück.

Wie sie so dahinschritten, fiel es Imrich ein: *Du musst es dem Vater sagen, das gebührt sich so.*

„Vater", begann er und räusperte sich, „Ihr wolltet schon lange, dass ich heirate; nun, heute habe ich nach Eurem Willen getan und mich mit Susanka Hrubik verlobt."

„Weißt du, Imrich", kratzte sich der Alte hinterm Ohr, „das habe ich dir nicht befohlen. Ich hatte dir schon ein Mädchen ausgesucht, was soll dir solch eine Näherin helfen, die außer der Nadel nichts in die Hand zu nehmen versteht?"

Imrich brauste auf, sein junges Blut geriet in Bewegung. „Wisst Ihr, Vater, ich brauche keinen Besitz mit einem Mädchen als Zugabe. Mir ist Susanka genug, sie wiegt alles andere auf, eine andere will ich gar nicht sehen, und wenn sie unseren ganzen Grund hätte. Ich habe mich früher nicht um den Mammon gesorgt und sorge mich heute erst recht nicht darum."

„Schwatze nicht, Junge", sprach der Müller stirnrunzelnd. Er wusste, dass er Imrich nicht von seinem Vorhaben abbringen konnte, aber er wollte es wenigstens versuchen. „Bei den Garben kannst du leicht Ähren lesen; aber wenn du gegen meinen Willen heiratest, dann verdiene dir dein eigenes Brot und ernähre dich und deine Frau vom Handwerk."

Imrich wollte zornig auffahren, aber er bezwang sich.

„Habt keine Sorge, wir werden uns schon ernähren können; und wenn es Euch Leid tut, dass Ihr mir die Schmiede aufgestellt habt, nun, so muss ich ja nicht darin arbeiten. Wir können gleich nach der Hochzeit nach Topolova gehen; Susanka hat eine Hütte und aus der Einfahrt mache ich mir eine Schmiede."

Der Müller erschrak. Wer würde die Feldarbeit tun? Imrich leistete besonders jetzt sehr viel.

„Ich treibe dich ja nicht hinaus", sprach er freundlich, „aber es gefällt mir nicht, dass du dir eine nimmst, die nichts versteht."

„Tut ihr nicht Unrecht, Ihr kennt sie ja gar nicht. Es ist wahr, sie kann die Arbeit nicht so fressen wie Katscha; aber Gott hat sie auch nicht dazu geschaffen, dass sie sich so schindet; sie richtet mit der Nadel mehr aus als Katscha auf dem Feld. Wenn wir alle nur die Feldarbeit tun wollten, wer würde das Handwerk treiben? Wenn alle Frauen nur aufs Feld gingen und das Vieh besorgten, wer würde für sie nähen?"

Der Alte musste dem Sohn Recht geben und wunderte sich, dass dieser nicht fluchte, sondern so vernünftig sprach.

„Na, meinetwegen, mache, was du willst; ich habe dich gewarnt. Wem nicht zu raten ist, dem ist nicht zu helfen. Wann willst du Hochzeit haben?"

„Nach der Ernte. Aber, Vater, Ihr braucht keine Vorbereitungen zu treffen. Mutter Hrubik will, dass die Hochzeit bei ihnen abgehalten wird."

„Ach was, davon später; die Hrubik wird mir nichts vorschreiben", richtete sich der Müller stolz auf – und schweigend, jeder mit seinen Gedanken beschäftigt, schritten sie dem Haus zu.

* * *

Unterdessen saß Jan Trnovsky längst vor seiner verlassenen Hütte. Der treue Hund, sein einziger Kamerad, legte seinen zottigen Kopf auf seine Knie und leckte seine Hände. Aber er beachtete es nicht; er war allein, allein. Er blickte rings umher, als wolle er sich an diese Einsamkeit gewöhnen; würde es doch für immer so bleiben. Einst hatte er Andrej gesagt, dass der Herr Jesus mitunter das Herz von allem leer machte, um es selbst einnehmen zu können; nun und jetzt machte er sein eigenes leer. Ausgeträumt war der schöne, kurze Liebestraum, der Traum vom Erdenglück. Sein Glück war aufgeblüht wie ein Frühlingsblümchen; da war der kalte Reif gekommen und hatte es vernichtet – nie mehr würde es aufleben.

Er fragte seinen Herrn: „Herr, warum musste das über mich kommen? Warum hast du das zugelassen? Es war mir so gut auf der Welt, ich hatte mit dir den ganzen Himmel im Herzen, ich hatte volle Genüge. – Hätte ich sie doch lieber nie gesehen! Aber wie hat doch Imrich gesagt: ‚Ohne dich wären wir beide noch blind'. Ist es denn nicht genug, dass ich ihnen dienen durfte? Muss ich dafür meinen Lohn auf Erden haben? Oder kann ich sie wirklich Imrich nicht gönnen? Will ich etwa mit ihm sagen, dass ich ohne sie dir nicht treu bleiben könne, Herr? O nein; ich habe sie sehr lieb, aber dich habe ich noch lieber. Ich weiß, dass ich nicht aufhören kann zu lieben, da diese Liebe mir ins Herz gegeben worden ist. Aber ich weiß auch, dass du mich nicht sündigen lassen wirst, dass ich nicht sündigen muss. Ich will sie ihm nicht missgönnen, Herr. Behüte du mich nur, Herr, dass sie es nie erfahre, damit nie etwa eine Entfremdung zwischen uns eintrete wie dort bei Murtinovs; denn dann würden sie nie mehr in meine Hütte kommen. Imrich würde mich meiden und mir misstrauen; so wird er stets Vertrauen zu mir haben und ich werde ihnen bis ans Ende dienen können. Es ist nicht wahr, dass ein Mensch auf Erden nicht glücklich sein könne, wenn er nicht das bekommt, wonach er sich gesehnt hat und wenn er sein Glück einem anderen opfert, o nein; denn *das einzige, wahre und dauernde Glück bist du, und dich hat mir niemand genommen.*"

Jan warf sich auf die Knie und übergab sich aufs Neue und für immer dem Herrn Jesu; er ahnte nicht, wie sehr das geliebte Mädchen den Frieden bezahlt hatte, der jetzt in sein vereinsamtes Herz einzog. Wenn er erfahren hätte, dass seine irdische Liebe erwidert würde, hätte das nicht alle Wünsche seines jungen Herzens entflammt? Er war kein Engel, er war noch auf Erden. Aber wenn das Feuer keine Nahrung bekam, würde es verlöschen.

„Glaube mir, Janko“, hatte Pavel ihm unterwegs gesagt, „was mich am meisten schmerzt, ist, dass ich mich nicht allein quäle, sondern dass auch Ilenka mit mir leidet; seit einer Woche schon habe ich sie nicht gesehen. So wie ich mich nach ihr sehne, sehnt sie sich nach mir. Durch die Wälder möchte ich eilen, auf diesen meinen Händen möchte ich sie tragen, denn ich ängstige mich so sehr um sie wegen dieser Krankheit – und ich darf sie gar nicht erwähnen; und sie, die Ärmste, bittet Gott sicherlich, dass sie mich vergessen könne.“

Nun, würde er heute oder später nicht ähnlich empfinden? Jetzt würde er jederzeit nach Susanka fragen, mit jedem frei von ihr sprechen dürfen, ohne fürchten zu müssen, dass es ihr so weh tun könne wie ihm.

Aber der Jüngling wusste nicht, welch eine Wohltat ihm das Mädchen heute erzeigt hatte, indem sie vor ihm ihre Liebe verbarg, um diese für immer zu verheimlichen.

* * *

Viel Wasser fließt während zwei Wochen durch die Bäche ins Meer, viel Wasser war auch durch den Bach vom Murtin seit jenem Sonntag geflossen, da Danisch zum ersten Mal den Herrn angerufen hatte. Beide Brüder Lehotsky waren gesund geworden. Juro arbeitete schon wieder in der Mühle und war just so gottlos wie zuvor; so oft etwas schief ging, fluchte er.

Danisch arbeitete in der Wirtschaft. Die Leute sagten, dass ihm seine Frau nach dem Sprichwort vergolten hatte: „Wer dir einen Stein hinwirft, dem reiche Brot." Sie pflegte ihn wie ihren Augapfel.

Aber er hielt sie auch sehr in Ehren, selbst nach der Hochzeit hatte sie es bei ihm nicht besser gehabt als heute.

Die Leute erzählten auch, dass die Krankheit Danisch sehr verändert hätte. Sie wussten nicht, dass er nicht nur verändert war, sondern dass er von den Toten auferstanden war; der alte Danisch war gestorben und ein neuer lebte jetzt an der Seite seiner geliebten Frau. Sie brauchte sich nicht mehr zu verteidigen, dass sie die Gebote Gottes nicht mit Füßen treten wolle, sie taten es beide nicht mehr.

Juro hatte seine Tochter aus der Stadt daheim. Auch der Sohn war in die Ferien gekommen. Dieser streifte im Wald umher und verübte manche Streiche, wie eben so ein junges Blut, sagten die Alten entschuldigend; jeden kommandierte er, sogar den alten Müller.

Die Tochter nun, die steckte sich die Finger voll Ringe und brannte sich Stirnlöckchen in das hübsche Gesicht. Die Mutter hielt sie nicht viel zur Arbeit an, sie war stolz auf die hübsche Tochter. Sie ging aufgedonnert einher wie eine Dame. Der Müller ärgerte sich über die Enkelin, die so tat, als ob sie ihn nie gefürchtet hätte und die in der Stadt das Gehorchen verlernt hatte. Sie war gewohnt, alles nach ihrem Kopf zu machen. Gar oft kam der Alte ganz brummig zu seiner jüngeren Schwiegertochter und blieb ein Weilchen bei ihr sitzen; hier hatte er Ruhe.

Er sah, dass Danisch verwandelt war, dass er seiner Frau nicht um die Welt mehr ein böses Wort gesagt hätte. Er sah auch, dass sie zusammen das Wort Gottes lasen, aber er widerstrebte nicht mehr, ja, er blieb öfter anwesend, denn seitdem er Jan Trnovsky schätzen gelernt hatte, begann er auch dessen Glauben mit anderen Augen anzusehen.

Ja, es war doch etwas Ungewöhnliches um diesen, Jans Glauben, wenn er jeden so verwandelte, der sich ihm zuwandte.

Der Müller hatte ein Beispiel an seinen beiden Söhnen. Nun, so lebten sich die Lehotskys in das neue Leben bald ein.

Und bei Murtinovs? Dort herrschte unbeschreibliches Herzeleid.

Alle Leute bedauerten Andrej Murtin; gerade als er mit Ilenka Zvara zum Aufgebot gehen wollte, war sie krank geworden. Sie hatte sich bei ihrer Taufpatin angesteckt.

Mutter Zvara weinte über die Tochter und Andrej wie ein Kind.

Von Pavel Murtin erzählten die Frauen, dass er im Wald niemanden mehr bestrafe und dass er so blass und eingefallen aussehe, als stecke ihm selbst die Krankheit in den Gliedern.

„Das Mädchen wird es kaum aushalten“, sprachen die Frauen, die sie besucht hatten, „sie liegt da wie ein Bild; sie hört nicht, sie spricht nicht, nur mitunter blicken die schönen Augen umher, als ob sie jemanden suchten. Und denkt mal: Susanka Hrubik ist bald am Tage, bald des Nachts bei ihr.“

Ja, so erzählten die Frauen, aber sie ahnten nicht im Entferntesten, wie traurig es bei Murtinovs stand. Mutter Zvara war nicht blind und merkte, dass nicht allein das Fieber, sondern auch ein anderer tiefer Schmerz, sorgfältig in dem jungen Herzen verborgen, ihren Liebling aufs Krankenlager geworfen hatte. Und wäre es auch nur das Fieber – war sie nicht schuld daran? Hatte sie nicht ihr Kind zu der Verwandten geschickt? Hatte sie es nicht nur dort gelassen, um es von Pavel loszureißen? Und wenn die Tochter stürbe, was dann?

22. In den Armen des Todes

Ein heißer Augustnachmittag lagerte über dem Dorf. Dumpfes Donnergeroll in der Ferne verkündete ein nahendes Gewitter. Vernahm es der junge Heger nicht, der dort so regungslos unter einem hohen Baum lag? Neben ihm im Gras lag seine treue Begleiterin – die Bibel. Er las nicht darin. Denn so groß und umfangreich sie auch war, so war es ihm mit einem Mal, als gäbe es darin kein Wort des Trostes für seine bekümmerte Seele. Ilenka lag im Sterben und er durfte nicht einmal bei ihr sein. – Konnte er denn nicht alles stehen lassen und zu ihr eilen? Der Dienst hätte ihn nicht gehindert – aber wie konnte er hingehen, ohne nach ihr die Arme auszubreiten, ohne bei ihrem Bett in die Knie zu sinken mit dem verzweifelten Ruf: „Mein Gott, nimm sie mir nicht!" Hätte er doch stets das Glück, als könnte er sie vor dem Tod beschützen, wenn er sie in seine Arme nähme. Aber durfte er das? Sie war nicht sein, sie gehörte Andrej.

„Nein, das ist nicht wahr", schrie alles in ihm, „sie gehörte nicht Andrej; Gott hat sie mir gegeben, und da ich sie nun nicht haben darf, nimmt er sie zu sich. Ich würde mich damit beruhigen, dass der Herr Jesus sie zu sich nimmt, wo alles so ist, wie es sein soll, wo Gerechtigkeit wohnt, wo sie nicht freien noch sich freien lassen, sondern den Engeln Gottes gleich sein werden, o, wie gerne würde ich sie dort sehen; aber wie soll ich weiterleben, wenn sie nicht mehr sein wird? O, mein Gott, mein Gott!", rief der junge Mann flehentlich aus, „gewähre mir doch, dass ich wenigstens eine Weile mit ihr allein sein darf, um von ihr Abschied zu nehmen, bevor sie uns verlässt. Nur für einen Augenblick gib ihr das Bewusstsein zurück, dass sie mich erkennt!"

Er raffte sich auf, nahm das Buch und ging. Es blitzte kreuz und quer, der Donner rollte, der Gewittersturm brach die Äste von den Bäumen; auf dieser Seite des Waldes regnete es nicht, aber es war ganz finster. In seiner nächsten Nähe fuhr der Blitz unter furchtbarem Getöse in einen einsam dastehenden Baum – dieser brannte sofort.

Pavel zitterte bei jedem Donnerschlag, aber im Übrigen war das Gewitter eine Wohltat für ihn; hatten sich doch seiner so furchtbare Gedanken bemächtigt. Wie, wenn das, woran er glaubte, doch nicht wahr wäre, wenn es keinen Gott, keine Ewigkeit und somit auch kein Wiedersehen mit Ilenka gäbe – wäre es da nicht besser, den Lauf seiner Büchse an sein Herz zu setzen und mit einem einzigen Schuss dieses elende, jammervolle Leben zu beenden? Aber der Donner schien ihm zuzurufen: „Glaube es nicht, Gott ist groß, allmächtig, heilig!", und aus den Blitzen leuchtete es ihm entgegen: *Unser Gott ist ein verzehrendes Feuer!*

„O nein!" Krampfhaft presste Pavel das heilige Buch an sich. Hinter jenem umwölkten Himmel war noch der dritte Himmel, und dort wartete die Herrlichkeit, die der Herr Jesus so teuer auf Golgatha erwarb, die hier auf Erden kein Auge gesehen, kein Ohr gehört, die in keines Menschen Herz gekommen war, die aber Gott denen bereitet hat, die ihn lieben. Zu denen gehörte auch Ilenka. Als Jan sie gestern besucht und sie dabei gefragt hatte: „Ilenka, hast du den Herrn Jesus lieb?“, da hatte sie ihn verstanden und zugestimmt.

Ja, sie liebte ihn, hatte sie doch nur deshalb Andrejs Frau werden wollen, um den Willen des Herrn zu erfüllen, und nun nahm er sie zu sich in die Herrlichkeit.

Wenn er sie jetzt hinwegnähme, bevor er, Pavel, das Tal erreicht hatte! – Er lief, so rasch er konnte, nach Hause.

Dort herrschte unterdessen unbeschreiblicher Schmerz. Mit dem Mädchen stand es sehr schlimm; die Arzneien wirkten nicht, die Tränen der Mutter halfen nichts. Susanka Hrubik und Jan Trnovsky waren anwesend. Später kamen Judka und Imrich. Sie hatten zuvor gebetet, dass Jesus – wenn es nicht in seinem Plan sei, sie gesund zu machen – wenigstens ihre Schmerzen verkürzen wolle, und standen jetzt still und ratlos beisammen. Jan hielt Andrejs Hand in der seinigen; ab und zu blickte er voll Mitleid in das blasse, verstörte Gesicht.

Ach, es ist keine Kleinigkeit, das Sterben eines so jungen Menschen mit anzusehen, besonders wenn mit diesem unser ganzes Glück stirbt.

Plötzlich öffnete das Mädchen die geschlossenen

Augen; sie irrten von einem Gesicht zum anderen. Man sah, dass es jemand suchte.

„Was willst du, meine Ilenka?“, neigte sich die unglückliche Mutter über ihr Kind herab.

„Wo ist Pavel?“, fragte der zarte Mund so bange, so sehnsuchtsvoll, dass diese Frage allen die Tränen in die Augen trieb.

„Hier, Ilenka!“, ertönte es von der Tür her, und der Jüngling, der nicht danach fragte, ob noch jemand außer ihnen beiden anwesend war, eilte an ihr Lager. Alle wichen wie auf Befehl zur Seite.

„Bist du gekommen?“, jubelte das Mädchen. Er hob sie auf und drückte sie an sich.

„Ich bin gekommen. Ilenka, gehe nicht fort von mir, ich kann dich nicht sterben sehen!“

„Ach, lass mich sterben“, bat das Mädchen. „Es ist besser so. Ich habe Andrej lieb, sehr lieb, ich wollte ihm das Leid ersparen, ich wollte ihm das Gute vergelten, das er mir getan hat, aber es schmerzt dich, und ich kann ohne dich nicht sein. Ich weiß noch wenig vom Himmel, aber der Herr Jesus hat mich gefunden. Er wird mich nicht verlassen, er wird mich zu sich nehmen.“

Fast alle Anwesenden weinten, sie hörten Pavels Antwort nicht. Nur einer weinte nicht – er löste seine Hand aus der Jans und verließ dann die Stube.

Draußen tobte das Gewitter, und es war ihm, als zeigten die Blitze auf ihn, als riefe ihm der Donner zu: „An diesem Elend bist du schuld, du!“

„O, warum habe ich sie ihm nicht gelassen? Sie war so gut, sie wollte mir den Schmerz ersparen, aber sie liebte ihn und will lieber sterben, um nicht Pavels Schmerz mit anzusehen. Er hat mich so lieb gehabt, dass er sie mir geben wollte; aber Gott hat sie ihm gegeben, und nun muss sie sterben, weil ich sie mir aneignen wollte. – O, mein Gott“, rief Andrej aus, „strafe mich Sünder nicht so schwer, nimm uns Ilenka nicht, und ich gelobe dir heilig, dass ich sie Pavel nicht nehmen will, dass sie nicht unglücklich sein darf! Nimm sie uns nicht!“

„Andrej, wo bist du?!“, rief Imrich nach ihm. „Komm herein, es ist gleich zu Ende.“

Dieser eilte hinein. Im ersten Moment schien es ihm, als läge nur noch eine Entschlafene in den Armen des Bruders, aber er konnte es nicht glauben.

„Ilenka, Ilenka, stirb nicht! Ich lasse dich Pavel, nur stirb nicht!“, schrie er laut. Die geschlossenen Augen des Mädchens öffneten sich, ein Zittern überflog die ganze starre Gestalt. „Stirb nicht“, rief Andrej abermals, „ich gebe dich dem Pavel!“

Ein seltsamer Glücksschimmer breitete sich über das ganze Antlitz des Mädchens, ein seliges Lächeln spielte um ihre Lippen, sie warf den beiden Brüdern einen Blick zu und verlor das Bewusstsein. Sie dachten, sie sei gestorben, und wagten nicht, sie in ihrem Frieden zu stören.

Aber sie war nicht gestorben, sie blieb am Leben in dem Augenblick, da Pavel sagte: „Nimm sie hin, Herr

Jesu, und trage sie in deine Herrlichkeit!", und da Andrej aufgehört hatte, an sich und sein Glück zu denken und imstande war, dem Bruder das zurückzugeben, was Gott in seiner Liebe ihm geschenkt hatte. Als die beiden Brüder sich in der Prüfung bewährt hatten, gab ihnen der himmlische Arzt das zurück, was ihnen auf Erden das Wertvollste war.

Ilenka erwachte von selbst aus der Ohnmacht, sie begann leise zu atmen, das Fieber verließ sie, alle sahen, obwohl sie es kaum glauben konnten, dass sie gerettet war.

Als sie vom Gebet aufstanden, zu dem Susanka aufgefordert hatte, blickte Andrej alle an, fiel dem Bruder um den Hals und sprach: „Mein Bruder, ich bitte dich, um der fünf Wunden Christi willen, vergib mir, dass ich sie dir nehmen wollte, aber ich habe sie sehr lieb gehabt und nicht danach gefragt, auch nicht glauben wollen, dass auch du sie liebtest. Es sind genug Zeugen da, dass ich dir das Deine zurückgebe. Wenn sie nur am Leben bleibt, wenn ich sie nur glücklich sehen darf, will ich euch gerne die Hochzeit ausrichten und mit euch in eurem Glück glücklich sein."

„Der Herr Jesus selbst vergelte dir die Wohltat, die du uns erzeigst", sprach Pavel, den Bruder ans Herz drückend. „Der Herr selbst und unsere Freunde sind Zeugen, dass ich sie nicht von dir zurückverlangt habe, dass du sie mir freiwillig und aus Liebe gibst."

Es war ein schöner Augenblick, da die Liebe über die Selbstsucht triumphierte, da die Menschen und die

Engel sich freuten; vor allem, über alles aber freute sich der, der gesagt hatte: *Ein neues Gebot gebe ich euch, dass ihr euch untereinander liebt.*

23. Das wahre Glück

Der Herbst war gekommen, die Felder waren kahl, aber die Obstbäume bogen sich unter der Last der süßen Früchte. Im Wald spielten die Blätter in allen Farben, und es war so schön dort, dass es eine Freude war, sich dort zu ergehen. Bei Lehotskys gab es nun drei Schwiegertöchter, und die beiden jüngeren hatten sich so lieb wie leibliche Schwestern. Sie hatten alles gemeinsam, nie kam es zu einem Streit zwischen ihnen, ebenso wenig wie zwischen ihren Männern. Die Welt wusste nicht zu sagen, wer von den jüngeren Lehotskys ein besserer Ehemann war, Danisch oder Imrich, und welche von den Schwiegertöchtern zu ihrem Mann besser war.

Der alte Müller hatte sich mit Imrichs Heirat ausgesöhnt, nie zuvor war er so gut gekleidet gewesen wie jetzt. Susanka nähte fürs ganze Haus, was nötig war. Sie hielt ihren Mann wie aus dem Putzkästchen und den Alten ebenfalls. Der Schwiegervater gewann sie lieb. Oft, wenn er Zeit hatte, setzte er sich zu ihr und sah ihr zu, wie fleißig sie arbeitete. Sie bewies ihm, dass sie jede Arbeit leisten konnte.

Mit ihr wagte auch Juros Frau nicht so zu verfahren wie mit Judka; erstens fürchtete sie Imrich mehr als Danisch, zweitens verstand Susanka die Herzen zu beherrschen, so dass sich auch die Lehotskys ihrem Einfluss nicht entziehen konnten. Ihr gehorchten sogar der Student Lehotsky und Katschas Tochter. Letztere hielt sich nicht lange daheim auf. Arbeiten wollte sie nicht, das Essen schmeckte ihr nicht, der Vater schimpfte auf ihre städtischen Kleider. Die Mutter dachte, dass sie hier ja doch keinen Bräutigam finden würde, so ließen sie sie ziehen.

Besonders unter diesen Verhältnissen ging es Joschko gut, er wusste nicht, wen er lieber haben sollte, die Mutter oder die Tante.

Oft, wenn sie traulich beisammensaßen, sagte Judka: „Susanka, du hast uns lauter Sonnenschein ins Haus gebracht." Danisch stimmte bei, wie viel mehr Imrich!

Imrich war so glücklich, dass man in der Welt nicht bald seinesgleichen fand, und so gut, dass alle, die ihn kannten, sich über ihn wunderten.

Und was war mit Susanka? War sie glücklich? Hätte sie jemand gefragt: „Susanka, bist du glücklich mit Imrich ohne Jan?", sie hätte von ganzem Herzen „ja" gesagt. Sie wusste, sie fühlte, dass sie Imrich glücklich gemacht hatte, dass der Herr Jesus mit ihr zufrieden war, und das beglückte sie sehr. Gott hatte Wohlgefallen an ihr, und darum hatte sie Macht über die Herzen. Ihr hörten die Leute am ersten zu, wenn sie mit ihnen über göttliche Dinge sprach, und blieben gerne mit ihr stehen.

Imrich wehrte ihr nicht, den Leuten Gutes zu tun; und wenn sie in seine Schmiede kam und sagte: „Imrichko, dieser oder jener braucht Hilfe", da ließ er die Arbeit stehen, um den Menschen zu dienen.

Mutter Hrubik sonnte sich im Glück der Tochter; sie freute sich, dass sie an Imrich einen so guten Schwiegersohn bekommen hatte, der gar nicht wusste, wie er ihr seine Dankbarkeit dafür beweisen sollte, dass sie ihm solch eine gute Frau erzogen hatte. Sie wusste, dass sie sie nicht so erzogen hatte; denn auch sie erkannte allmählich, was mit ihrer Tochter vorgegangen war. Es erfüllte sich bei ihr: *Um den Abend wird es licht sein,* der erste Tag des neuen Lebens leuchtete ihr.

Unter dem Murtin waltete noch eine junge Hausfrau. Die Welt wunderte sich sehr, ehe sie es wieder vergaß; war doch bei Murtinovs Hochzeit gewesen, aber der Bräutigam war nicht Andrej. Pavel war in seiner schmucken Bauerntracht zum Altar gegangen; er hatte seinen städtischen Anzug verkauft; er wollte sich in nichts mehr von seinem Bruder unterscheiden. Er hatte erkannt, dass Christus befiehlt: *Wer von euch will der Vornehmste sein, der sei aller Knecht.* Er wollte sich nicht mehr überheben, und die Leute gewöhnten sich wieder an ihn; jetzt, wo er ihnen wieder gleich war, schätzten und liebten sie ihn.

Bei Murtinovs herrschten Liebe und Freude. Andrej und Ilenka arbeiteten miteinander wie zuvor und hatten sich auch stets wieder etwas zu erzählen. Andrej tat alles, um sein Gelübde zu erfüllen und sie glücklich zu machen. Sooft Pavel aus dem Wald kam, umarmte er den Bruder. Ja, selbst als Knaben hatten sie sich nicht so lieb gehabt wie heute.

Mutter Zvara hatte sich mit dieser Veränderung versöhnt, da ihre Tochter am Leben geblieben war.

War Andrej glücklich? Ja, er war es. Es war ihm so ergangen, wie Jan ihm vorhergesagt hatte: Der Herr Jesus hatte sein Herz leer gemacht, um es ganz einzunehmen; er hatte sich dem Herrn übergeben und der ersetzte ihm alles.

Nun forschten sie gemeinsam im Wort Gottes und alle Wochen kamen sie zwei- bis dreimal in Jans einsame Hütte. Dort war ihnen stets so wohl. Mit den drei jungen Leuten kam Mutter Hrubik und von Lehotskys kamen vier Geschwister; sie lernten den Willen Gottes erkennen und, soweit sie ihn erkannt hatten, erfüllen. Sie gingen darum zu Jan – obwohl er auch öfter zu ihnen kam –, weil sie dort die meiste Stille hatten und weil sie bei Jan – seltsam, aber wahr – so sehr die Wahrheit des Wortes verspürten: *Siehe, ich bin bei euch!*

Ja, da Jan niemanden hatte, hatte der Herr an ihm seine Verheißungen erfüllt: *Du wirst in der Einsamkeit wohnen, aber nicht allein. Fürchte dich nicht, denn ich bin mit dir.* Sie wohnten hier zusammen, der Herr mit seinem Diener, und verbreiteten Licht und Liebe in die Herzen der Menschen.

Weil Jan über sein Herz gesiegt hatte, darum schenkte Gott ihm so viel menschliche Liebe: Er hatte vier Brüder und drei Schwestern. Sehr häufig besuchten sie ihn. Und wenn er dann allein blieb, fühlte er mitunter in seinem Herzen solch eine Freude, solch ein Glück, wie er es niemandem hätte beschreiben können. Und darin hätten ihn auch die Teuersten nicht verstanden, denn das Glück, das aus der unsichtbaren Person des allezeit gegenwärtigen Herrn quillt, wird nur solchen Seelen zuteil, die von ganzem Herzen ausrufen können: „Jesus ist für mich genug!“

Weitere Erzählungen von Kristina Roy:

Kristina Roy
Die Schwärmer
Bestell-Nr. 330 731
ISBN 3-86122-731-2
240 Seiten, Taschenbuch

Während seines Militärdienstes bekehrt sich der lebenslustige Stephan zum Glauben an den lebendigen Gott. Voller Begeisterung macht er sich daran, in seinem Heimatdorf eine Gemeinde aufzubauen.
Bald aber stößt er auf schier unüberwindliche Widerstände. Dass sein jähzorniger Vater versucht, ihn mit Gewalt in das seichte Leben zurückzuzwingen, das die Gesellschaft vorgibt, wäre noch zu verschmerzen. Dass auch die Amtskirche ihm Knüppel zwischen die Beine wirft, macht ihm das Leben schon schwerer. Was aber wird es ihn kosten, dass er sich in ein Mädchen aus der Gemeinde verliebt, das auch von seinem besten Freund umworben wird?

Kristina Roy
Glückliche Menschen
Bestell-Nr. 330 729
ISBN 3-86122-729-0
80 Seiten, Taschenbuch

Wann sind Menschen wirklich glücklich?
Diese wunderschöne Geschichte aus einem kleinen slowakischen Dörfchen des 19. Jahrhunderts gibt die Antwort.
Gut und Geld allein machen nicht glücklich.
Das zeigt das traurige Leben des steinreichen, aber gottesfernen Schlossherren Rudohorsky, dem all sein Besitz die Ehe nicht retten kann. Auch der einfache Schmied Adam genießt zusammen mit seiner kleinen Familie zunächst die süßen Früchte seines Fleißes. Er aber weiß um den Geber allen irdischen Segens. Und als sich das Blatt seines Schicksals wendet, darf er vorstoßen zur tiefsten Quelle des Glücks …